闲情偶寄

中国古典生活美学

（清）李渔 著
韩中华 译评

北京理工大学出版社

图书在版编目（CIP）数据

闲情偶寄 / (清) 李渔著；韩中华译评. — 北京：北京理工大学出版社, 2017.1（2023.2重印）

（中华优美随笔）

ISBN 978-7-5682-3401-6

Ⅰ. ①闲… Ⅱ. ①李… ②韩… Ⅲ. ①杂文集—中国—清代②《闲情偶寄》—译文 Ⅳ. ①I264.9

中国版本图书馆CIP数据核字（2016）第284895号

出版发行 / 北京理工大学出版社有限责任公司
社　　址 / 北京市海淀区中关村南大街 5 号
邮　　编 / 100081
电　　话 / （010）68914775（总编室）
（010）82562903（教材售后服务热线）
（010）68948351（其他图书服务热线）
网　　址 / http: //www.bitpress.com.cn
经　　销 / 全国各地新华书店
印　　刷 / 三河市嵩川印刷有限公司
开　　本 / 889 毫米 × 1194 毫米　1/32
印　　张 / 10.25
字　　数 / 228千字
版　　次 / 2017 年 1 月第 1 版　2023 年 2 月第 3 次印刷
定　　价 / 68.00元

责任编辑 / 李慧智
文案编辑 / 李慧智
责任校对 / 周瑞红
责任印制 / 边心超

前 言

天下文章，烟波浩渺，卷帙浩繁，我们浸润其中的，恐怕连百分之一都没有。现在我们所做的，只不过是“窃得梅花一缕香，圆你喜山爱水意”。

人一生都在学习知识，如果自己已经习得的知识是一个圆，那么圆外便是自己未知的世界。不同的人，圆的大小各不相同。一个人所学的知识越少，见识越窄，越会满足于现状而停滞不前；一个人所学的知识越多，见识越广，就越能认识到自己的无知，并在求知路上不断探索。学问永无止境，诸君不妨手执书卷，鼻闻墨香，静下心来，品茗夜读一番。

《闲情偶寄》便是一部可读之书!

《闲情偶寄》，是生活艺术的经典著作。它共包括“词曲部”“演习部”“声容部”“居室部”“器玩部”“饮馔部”“种植部”“颐养部”等八个部分。而本书限于篇幅，只节选其中七部，“声容部”并未入选；由于李渔曾说他生平有两项绝技，一是创作戏曲，二是修建房屋，故“词曲部”“演习部”“居室部”

入选篇目较多，“器玩部”“饮馔部”“种植部”所选篇目比例较小；而“颐养部”正是历来为读者津津乐道的部分，所以入选比例也较大。

一般人都知道“颐养部”是谈论养生的，却不知道《闲情偶寄》的其他各部分也是在谈论养生。黄强教授指出：“《闲情偶寄》八部无一不是李渔养生理论的组成部分”，只不过“‘颐养部’总论养生，专论养生，而其他各部分论养生者必备的专门知识。”

《闲情偶寄》是探究快乐生活，探求人生真谛的宝典。经过数年的观察与研究，本书作者李渔先生才发现，快乐是有阶级和等级的。什么是真正的快乐呢？心灵快乐的人必定是懂得知足常乐、适可而止的人。懂得知足常乐，便不会沉迷于名利欲望中无法自拔。懂得适可而止，才能在人生路上收获成功的快乐。但是，有多少人能轻易放下功名利禄呢？又有多少人拥有了金钱、地位、名誉，却唯独失去了快乐呢？如果你想拥有快乐的生活，不妨翻开李渔先生的《闲情偶寄》，去深入了解在几百年前就已发现的快乐之道。

目 录

Contents

卷一 词曲部

结构第一

小序

原典

填词一道，文人之末技也。然能抑而为此，犹觉愈于驰马试剑，纵酒呼卢。孔子有言："不有博弈者乎？为之犹贤乎已。"博弈虽戏具，犹贤于"饱食终日，无所用心"；填词虽小道，不又贤于博弈乎？吾谓技无大小，贵在能精；才乏纤洪，利于善用。能精善用，虽寸长尺短，亦可成名。否则才夸八斗，胸号五车，为文仅称点鬼之谈[①]，著书惟供覆瓿之用[②]，虽多亦奚以为？填词一道，非特文人工此者足以成名，即前代帝王，亦有以本朝词曲擅长，遂能不泯其国事者。请历言之。

高则诚、王实甫诸人，元之名士也，舍填词一无表见。使两人不撰《琵琶》《西厢》，则沿至今日，谁复知其姓字？是则诚、实甫之传，《琵琶》《西厢》传之也。汤若士，明之才人也，诗文尺牍，尽有可观，而其脍炙人口者，不在尽牍诗文，而在《还魂》一剧。使若士不草《还魂》，则当日之若士，已虽有而若无，况后代乎？是若士之传，《还魂》传之也。此人以填词而得名者也。

历朝文字之盛，其名各有所归，“汉史”“唐诗”“宋文”“元曲”，此世人口头语也。《汉书》《史记》，千古不磨，尚矣。唐则诗人济济，宋有文士跄跄，宜其鼎足文坛，为三代后之三代也。元有天下，非特政刑礼乐一无可宗，即语言文学之末，图书翰墨之微，亦少概见。使非崇尚词曲，得《琵琶》《西厢》以及《元人百种》诸书传于后代，则当日之元，亦与五代、金、辽同其泯灭，焉能附三朝骥尾，而挂学士文人之齿颊哉？此帝王国事，以填词而得名者也。

由是观之，填词非末技，乃与史传诗文同源而异派者也。近日雅慕此道，刻欲追踪元人、配飨若士者尽多，而究意作者寥寥，未闻绝唱。其故维何？止因词曲一道，但有前书堪读，并无成法可宗。暗室无灯，有眼皆同瞽目，无怪乎觅途不得，问津无人，半途而废者居多，差毫厘而谬千里者，亦复不少也。

尝怪天地之间有一种文字，即有一种文字之法脉准绳，载之于书者，不异耳提面命。独于填词制曲之事，非但略而未详，亦且置之不道。揣摩其故，殆有三焉：一则为此理甚难，非可言传，止堪意会。想入云霄之际，作者神魂飞越，如在梦中，不至终篇，不能返魂收魄。谈真则易，说梦为难，非不欲传，不能传也。若是，则诚异诚难，诚为不可道矣。吾谓此等至理，皆言最上一乘，非填词之学节节皆如是也，岂可为精者难言，而粗者亦置弗道乎？一则为填词之理变幻不常，言当如是，又有不当如是者。如填生旦之词，贵于庄雅；制净丑之曲，务带诙谐：此理之常也。乃忽遇风流放佚

之生旦，反觉庄雅为非；作迂腐不情之净丑，转以诙谐为忌。诸如此类者，悉难胶柱。恐以一定之陈言，误泥古拘方之作者，是以宁为阙疑，不生蛇足。若是，则此种变幻之理，不独词曲为然，帖括诗文皆若是也。岂有执死法为文，而能见赏于人，相传于后者乎？一则为从来名士以诗赋见重者十之九，以词曲相传者犹不及什一，盖千百人一见者也。凡有能此者，悉皆剖腹藏珠，务求自秘，谓此法无人授我，我岂独肯传人。使家家制曲，户户填词，则无论《白雪》盈车，《阳春》遍世，淘金选玉者未必不使后来居上，而觉糠秕在前。且使周郎渐出[③]，顾曲者多，攻出瑕疵，令前人无可藏拙，是自为后羿而教出无数逢蒙，环执干戈而害我也，不如仍仿前人，缄口不提之为是。

吾揣摩不传之故，虽三者并列，窃恐此意居多。以我论之：文章者，天下之公器，非我之所能私；是非者，千古之定评，岂人之所能倒？不若出我所有，公之于人，收天下后世之名贤悉为同调。胜我者，我师之，仍不失为起予之高足；类我者，我友之，亦不愧为攻玉之他山。持此为心，遂不觉以生平底里，和盘托出。并前人已传之书，亦为取长弃短，别出瑕瑜，使人知所从违，而不为诵读所误。知我，罪我，怜我，杀我，悉听世人，不复能顾其后矣。但恐我所言者，自以为是而未必果是；人所趋者，我以为非而未必尽非。但矢一字之公，可谢千秋之罚。噫，元人可作，当必贳予。

填词首重音律，而予独先结构者，以音律有书可考，其理彰明较著。自《中原音韵》一出，则阴阳平仄画有塍区，如舟行水中，车推岸上，稍知率由者，虽欲故犯而不能矣。《啸余》《九宫》二谱一出，则葫芦有样，粉本昭然。前人呼制曲为填词，填者，布也，犹棋枰之中画有定格，见一格，布一子，止有黑白之分，从无出入之弊，彼用韵而我叶之，彼不用韵而我纵横流荡之。至于引商刻羽，戛玉敲金，虽曰神而明之，匪可言喻，亦由勉强而臻自然，盖遵守成法之化境也。至于结构二字，则在引商刻羽之先，拈韵抽毫之始。如造物之赋形，当其精血初凝，胞胎未就，先为制定全形，使点血而具五官百骸之势。倘先无成局，而由顶及踵，逐段滋生，则人之一身，当有无数断续之痕，而血气为之中阻矣。

工师之建宅亦然。基址初平，间架未立，先筹何处建厅，何方开户，栋需何木，梁用何材，必俟成局了然，始可挥斤运斧。倘造成一架而后再筹一架，则便于前者，不便于后，势必改而就之，未成先毁，犹之筑舍道旁，兼数宅之匠资，不足供一厅一堂之用矣。故作传奇者，不宜卒急拈毫；袖手于前，始能疾书于后。有奇事，方有奇文，未有命题不佳，而能出其锦心，扬为绣口者也。尝读时髦所撰，惜其惨淡经营，用心良苦，而不得被管弦、副优孟者，非审音协律之难，而结构全部规模之未善也。

词采似属可缓，而亦置音律之前者，以有才技之分也。文词稍胜者，即号才人；音律极精者，终为艺士。师旷止能审乐，不能作乐；龟年但能度词，不能制词。使与作乐制词者同堂，吾知必居末席矣。事有极细而亦不可不严者，此类是也。

注释

① 点鬼之谈：唐代杨炯喜欢堆砌古人姓名，人们嘲笑他的文章是“点鬼簿”。

② 著书惟供覆瓿之用：汉代刘歆曾指责扬雄的文章，说他的东

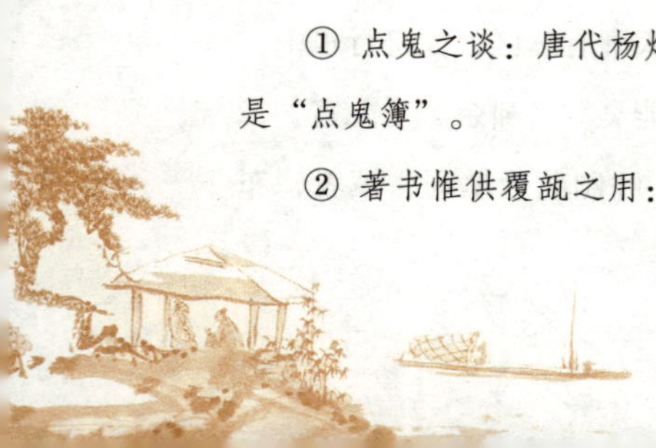

西让人看不懂，“吾恐后人用覆酱瓿也”。

③ 周郎渐出：周郎即周瑜。周瑜精通音乐，每当演奏有错误，他都能听出来，并且要指正。

译文

填词作曲，一向被视为文人的末等技艺，但是如果能潜心致力于此，我觉得还是强于骑马舞剑、酗酒赌博。孔子曾说：“难道没有掷彩博弈的吗？做这个总比闲着没事好啊。”博弈虽然是游戏，仍然要强于“饱食终日、无所用心”；填词作曲虽说是末等技艺，不是又比博弈好些吗？我认为，技艺无所谓大小，能够精通就好；才能无所谓强弱，善于利用就好。对一门技艺能够做到精通和善用，虽然只是很小的长处，也可以成名。否则，即便声称自己才高八斗、学富五车，写文章却只会引述古人观点，写的书没人看只能用来盖罐子，就算写得再多，又有什么用呢？填词这件事，不但能使擅长它的文人借此成名，即使是以前的帝王，也有因为那个朝代擅长词曲，而使国家名传千古的。请允许我为读者一一列举。

高则诚、王实甫等人，是元代的名士，除了填词之外，没有别的建树。假如他们没有撰写《琵琶记》《西厢记》，那么到现在，还有谁会知道他们的姓名？正是《琵琶记》《西厢记》的流传，使他们两个人名扬千古。汤显祖是明代的才子，他在诗文和书信方面都有成就，但是他最为人们称颂的作品，不是书信和诗文，而是《还魂记》；如果汤显祖没有写《还魂记》，那么即使在当年，汤显祖也不过是可有可无之人，后代又有谁会知道他的名字呢？正是《还魂记》的流传才使汤显祖的名字可以流传后世啊！这些都是文人因填词而得名的例子。各个朝代文学的盛况，其名各有各的归属，“汉史”“唐诗”“宋文”“元曲”，这是世人的口头语。《汉书》《史记》，千古不朽，流传久远。唐朝善于写诗的人有很多，宋朝善于写散文的人有很多。汉、唐、宋三个朝代确实不愧是文坛鼎盛时期，可以称为“夏商周”之后的又一个文学繁荣的三朝盛世。元朝统治天下，不只是在政治、法律、礼乐制度上没有什么可取之处，就算是语言文字、图书翰墨等小的方面，也很少有什么突出表现；假如不是崇尚戏曲，所以有《琵琶记》《西厢记》和《元人百种》等书传于后世，那么当日的元代也就像五代、金、辽那样泯灭了，又怎能跟在汉唐宋三代之后，还被文人挂在嘴边呢？这个就是帝王、国家因填词作曲而得以传名的例子。

由此看来，填词并不是末等技艺，其实是一种与史传、诗文同一源头而不同支派的文体。近来，酷爱填词、竭力追随元代作家、想学习汤显祖成为填词高手的人很多，但实际上写的人寥寥无几，也没有听说出现什么出色的名家作品。为什么呢？这是因为在词曲方面，只有前人留下的作品可以阅读，并没有特定的规则可以遵循，这就犹如没有点灯的房间中一片黑暗，即便睁着眼睛也如同看不见的瞎子。这就难怪他们找不到路径，也没有人可以指点迷津，所以很多人只能半途而废，还有不少差之毫厘、谬以千里的人。

曾经奇怪世上只要有一种文学体裁，书上就会记载相应的一种规则，这和老师的教导没有什么区别，只有在填词制曲这方面，不只是记载得简略，而且是放在一边不去谈论。研究其原因，大概有三点：一是其中的道理很难，不可以言传，只可意会。作者在填词制曲时，思想进入虚幻境界，就像在梦中，不到写完作品，就不能结束自己的灵感之旅。描述现实比较容易，而描写梦境很难，所以说不是不想言传，而是难以言传。如果是这样，那么确实和其他的文体不同，确实很难，实在不能用语言形容。我认为这些真理，说的都是文学的最高境界，但不是填词的学问样样都是这样，怎么可以因为精妙之处难以言传，而粗浅之处也放置一边不去谈论了呢？二是填词的道理变幻不定，同样的情况，一处说应该这样处理，一处又说不应该这样处理的。例如，填写生角、旦角的唱词，贵于庄重、典雅，创制净角、丑角的唱词，务必带着诙谐，这是合理的、正常的。但是忽然遇到风流放纵的生、旦，反而觉得庄重典雅不适合；填写迂腐、不通情达理的净、丑的唱词，反而以诙谐为忌。诸如此类，不能拘于一格。因为害怕一个确定的规则，会误导拘泥古法、不知变通的作者，所以宁可缺略存疑，也不画蛇添足。如果这样，那么这种变幻的道理，不只是词曲是这样，科举应试文章、诗词歌赋都是如此。哪有按照固定的程式写文章，却能被人赏识，而文章却流传后世的呢？三是自古以来的名人以其诗赋而受重视的有十分之九，而以其词曲传名的还不到十分之一，大概是千百人中出一个这样的人。凡是擅长词曲的，全都把自己宝贵的技艺藏起来，务求只有自己掌握，认为这种方法没有人教授给我，我岂能传授他人。假如每个人都能填词制曲，那么尽管好作品遍地都是，批评家未必不让后来者居上，而让人觉得前人之作更为拙劣。假使内行人越来越多，挑出作品中的毛病，令前人的缺陷暴露无遗，这样就像后羿教出无数逄蒙一样的徒弟，拿着兵器围住自己不给自己生路啊，不如仍然效仿前人，闭口不提为好。

我揣摩这种技艺不传的缘故，虽然三者并列，恐怕还是最后一种原因居多。依我看来：文章是世人共享之物，不是一个人藏起来独自观赏的；是与非，是由历史评定的，哪是人所能颠倒的？不如写出自己的妙悟，公之于人，使得后辈的名贤都成为和自己志趣相投的人。才气超过自己的，我可以向他学习，仍不失为提高自己的途径；才气类似我的人，我和他做朋友，可以互相借鉴共同提高。抱持着这种用心，于是不觉把平生所学技艺全部拿出，并且和前人已经流传的书互相对照，也可以发扬长处、舍弃短处，分辨出缺点和优点，让人们知道什么应该跟从，什么应该放弃，而不会在阅读中被误导。了解我，罪责我，同情我，棒杀我，都随世人，我不愿再顾忌后果了。但恐怕我所说的，自己认为是对的，未必真是对的；大家所追求的，我认为不对，然而不一定都不对。只求有一个字有益于公众，就可以免去历史的惩罚。唉，如果元代作者能活过来，一定会宽恕我。

填词的学问首先应注重音律，而我却先考虑结构，是因为音律有书可查考，其规律明显突出。从《中原音韵》一书问世之后，阴阳平仄就都有了各自的适用范围，好比船要在水中才能航行，车要到岸上才能推动，稍微了解一点儿道理的人，即使想故意违背规律去创作也做不到了。《啸余谱》《九宫谱》两个曲谱一经出版，就定下了填词作曲的依据。前人把制曲子称作“填词”，“填”是“安排”的意思，就像棋盘上画有固定的格子，看到一个格子，才能下一颗棋子，只有黑与白的区别，从没有出格入格的弊端，该用韵的时候，我按韵来安排词句；不用韵的时候，我就尽情挥洒。至于安排韵律，使其铿锵悦耳，虽然说只在潜意识里才能分辨微妙之处，不能用语言表达清楚，但也会从勉强到自然，这大概是遵守固定法则而达到的化境。

至于结构，是在安排韵律之前就要考虑的。如同造物主赋予人的形体，要在精血凝结之初，胚胎形成之前，先制定整体形状，使最初微量的精血具有发育成五官与躯体的趋势。如果事先没有总体布局，却从头顶到脚跟，一段一段地生长，那人的身体，会有无数断断续续的痕迹，而血脉也会因此被阻断了。

工匠建筑楼阁也是这样。地基刚打平，房屋的大体结构没有建立之前，要预先考虑厅堂建在什么地方，门窗开向什么方向，檩和梁用什么木料，一定要等到布局都清楚了，才可以动工。如果建造了一部分，然后再规划另一部分，就会便于利用先建造的部分（所处空间与所用材料），而后建造的（受其影响，空间与材料）无法利用，势必改变先建造的来继续工程，还没建成规划就被破坏了，就像在路边建造房屋，自己没有主见，路人意见不一，有多座房屋的资源，却不够建造一厅一堂。所以写戏曲的人，不应当急于动笔，动手写作前先思考一下，才能奋笔疾书。有传奇性的事，才能有精妙的戏文，没有选题不好，却能产生可歌可泣之作的情况。曾经读过跟随潮流的人所撰写的戏曲，可惜他们惨淡经营，用心良苦的创作，却不能拿来演出，不是因为难于把握音律，而是整体结构不好啊。

曲词的文采似乎可以放到后边说，而我也把它放在音律之前，是因为它有才能和技能的分别。文采稍微突出的人，即可称为才子；特别精通音律的人，始终只是一个精通技艺的人。师旷只能欣赏音乐，不能创作乐曲；李龟年只能按别人填好的曲词演唱，不能自己创作曲词。如果让他们与擅长作曲又会作词的人同居一堂，那他们必定会坐在最末席位。事情极为细小也不能不严格对待，这就是一个例子。

评 析

此段文字开宗明义，指出“填词作曲并非雕虫小技”，而是“技无大小，贵在能精；才乏纤洪，利于善用。能精善用，虽寸长尺短，亦可成名”。为下文所谈的话题做铺垫。

其实，书虽名《闲情偶寄》，实则文中所谈的每一个“闲情”都有关为人之道，此段文字也是如此，仔细品味，“贵在能精、利于善用”“虽寸长尺短，亦可成名”，便能体会其中所揭示的人生之真谛！

戒讽刺

原典

武人之刀，文士之笔，皆杀人之具也。刀能杀人，人尽知之；笔能杀人，人则未尽知也。然笔能杀人，犹有或知之者；至笔之杀人较刀之杀人，其快其凶更加百倍，则未有能知之而明言以戒世者。予请深言其故。何以知之？知之于刑人之际。杀之与剐[①]，同是一死，而轻重别焉者。以杀止一刀，为时不久，头落而事毕矣；剐必数十百刀，为时必经数刻，死而不死，痛而复痛，求为头落事毕而不可得者，只在久与暂之分耳。然则笔之杀人，其为痛也，岂止数刻而已哉！窃怪传奇一书，昔人以代木铎[②]，因愚夫愚妇识字知书者少，劝使为善，诫使勿恶，其道无由，故设此种文词，借优人说法，与大众齐听。谓善由如此收场，不善者如此结果，使人知所趋避，是药人寿世之方，救苦弭灾[③]之具也。后世刻薄之流，以此意倒行逆施，借此文报仇泄怨。心之所喜者，处以生旦之位，意之所怒者，变以净丑之形，且举千百年未闻之丑行，幻设而加于一人之身，使梨园[④]习而传之，几为定案，虽有孝子慈孙，不能改也。噫，岂千古文章，止为杀人而设？一生诵读，徒备行凶造孽之需乎？苍颉造字而鬼夜哭，造物之心，未必非逆料至此也。凡作传奇者，先要涤去此种肺肠，务存忠厚之心，勿为残毒之事。以之报恩则可，以之报怨则不可；以之劝善惩恶则可，以之欺善作恶则不可。

人谓《琵琶》一书，为讥王四而设。因其不孝于亲，故加以入赘豪门，致亲饿死之事。何以知之？因“琵琶”二字，有四“王”字冒于其上，则其寓意可知也。噫，此非君子之言，齐东野人之语[5]也。凡作伟世之文者，必先有可以传世之心，而后鬼神效灵，予以生花之笔，撰为倒峡之词[6]，使人人赞美，百世流芬。传非文字之传，一念之正气使传也。《五经》《四书》《左》《国》《史》《汉》诸书，与大地山河同其不朽，试问当年作者有一不肖之人、轻薄之子厕于其间乎？但观《琵琶》得传至今，则高则诚之为人，必有善行可予，是以天寿其名，使不与身俱没，岂残忍刻薄之徒哉！即使当日与王四有隙，故以不孝加之，然则彼与蔡邕未必有隙，何以有隙之人，止暗寓其姓，不明叱其名，而以未必有隙之人，反蒙李代桃僵[7]之实乎？此显而易见之事，从无一人辩之。创为是说者，其不学无术可知矣。

予向梓传奇，尝埒[8]誓词于首，其略云：加生旦以美名，原非市恩于有托；抹净丑以花面，亦属调笑于无心；凡以点缀词场，使不岑寂而已。但虑七情以内，无境不生，六合之中，何所不有。幻设一事，即有一事之偶同；乔[9]命一名，即有一名之巧合。焉知不以无基之楼阁，认为有样之葫芦？是用沥血鸣神，剖心告世，倘有一毫所指，甘为三世之喑，即漏显诛，难逋[10]阴罚。此种血忱，业已沁入梨枣[11]，印政寰中久矣。而好事之家，犹有不尽相谅者，每观一剧，必问所指何人。噫，如其尽有所指，则誓词之设，已经二十余年，上帝有赫，实式临之，胡不降之以罚？兹以身后之事，且置勿论，论其现在者：年将六十，即旦夕就木，不为夭矣。向忧伯道之忧[12]，今且五其男，二其女，孕而未诞、诞而待孕者，尚不一其人，虽尽属景升豚犬[13]，然得此以慰桑榆[14]，不忧穷民之无告矣。年虽迈而筋力未衰，涉水登山，少年场往往追予弗及；貌虽癯而精血未耗，寻花觅柳，儿女事犹然自觉情长。所患在贫，贫也，非病也；所少在贵，贵岂人人可幸致乎？是造物之悯予，亦云至矣。非悯其才，非悯其德，悯其方寸之无他也。生平所著之书，虽无裨于人心世道，若止论等身，几与曹交食粟之躯等其高下。使其间稍伏机心，略藏匕首，造物且诛之夺之不暇，肯容自作孽者老而不死，犹得徉狂自肆于笔墨之林哉？吾于发端之始，即以讽刺戒人，且若嚣嚣自鸣得意者，非敢故作夜郎，窃恐词人不究立言初意，谬信"琵琶王四"之说，因谬成真。谁无恩怨？谁乏牢骚？悉以填词泄愤，是此一书者，非阐明词学之书，乃教人行险播恶之书也。上帝讨无礼，予其首诛乎？现身说法，盖为此耳。

注释

① 剐：古代酷刑，即凌迟。

② 木铎：古代传布命令，施行政教时使用的一种木舌大铃。后来被作为宣扬教化的代称。

③ 弭灾：消灾。

④ 梨园：戏院或戏曲界的别称。相传唐玄宗曾在"梨园"教习宫女乐工演习音乐舞蹈，后人便以此指代戏院或戏曲界。

⑤ 齐东野人之语：语出《孟子》，乡下人的无稽之谈。宋代以来,不少学者把"齐东"解为齐国以东,把"野人"解为无知的野蛮

人。王献唐先生《山东古国考》说:“孟子说的‘齐东野人之语’大抵是指处在‘氏族部落残余状态’的‘化外区域’的人民。”

⑥ 倒峡之词:比喻文思富赡。语本杜甫诗《醉歌行》:“词源倒倾三峡水,笔阵横扫千人军。”

⑦ 李代桃僵:又称“桃僵代李”。僵:枯死。李树代替桃树而死。原比喻兄弟互相爱护互相帮助。后转用来比喻互相顶替或代人受过。

⑧ 埒:原指矮墙、围墙,此处是指雕刻的意思。

⑨ 乔:假。

⑩ 逋:逃逸。

⑪ 梨枣:书版之代称。古代多用梨木和枣木制版刻书。

⑫ 伯道之忧:无子之忧。晋代邓攸,字伯道,战乱中为保全侄子而丢弃了儿子,终老无子。

⑬ 景升豚犬:汉末刘表,字景升,死后,儿子降曹。曹操曾说“刘景升儿子若豚犬耳”。后“景升豚犬”指没出息的儿子,多为谦辞。

⑭ 桑榆:落日的余晖照在桑榆树梢,比喻年老的时光。

译文

武士的刀,文人的笔,都是杀人的工具。大家都知道刀可以杀人,但不是每个人都知道笔也可以杀人。虽然也有人知道笔可以杀人,但是用笔杀人比用刀杀人更快百倍、更凶猛百倍,则很少有人知道并且公开地说出来警戒世人。请准许我深入地说一下其中的缘故。我是怎么知道的呢?是在刑场上处决犯人之时,领悟出来的。

砍头和剐刑，都是死，但有用刑轻重的分别。因为砍头只是一刀，时间短暂，头一落地事情就结束了；剐刑就一定要几十到几百刀，时间必须要经历几刻钟，想要死得干脆痛快些办不到，疼痛却接二连三。砍头和剐刑的分别只在于时间的长短不同。但是用笔杀人，其中的疼痛何止几刻钟呢？我对前人把戏曲传奇当作宣传政教的工具，感到十分奇怪。大概是因为老百姓中认识字能读书的人不多，所以人们写这种戏曲作品，借演员的表演让大家观看，以此作为劝诫人们做善事、不做坏事的途径。告诉他们做好事的人有这样好的结局，做坏事的人会有那样一个下场，使人们知道什么应该做什么不应该做。所以，它可以说是救人救世的药方，解救痛苦、消除灾难的工具。后来一些刻薄的人利用这个办法来倒行逆施，借创作词曲报仇、发泄自己的怨恨。自己心里喜欢的人，就把他放在生角和旦角的位置；心里对他不满的人，就把他虚构成净角和丑角的形象。并且捏造出千百年没有听说过的丑陋行径，牵强附会地加在他的仇人一个人身上，让唱戏的人表演并传扬，使其几乎成为定论，即使这个人有孝顺的子孙，也无法改变这种定局。唉！难道古往今来的文章只是为了杀人而创作的吗？读一辈子书，只是为了具备行凶造孽的条件吗？传说仓颉造字时有鬼在夜里哭泣，这表示当初造物的人未必没有想到这一点。只要是创作戏曲的人，先要把这种邪念思想洗涤干净，一定要存有一副忠实厚道的心肠，不要做残酷毒辣的事情。用文章报答恩情可以，用来发泄怨气就不可以；用文章劝勉善事惩戒坏事可以，用来欺骗好人做坏事就不可以。

有人说《琵琶记》这本书是作者为了讥讽王四而作的。因为他对亲人不孝顺，所以书中加入了做富豪人家的女婿，导致双亲饿死的情节。这点是怎么知道的呢？因为“琵琶”这两个字上面是四个“王”字，它的寓意由此就可以知道。唉！这不是有修养的君子所说的话，而是山野村夫的无稽之谈。凡是写出可以流传于后世的文章，必须先有一颗可以流传于后世的心，然后鬼神显灵赐予他生花妙笔，使他文思泉涌，写出人人称赞、流芳百世的文章。不是文章里面的文字让它流传，而是作者的一腔正气使它流传。《五经》《四书》《左传》《国语》《史记》《汉书》等书，与大地山河一同存在，永不腐朽，试问当年写这些书的作者中，有一个不肖之子、轻薄之徒混杂在其中吗？再看看《琵琶记》，这部剧本能够流传至今，那么高则诚的为人一定善良值得称赞。所以上天让他的名字能够永远流传，而没有与肉体一起消亡，他怎么是残忍刻薄的人呢？即使他当年与王四真有矛盾，故意给王四加上不孝顺的罪名，但是他与蔡邕未必有矛盾。为什么对有矛盾的人，只暗中说出他的姓而不公开指出他的名字，而对和自己未必有矛盾的人，反而让人家李代桃僵、替人顶罪呢？这是显而易见的道理，从来没有一个人为这件事争辩。提出“《琵琶记》是为了讥讽王四”这种说法的人，他的不学无术显而易见。

我以前在出版自己的戏曲作品时，曾经在作品的开头附上一段誓词，大意是：我给生角、旦角加上美名，并不是为了向我有所寄托的人换取感激；给净角、丑角抹个花脸，也只是出于无心

的调笑。这样做都是为了给戏场增加点缀，使氛围不那么冷清而

已。但是考虑到在人的七情六欲范围内，没有什么事情不会发生，天地之间，没有什么东西是不存在的。我虚构一件事，现实生活中就会有一件事与它相似；我编造一个名字，就会有一个人的名字与它巧合。谁知道会不会有人把我凭空捏造的东西当作以他为靶子的指桑骂槐呢？因此我滴血向上天发誓，拿出自己的心向世人告白，如果有丝毫的暗讽之处，我甘愿三辈子都当哑巴，即使我逃脱了阳间的责骂，也难以逃脱阴间的惩罚。这种发自内心的誓言早就附在书的开头出版了，在世间得到证明很久了。但有些好事的人仍然不能完全原谅我，每看一场戏，一定要向我追问剧中人物指的是哪个人。唉！如果这些剧本都有所影射，那么我发誓言已经二十多年了，上天有眼，随时应验，却为什么不给我惩罚呢？死后的事情，暂时放到一边不说它，先谈论我现在的状况：我年近六十，即便是马上就死去，活的时间也不短了。过去我担心自己没有后代，现在我已经有五个儿子、两个女儿，正在肚子里怀着还没有生下来的、生完孩子不久还将怀孕的，也不止一个人。虽然我的这些孩子都不争气，但是靠他们还能给我的晚年带来一点安慰，我不会有穷苦人家无儿无女的担忧。虽然我年纪大了，但筋骨还不错，跋山涉水，年轻人常常也追不上我。我虽然容貌瘦削，但精血还没有耗尽，寻花问柳时，仍然会儿女情长。我所担心的只是贫穷，贫穷并不是毛病；我所缺少的是富贵，但富贵难道是每个人都能侥幸得到的吗？所以说，这是造物主对我的厚爱。上天不是怜惜我的才华，也不是怜惜我的德行，而是怜惜我心中没有杂念。我这辈子写的书，虽然对人心世道没有什么帮助，但如果只论著作等身，几乎能和曹交所说的食粟之躯一比高低。如果我心里稍微藏着一些心机，略微有害人之意，那么造物主诛杀我剥夺我尚且来不及，能容忍我这个自作孽的人老而不死，让我还能疯疯癫癫地舞文弄墨吗？我在本书的开头就告诫人们不要讽刺他人，以至于上面的文字可能显得狂妄自大、自鸣得意，不是我胆敢故意夜郎自大，而是我私下里担心创作戏曲的人不清楚我写这篇文章的本意，而错误地相信“《琵琶记》是影射王四”的说法，将错误的当成真实的。谁没有恩怨？谁没有牢骚？如果都借戏曲创作来发泄怨恨，那么这本书就不是阐明戏曲创作的书，而是教人做危险邪恶事情的书。上天如果要追究无礼之人，我岂不是首当其冲？我把自己的亲身经历说出来告诉大家，就是出于这个目的。

评析

这一款的主旨是谈“文德”。

按照中华民族的传统，无论哪行哪业，为人处世首先要讲的就是“德”，李渔倡导的文德是“反对以文为手段来报仇泄愤，达到私人目的”。他提出“凡作传奇者，先要涤去此种肺肠，务存忠厚之心，勿为惨毒之事”“以之劝善惩恶则可，以之欺善作恶则不可”，是为“文德”。中国历来将道德与文章连在一起，合称为道德文章，因此，写文章的第一要务是修德，有至德才会有至文，屈原的楚辞、杜甫的诗篇，之所以流传千古，皆由此也。

为文如此，为人处世亦然。

立主脑

原典

古人作文一篇，定有一篇之主脑。主脑非他，即作者立言之本意也。传奇亦然。一本戏中，有无数人名，究竟俱属陪宾，原其初心，止为一人而设；即此一人之身，自始至终，离合悲欢，中具无限情由，无穷关目[①]，究竟俱属衍文，原其初心，又止为一事而设。此一人一事，即作传奇之主脑也。然必此一人一事果然奇特，实在可传而后传之，则不愧传奇之目，而其人其事与作者姓名皆千古矣。如一部《琵琶》止为蔡伯喈一人；而蔡伯喈一人又止为“重婚牛府”一事，其余枝节皆从此一事而生，二亲之遭凶，五娘之尽孝，拐儿之骗财匿书，张大公之疏财仗义，皆由于此。是“重婚牛府”四字，即作《琵琶记》之主脑也。一部《西厢》，止为张君瑞一人；而张君瑞一人，又止为“白马解围”一事，其余枝节皆从此一事而生，夫人之许婚，张生之望配，红娘之勇于作合，莺莺之敢于失身，与郑恒之力争原配而不得，皆由于此。是“白马解围”四字，即作《西厢记》之主脑也。余剧皆然，不能悉指。后人作传奇，但知为一人而作，不知为一事而作，尽此一人所行之事，逐节铺陈，有如散金碎玉。以作零出则可，谓之全本，则为断线之珠，无梁之屋，作者茫然无绪，观者寂然无声，又怪乎有识梨园，望之而却走也。此语未经提破，故犯者孔多。而今而后，吾知鲜矣。

注释

① 关目：戏曲的主要情节。

译文

古人写一篇文章，必定有一篇的“主脑”。“主脑”不是别的东西，就是作者写文章的本意。戏曲传奇也是如此。在一部传奇戏曲中有无数的人物，其实大多数都是配角，推想作者的本意，这些配角都只是为那个主要人物而设立的。就是这个主要人物，自始至终，经历所有的悲欢离合，中间有无数的情由和情节，其实大多是无关紧要的文字；推想作者本意，这些无关紧要的文字都只是为一个主要情节而设立的。那么这个主要人物、这个主要情节就是写作传奇的“主脑”。然而，这个主要人物、主要情节必须是真的奇特，是真的可以流传，然后才去传扬它，这样才不愧于传奇的名称，而且传奇所写的这个主要人物、主要情节，还有作者的姓名，都可以流传千古了。比如，一部《琵琶记》中，只有蔡伯喈一个主要人物，而写蔡伯喈又为写“重婚牛府”这一件事。其他的次要情节，都是由这个主要情节派生而来的，比如，父母双亲遭遇凶难、赵五娘的尽孝、骗子为骗财而藏匿家书、张大公的仗义疏财，全都是由这个主要情节派生而来的。因此“重婚牛府”这四个字，就是写作《琵琶记》的“主脑”啊！一部《西厢记》中，只有张君瑞一个主要人物，而张君瑞又只做了“白马解围”这一件事。其他的次要情节，都是由这个主要情节派生而来的，比如，夫人的许婚、张生的希望与莺莺婚配、红娘的勇于作合、莺莺的敢于失身，还有郑恒的力争原配而不得，都是由这个主要情节而派生出来的。因此，

“白马解围”这四个字，就是写作《西厢记》的“主脑”啊！其他戏剧也是如此，不能一一详细指出了。后人写作传奇，仅知道是为一个主要人物而作，却不知道还要为一个主要情节而作，他们只是把这个主要人物做的所有事逐个铺陈，就像是散碎的金玉一样。这可以当作零散的折子戏，称它为全本戏，那就像是断了线的珠子，没有大梁的房屋一样。作者茫然没有头绪，观戏的人寂然无声，毫无反应，难怪一些行家都不出演这样的剧本。“一人一事”的“主脑”这种话从前没有被人道破，因此违反的人有很多。我知道从今以后，再违反的人应该就会很少了。

评 析

李渔所谓的主脑有两个含义：一是“作者立言之本意”，即现在的主题、主旨；二是选择“一人一事”（即现在的中心人物、中心事件）作为主干。这是符合戏曲创作艺术规律的。中国叙事戏曲理论至李渔才真正建立发展起来。

“立主脑”不但对于叙事戏曲创作有着里程碑式的意义，而且作为为人行事的指导亦不为不可。从为人行事的角度看，我们无论工作，还是与人交往，都要有着一个“主脑”在，这个主脑就是工作的目的、交往的目的。有了目的，工作或与人交往也就有了方向，也就会在有限的时空里，运用自己的方式，最大限度地达到交往的效果。

脱窠臼

原典

“人惟求旧，物惟求新。”新也者，天下事物之美称也。而文章一道，较之他物，尤加倍焉。戛戛乎陈言务去[1]，求新之谓也。至于填词一道，较之诗赋古文，又加倍焉。非特前人所作，于今为旧，即出我一人之手，今之视昨，亦有间焉。昨已见而今未见也，知未见之为新，即知已见之为旧矣。

古人呼剧本为“传奇”者，因其事甚奇特，未经人见而传之，是以得名，可见非奇不传。“新”即“奇”之别名也。若此等情节业已见之戏场，则千人共见，万人共见，绝无奇矣，焉用传之？是以填词之家，务解“传奇”二字。欲为此剧，先问古今院本中，曾有此等情节与否，如其未有，则急急传之，否则枉费辛勤，徒作效颦之妇。东施之貌未必丑于西施，止为效颦于人，遂蒙千古之诮。使当日逆料至此，即劝之捧心，知不屑矣。

吾谓填词之难，莫难于洗涤窠臼，而填词之陋，亦莫陋于盗袭窠臼。吾观近日之新剧，非新剧也，皆老僧碎补之衲衣，医士合成之汤药。即众剧之所有，彼割一段，此割一段，合而成之，即是一种“传奇”。但有耳所未闻之姓名，从无目不经见之事实。语云“千金之裘，非一狐之腋”[2]，以此赞时人新剧，可谓定评。但不知前人所作，又从何处集来？岂《西厢》以前，别有跳墙之张珙？《琵琶》以上，另有剪发之赵五娘乎？若是，则何以原本不传，而传其抄本也？窠臼不脱，难语填词。凡我同心，急宜参酌。

注释

① 戛戛乎陈言务去：典出韩愈《答李翊书》“惟陈言之务去，戛戛乎其难哉”。戛戛：形容非常困难。

② 千金之裘，非一狐之腋：语出《史记·刘敬叔孙通列传》，原义是千金之裘，不是一只狐狸腋下的皮毛所能缝制的。现在用来强调做事情要一点一滴地积累。后演变为成语“集腋成裘”。

译文

“人惟求旧，物惟求新。”新，是对天下万物的美称。而文章这类东西与其他事物相比，更要加倍地求新。除去陈旧的话语很难，但必须除去，这就是所说的追求新鲜。至于戏曲创作，和诗赋古文相比，对新的要求又更加严格。不但前人的作品在今天看来成了过时的东西，即使是出于我一人之手的作品，今天看昨天的，也觉得中间有差别，这是因为昨天的东西已经看过了，今天还有没看过的东西。没有看过的东西是新的，已经看过的东西就成旧的了。

古人把剧本称为“传奇”，是因为里面写的事情特别奇特，都是把人们没有见过的事情写出来，由此得名，可见不新奇就不能流传。“新”就是“奇”的别名。如果这类情节已经在戏院上演过，那么成千上万的人都看过了，一点奇特的地方都没有了，哪里用得着去流传它呢？因此搞戏曲创作的人，必须要懂得“传奇”两个字的意义。如果想要写一部剧作，先要了解从古到今的剧作中是否曾经有过这样的情节，如果没有，那么就赶紧把它写出来，否则只会白白浪费力气，徒劳地做个效颦的东施。东施的容貌不一定比西施丑，只因为她仿效了别人，最终被人们讥笑。假使东施当年能预料到会有这种结果，即使别人劝她模仿捧心，她也不会这样做。

我认为填词最难的地方，莫过于摆脱前人的老一套；而填词最鄙陋的地方，也莫过于抄袭前人的老一套。我看近来的新剧，都不是新奇的戏剧，而是像老和尚用碎布头连缀而成的衲衣、医生合成的汤药一样的混合品。摘取各种剧本的内容，这儿割一段，那儿抄一段，拼到一起，就成了一部剧本，剧本里面只有没听过的人名，没有没见过的事情。古语说：“千金之裘，非一狐之腋。”用这句话来称赞当今人们新创作的剧本，可以说最恰当不过了。但不知道前人所写的作品又是从什么地方搜集来的？难道《西厢记》问世之前，就另有一个写跳墙的张珙？写《琵琶记》之前，就另有一个写剪发的赵五娘吗？如果是这样，那么原本为什么没有流传，而抄袭的本子却流传了呢？不跳出现成的格式，就难以谈论填词。凡是和我想法相同的人，都应该好好思考一下这个问题。

评 析

“窠臼不脱，难语填词”是说填词作曲必须跳出老俗套、旧公式，要有所创新。其实，何止填词作曲，所有的艺术创作活动不都是如此吗？所有的事物在发展的过程中不也是如此吗？

“弃旧图新”人之共性，正如李渔所说“非特前人所作，于今为旧；即出我一人之手，今之视昨亦有间焉”。当然，弃旧图新并不是不要传统，而是继承中的革新，今读此文更应明此大义。

密针线

原 典

编戏有如缝衣，其初则以完全者剪碎，其后又以剪碎者凑成。剪碎易，凑成难，凑成之工，全在针线紧密。一节偶疏，全篇之破绽出矣。每编一折，必须前顾数折，后顾数折。顾前者，欲其照映，顾后者，便于埋伏。照映埋伏，不止照映一人、埋伏一事，凡是此剧中有名之人、关涉之事，与前此后此所说之话，节节俱要想到，宁使想到而不用，勿使有用而忽之。吾观今日之传奇，事事皆逊元人，独于埋伏照映处，胜彼一筹。非今人之太工，以元人所长全不在此也。若以针线论，元曲之最疏者，莫过于《琵琶》。无论大关节目背谬甚多，如子中状元三载，而家人不知；身赘相府，享尽荣华，不能自遣一仆，而附家报于路人；赵五娘千里寻夫，只身无伴，未审果能全节与否，其谁证之？诸如此类，皆背理妨伦之甚者。再取小节论之，如五娘之剪发，乃作者自为之，当日必无其事。以有疏财仗义之张大公在，受人之托，必能终人之事，未有坐视不顾，而致其剪发者也。然不剪发，不足以见五娘之孝。以我作《琵琶》，《剪发》一折亦必不能少，但须回护张大公，使之自留地步。吾读《剪发》之曲，并无一字照管大公，且若有心讥刺者。据五娘云："前日婆婆没了，亏大公周济。如今公公又死，无钱资送，不好再去求他，只得剪发"云云。若是，则剪发一事乃自愿为之，非时势迫之使然也，奈何曲中云："非奴苦要孝名传，只为上山擒虎易，开口告人难。"此二语虽属恒言，人人可道，独不宜出五娘之口。彼自不肯告人，何以言其难也？观此二语，不似怼[1]怨大公之词乎？然此犹属背后私言，或可免于照顾。迨其哭倒在地，大公见之，许送钱米相资，以备衣衾棺椁，则感之颂之，当有不啻口出者矣，奈何曲中又云："只恐奴身死也，兀自没人埋，谁还你恩债？"试问公死而埋者何人？姑死而埋者何人？对埋殓公姑之人而自言暴露，将置大公于何地乎？且大公之相资，尚义也，非图利也，"谁还恩债"一语，不几抹倒大公，将一片热肠付之冷水乎？此等词曲，幸而出自元人，若出我辈，则群口讪之，不识置身何地矣！予非敢于仇古，既为词曲立言，必使人知取法，若扭于世俗之见，谓事事当法元人，吾恐未得其瑜，先有其瑕。人或非之，即举元人借口，乌知圣人千虑，必有一失；圣人之事，犹有不可尽法者，况其他乎？《琵琶》之可法者原多，请举所长以盖短。如《中秋赏月》一折，同一月也，出于牛氏之口者，言言欢悦；出于伯喈之口者，字字凄凉。一座两情，两情一事，此其针线之最密者。瑕不掩瑜，何妨并举其略。然传奇一事也，其中义理分为三项：曲也，白也，穿插联络之关目也。元人所长者止居其一，曲是也，白

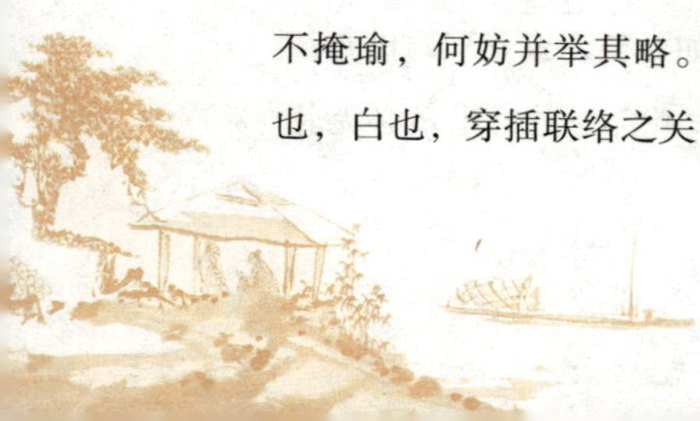

与关目皆其所短。吾于元人，但守其词中绳墨②而已矣。

注释

① 怼：怨恨

② 绳墨：矫正曲直的工具。这里指曲文创作的法则。

译文

编戏就像缝衣服一样，起初是把整块的布料剪碎，然后是把剪碎的布料缝成衣服。把布剪碎十分容易，再缝合成衣服就很难了。缝合的功夫，全在于针线紧密；一处偶然的疏忽，整篇戏曲的破绽就显露无遗。每编一折戏，都必须既要照顾到前面几折，又要照顾到后面几折。照顾前面几折，是为了能让后面的照应前面的；照顾后面几折，是为了使前面几折能为后面做好埋伏。照应和埋伏，不只是照应、埋伏一个人、一件事，这个戏中有名字的所有人和涉及的所有事，以及此前和此后说的所有话，样样都要想到。宁可使想到的用不上，也不要使有用的被忽略。我看到现在的一些传奇，各个方面都不如元代作者，仅仅在埋伏照应方面比元代作者强一些。并非现在的作者太工巧，而是元代人所擅长的并不在此。若从穿插衔接的角度来看，元曲中最粗疏的莫过于《琵琶记》，情节无论大小，乖违荒谬的地方很多，比如：儿子中了状元已经三年，而家人却不知道；蔡伯喈入赘相府，享受所有的荣华富贵，却不能派遣一个仆人，而是请路人给家人带信；赵五娘千里寻夫，只身一人，无人做伴，不清楚她能否保全节操，谁能为她证明？诸如此类，都是特别明显地有违常理和人伦的地方。再从小的情节来看，比如，赵五娘剪头发的事，是作者杜撰的，以当时的情节发展来看必定不会发生这样的事。这是因为有仗义疏财的张大公在，他受人之托，一定会忠人之事，不可能坐视不管，而让五娘剪发的事情发生。然而不剪发便不足以表现五娘的孝心，即便是我来写《琵琶记》，《剪发》这一折也绝对不能少，但是我一定会照应回护张大公，使情节留有余地。我在读《剪发》一折的曲辞时发现，并没有一个字照应回护张大公，而且仿佛还有讽刺他的心思。据赵五娘说："前些日子婆婆死了，多亏张大公周济。现在公公又死去，没有钱出葬他，不好再次去求大公，只能把头发剪了。"如果真是这样，那么剪发这件事，就是五娘自愿为之，而不是情势逼迫她这样做；那为何曲辞中还要说"不是奴家苦求孝名流传，只因上山擒虎容易，开口求人难"这样的话呢？这两句话虽然说是常言，谁都能说，只是不适合赵五娘来说。是她自己不肯告诉别人自己需要帮助，为什么又要说"告人难"呢？看这两句话，难道不像是怨恨大公的言辞吗？然而，这两句话还可以算是她私底下说的，或许可以免于照应。等到她哭倒在地上，大公看到她，许诺送钱送米资助，以供出葬的衣服和棺木，那么此时五娘应该有说不完的感激赞扬的话了，为何曲辞中还要说："只怕奴家死了也没有人埋，谁来偿还你的恩情债啊？"那么试问：五娘的公公死后是谁出钱埋葬的？婆婆死后又是谁出钱埋葬的？面对出钱埋葬自己公婆的人，还说自己身死没有人埋，这是将大公置于何地呢？而且张大公出钱相助，是崇尚大义，而不是贪图自己的私利啊！"谁还恩债"这句话，不是几乎把大公一笔抹杀，给大公的一片热心上泼冷水吗？这样的词曲，幸好是出自元代人，如果出自我们这辈人，那必定会被众人嘲笑，不知道该置身何地了！我并不敢轻视古人，既然我要为词曲立论，就一定要让人知道怎样取法；倘若拗不过世俗之见，认为各个方面都要效法元代作家，恐怕还没有学到它的优点，就先学到了它的缺点。有人提出不同见解，就举元代作家作为借口来否定。却不知圣人千虑，必有一失；圣人做的事，仍有不能完全效法的，何况别的人呢？《琵琶记》中能拿来效法学习的地方原本有很多，请让我列举它的长处来掩盖它的不足之处，比如《中秋赏月》一折中，面对同样一轮明月，牛氏之口所说的每一句都是欢乐喜悦，蔡伯喈之口所说的每个字都透露出凄凉之感。同处一座，却有两种情绪，两种情绪都来自同一种事物，这就是其针线最密之处。《琵琶记》瑕不掩瑜，何不一起列举出其优缺点呢？然而，作传奇这件事，其中的内容分为三项：曲词、念白、前后穿插联络的情节。元代作者所擅长的只占其中一项，就是曲词，而念白和前后穿插联络的情节，元代作者并不擅长。对于元人的作品，我们只需要遵守其曲词创作的法则就行了。

评 析

密针线是一个极妙的比喻。可以数一数世界名牌服装的缝线，每一寸缝几针的数目都是相同的，并且丝毫不差。这也印证了李渔的“编戏如缝衣”的理论。“缝衣”有一个“剪碎”“凑成”的过程，然而，“凑成之工，全在针线紧密”，不然“一节偶疏，全篇之破绽出矣”。

其实，这个道理普遍适用。无论是工作，做事，一个环节就是过程，每个过程的完成都需要当事人用心地设计，精心地去做。这就是说工作的好坏都是一点一滴积累而成的。个人的名誉也是一事一事地树立起来的。

戒荒唐

原典

昔人云："画鬼魅易，画狗马难。"以鬼魅无形，画之不似，难于稽考。狗马为人所习见，一笔稍乖，是人得以指摘。可见事涉荒唐，即文人藏拙之具也。而近日传奇独工于为此。噫，活人见鬼，其兆不祥，矧有吉事之家，动出魑魅魍魉为寿乎？移风易俗，当自此始。

吾谓剧本非他，即三代以后之《韶》《濩》也。殷俗尚鬼，犹不闻以怪诞不经之事被诸声乐，奏于庙堂，矧辟谬崇真之盛世乎？

王道本乎人情，凡作传奇，只当求于耳目之前，不当索诸闻见之外。无论词曲，古今文字皆然。凡说人情物理者，千古相传；凡涉荒唐怪异者，当日即朽。《五经》《四书》《左》《国》《史》《汉》，以及唐宋诸大家，何一不说人情？何一不关物理？及今家传户颂，有怪其平易而废之者乎？《齐谐》，志怪之书也，当日仅存其名，后世未见其实。此非平易可久、怪诞不传之明验欤？

人谓家常日用之事，已被前人做尽，穷微极隐，纤芥无遗，非好奇也，求为平而不可得也。予曰：不然。世间奇事无多，常事为多；物理易尽，人情难尽。有一日之君臣父子，即有一日之忠孝节义。性之所发，愈出愈奇，尽有前人未作之事，留之以待后人，后人猛发之心，较之胜于先辈者。即就妇人女子言之，女德莫过于贞，妇愆无甚于妒。古来贞女守节之事，自剪发、断臂、刺面、毁身，以至刎颈而止矣。近日失贞之妇，竟有刲肠剖腹，自涂肝脑于贵人之庭以鸣不屈者；又有不持利器，谈笑而终其身，若老衲高僧之坐化者。岂非五伦以内，自有变化不穷之事乎？古来妒妇制夫之条，自罚跪、戒眠、捧灯、戴水，以至扑臀而止矣。近日妒悍之流，竟有锁门绝食，迁怒于人，使族党避祸难前，坐视其死而莫之救者；又有鞭扑不加，囹圄不设，宽仁大度，若有刑措之风，而其夫摄于不怒之威，自遣其妾而归化者。岂非闺阃以内，便有日异月新之事乎？此类繁多，不能枚举。此言前人未见之事，后人见之，可备填词制曲之用者也。即前人已见之事，尽有摹写未尽之情，描画不全之态。若能设身处地，伐隐攻微，彼泉下之人，自能效灵于我，授以生花之笔，假以蕴绣之肠，制为杂剧，使人但赏极新极艳之词，而意忘其为极腐极陈之事者。此为最上一乘，予有志焉，而未之逮也。

译文

正如古人所说："画鬼容易，画狗和马难。"以鬼魅无形，画得不像，也没有办法去核实。狗和马是人们常见的，有一笔画得稍微不像，人们就会指责。由此可见，把事实写得荒唐，是文人掩藏自己短处的一个好办法。然而现在的戏曲传奇，唯独擅长这方面。唉，活人见到鬼，这个预兆不祥，况且哪有办喜事的人家，动不动就用鬼魅祝寿的呢？移风易俗，应该是从这里开始的。

我认为剧本并非荒唐的内容，而是夏商周三代以后像《韶》《濩》那样雅正的乐曲。商代风俗崇尚鬼神，尚且没听说将荒诞不经的事编入音乐中在宗庙朝堂之上演奏，何况在排斥荒谬崇奉真实的盛世呢？

（这是因为）治理天下以人世的情理为本。凡是创作戏曲传奇，只应当在身边寻找素材，不应当在见闻之外搜求。不要说戏曲，古今文章都是这样。凡是述说人情事理的，都能千古传诵；凡涉及荒唐怪异的，当时就腐朽。《五经》《四书》《左传》《国语》《史记》《汉书》，以及唐宋各位大家，哪一个不述说人情？哪一个不涉及事理？到现在依然家喻户晓，有怪罪它们平易要将其舍弃的吗？《齐谐》是记载怪异的书，当时仅存名字，后世没见过这本书。这不是平易的文章可以长久流传、荒诞的内容难以流传的明证吗？

有人说家常的事，已经被前人写尽，深入且细致，没有遗漏一丝细节，不是我们喜好写怪异的事，而是想写平常的事却无处下笔。我说：不是这样。世间奇事不多，平常的事情才多；事物容易写尽，人情很难写尽。有一天存在君臣父子的关系，就有一天的忠孝、节义。很多事是人的本性做出来的，越来越新奇，尽有前人没有写进作品的事，留下来等待后人完成。后人强烈的感情，相比之下要胜于前人。就举妇女的例子来说，女子的品德中没有比贞节更高的，妇女的罪过中没有比忌妒更严重的。自古以来女子守节的事，从剪头发、断手臂、毁容貌到坏身体，最严重的是自杀。最近失去贞洁的女人，竟然有割肠剖肚，在欺负自己的富贵人家以肝脑涂地来明示坚贞不屈的；又有不用利器自残，谈笑着死去，就像高僧坐化一样的。这难道不是伦常之中，有变化无穷的事吗？自古以来妒妇管制丈夫的方法，从罚跪、不准睡觉、捧灯、头顶水坛，到打屁股为止。最近凶悍的妒妇，竟然有锁起门不让丈夫吃饭，迁怒于别人，使亲族害怕不敢上前阻拦，眼看他死去而没有人能救他；又有也不鞭打，也不关押，宽宏大量，像有政治清平、不用刑法的风范，而她的丈夫被其不动怒却具有的威势所慑服，自动将小妾休掉而服服帖帖的。这难道不是在夫妻之间，就有日新月异的事吗？这类事很多，不能一一列举。这都说的前人从来没有见过的事，后人见到了，可供创作戏曲之用。即使是前人已经见到的事，也都有没描写完的情形和没刻画全的形态。如果能设身处地地钻研细微之处，那黄泉下的鬼神，自然能够对我显灵，传授我生花妙笔，借给我玲珑之心，创作成杂剧，使人只顾欣赏极其新颖绚烂的曲词，而忘记了它是极其陈旧老套的故事。这是戏剧的最高境界，我有志于此，但还没有达到。

评析

“凡作传奇，只当求于耳目之前，不当索诸闻见之外”，李渔此说可谓至理名言。在这里，“耳目之前”与“闻见之外”既是对立的，又是统一的，因为“世间奇事无多，常事为多”而那奇事就包含在常事之中。若在“常事”之外寻求“奇事”，就必然走上“荒唐怪异”

的邪路。真切实在的寻常生活本身永远会有变化不穷、日新月异的奇事。

三百多年前的李渔有如此辩证的认识实在难得，而当今社会却不明白这一道理，一味地走捷径，搞投机，甚至贪污受贿，其结局必然会走上一条不归路。

审虚实

原典

传奇所用之事，或古或今，有虚有实，随人拈取。古者，书籍所载，古人现成之事也；今者，耳目传闻，当时仅见之事也；实者，就事敷陈，不假造作，有根有据之谓也；虚者，空中楼阁，随意构成，无影无形之谓也。

人谓古事实多，近事多虚。予曰：不然。传奇无实，大半皆寓言耳。欲劝人为孝，则举一孝子出名，但有一行可纪，则不必尽有其事，凡属孝亲所应有者，悉取而加之。亦犹纣之不善，不如是之甚也，一居下流，天下之恶皆归焉。其余表忠表节，与种种劝人为善之剧，率同于此。若谓古事皆实，则《西厢》《琵琶》推为曲中之祖，莺莺果嫁君瑞乎？蔡邕之饿莩其亲，五娘之干蛊其夫，见于何书？果有实据乎？

孟子云："尽信书，不如无书。"盖指《武成》而言也。经史且然，矧杂剧乎？凡阅传奇而必考其事从何来、人居何地者，皆说梦之痴人，可以不答者也。然作者秉笔，又不宜尽作是观。若纪目

前之事，无所考究，则非特事迹可以幻生，并其人之姓名亦可以凭空捏造，是谓虚则虚到底也。若用往事为题，以一古人出名，则满场脚色皆用古人，捏一姓名不得；其人所行之事，又必本于载籍，班班可考，创一事实不得。

非用古人姓字为难，使与满场脚色同时共事之为难也；非查古人事实为难，使与本等情由贯串合一之为难也。予既谓传奇无实，大半寓言，何以又云姓名事实必须有本？要知古人填古事易，今人填古事难。古人填古事，犹之今人填今事，非其不虑人考，无可考也。传至于今，则其人其事，观者烂熟于胸中，欺之不得，罔之不能，所以必求可据，是谓实则实到底也。若用一二古人作主，因无陪客，幻设姓名以代之，则虚不似虚，实不成实，词家之丑态也，切忌犯之。

译 文

戏曲作品所写的事情，有的是古代的事情，有的是当代的事情，有的是虚构的事情，有的是真实的事情，人们随便选取。所谓古，就是书上记载的古人现成的事情；所谓今，就是耳闻目见，当代发生的事情。所谓实，就是根据事实铺张陈述，不假造情节，有根有据的事情；所谓虚，就是作者随意虚构的空中楼阁，是无影无形的事情。

有人说，古代的事大多是真实的，当今的事多半是虚构的。我说：不是这样。剧本没有完全真实的，大部分都是寓言而已。想劝人们要行孝道，就举出一位有名的孝子，只要他身上有一点孝行可以写下来，就不必所有的事都是真的，凡是属于孝敬父母应该具有的东西，都拿来加在他的身上。就像纣王虽然不好，但也不像人们所说的那样坏，一旦落到末等的地位，天下所有的坏事都归在他的身上。其他表现忠诚、气节和各种劝人做善事的戏剧，都与此相同。如果说古代的事情都是真实的，那么《西厢记》《琵琶记》被推举为古代戏曲中的鼻祖，崔莺莺真嫁给张君瑞了吗？蔡邕使自己的父母饿死，赵五娘替丈夫侍奉父母、养老送终，在哪本书中有记载呢？真的有实际根据吗？

孟子说："全部相信书上说的，还不如没有书。"这句话是针对《尚书》中的"武成"一篇而说的。经书、史书尚且是这样，更何况戏曲呢？凡是阅读剧本时一定要考究其中的事情是从何而来，里面的人物是住在何地的人，都是说梦的痴人，可以不理会他们。然而作者写作，又不应完全抱着这样的观点。如果写当前的事，没有什么可以考究的，那么不但其中的事情可以虚构，而且里面人物的姓名也可以凭空捏造，这就叫虚构就虚构到底。如果用以前的事情作为主题，因为其中有一位古人很出名，那么整场戏的角色就都要用古人，一个姓名也捏造不得；剧本里的人所做的事，又必须根据书中记载，每件事都要可以考证，虚构一件都不行。

不是用古人的姓名困难，而是让人物与整场戏的角色共同行事困难；不是查找古人的事迹困难，而是让事情与这场戏的情节贯串起来合为一个整体困难。我既然说过剧本中所写的事情没有真实的，大部分是寓言，为什么又说姓名、事实必须要有根据呢？要知道古代的人写古代的事容易，现在的人写古代的事情就困难。古代的人写古代的事，好比现在的人写现在的事，不是作者不担心别人考证，而是没有可以考证的地方。这些作品传到现在，其中的人物

和事件，观众在心中记得都很熟，想欺骗观众也欺骗不了，所以写古代的事，一定要有根有据。这就是真实就要真实到底。如果用一两位古人做主角，因为没有配角，就虚构姓名来代替，那么就会虚构不像虚构，真实又不像真实，写剧本的人就要出丑了，一定不要犯这样的错误。

评析

“传奇无实，大半皆寓言耳”，李渔一语道破传奇的“天机”，揭示了传奇的实质。如果把传奇里的人和事都看作真有其人，实有其事，那真是愚不可及。但是，在我们看到传奇的不真实的同时，还要看到其真实的一面，实际上不真实中包含着真实。这个传奇的真实就是我们说的艺术的真实。它往往比生活的真实还要真实。这是因为艺术的真实是生活真实的精华的缘故啊！

艺术如此，生活也是不是如此？

词采第二

小序

原典

曲与诗余，同是一种文字。古今刻本中，诗余能佳而曲不能尽佳者，诗余可选而曲不可选也。诗余最短，每篇不过数十字，作者虽多，入选者不多，弃短取长，是以但见其美。曲文最长，每折必须数曲，每部必须数十折，非八斗长才，不能始终如一。微疵偶见者有之，瑕瑜并陈者有之，尚有踊跃于前，懈弛于后，不得已而为狗尾貂续者亦有之。演者观者既存此曲，只得取其所长，恕其所短，首尾并录。无一部而删去数折，止存数折，一出而抹去数曲，止存数曲之理。此戏曲不能尽佳，有为数折可取而挈带全篇，一曲可取而挈带全折，使瓦缶与金石齐鸣者，职是故也。

予谓既工此道，当如画士之传真，闺女之刺绣，一笔稍差，便虑神情不似；一针偶缺，即防花鸟变形。使全部传奇之曲，得似诗余选本如《花间》《草堂》诸集，首首有可珍之句，句句有可宝

之字，则不愧填词之名，无论必传，即传之千万年，亦非侥幸而得者矣。

吾于古曲之中，取其全本不懈、多瑜鲜瑕者，惟《西厢》能之。《琵琶》则如汉高用兵，胜败不一，其得一胜而王者，命也，非战之力也。《荆》《刘》《拜》《杀》之传，则全赖音律。文章一道，置之不论可矣。

译 文

曲和词都是一种文学体裁。在古往今来的刻本（注：用木刻版印成的书籍）中，词能写得好，而曲却不能都写得好；这是因为词是可以选的，而曲是不可以选的。词最短，每首才几十个字，虽然写词的人很多，但被选入的却不多，抛弃差的词只选取好的词，所以人们只看到词的精彩地方。曲的篇幅最长，每折里面一定有几支曲子，每部戏里面一定有几十折，不是才高八斗的才子，不可能自始至终都写得好。所以，有的曲子偶尔带有一点小毛病，有的曲子好坏并存，有的曲子前面写得很紧凑，后面却写得很松懈，没有办法只好狗尾续貂。演员、观众既然已经把这些曲目保留下来，就只能选取它的长处，而原谅它的短处，把开头和结尾都收录进来。没有把一部戏曲删去好几折只留下其中的几折或者把一出戏去掉几支曲子只留下其中的几支的道理。这是因为戏曲不可能整篇都写得好，有几折写得好就可以带动全篇，一首曲子有可取之处就可以带动这一折，使好坏参半，出现瓦盆与金玉齐鸣，优劣混杂的情况，就是这个缘故。

我认为，既然从事写作戏曲这一行，就应该像画家画肖像、闺中女士刺绣一样，有一笔画得稍稍差一点，就会担忧人物的神情画得不像；偶尔有一针漏了，就会担忧花鸟变形。假如所有剧本的曲子，能够像《花间集》《草堂诗余》等集子那样，每一首都有精彩的句子，每一句都有用得好的字，那么就不会愧对戏曲的名声，更不用说这样的戏曲一定会流传下去，就是流传千万年，也不是侥幸得以流传的。

我在古代戏曲中挑选写得整体紧凑、优点多于缺点的剧作，只有《西厢记》能达到标准。《琵琶记》就像汉高祖用兵，胜败不能确定，他得到一次胜利就成为帝王，是因为运气好，而不是因为善于指挥用兵。《荆钗记》《刘知远白兔记》《拜月记》《杀狗记》能够流传，则完全是靠的音律，至于文章曲词，可以放在一边不提。

评 析

李渔把结构、词采、音律划分为一、二、三等并非就“价值大小，地位尊卑”而言的。很大程度上是就“时间先后，程序次第”的意义而说的。因为戏曲上，无论结构、词采，还是音律并没有尊卑大小、地位高低之分。对于整部戏曲而言，它们的地位是平等的，缺了谁都不行。

实际上，社会也是如此，社会上的每一个人都是社会的一个分子，生来是平等的，只不过由于社会的分工造成了各自的社会角色不同。细细想来，这个社会真的缺了哪个行业是能行的呢？

贵显浅

原典

曲文之词采，与诗文之词采非但不同，且要判然相反。何也？诗文之词采，贵典雅而贱粗俗，宜蕴藉而忌分明。词曲不然，话则本之街谈巷议，事则取其直说明言。凡读传奇而有令人费解，或初阅不见其佳，深思而后得其意之所在者，便非绝妙好词，不问而知为今曲，非元曲也。

元人非不读书，而所制之曲，绝无一毫书本气，以其有书而不用，非当用而无书也，后人之曲则满纸皆书矣。元人非不深心，而所填之词，皆觉过于浅近，以其深而出之以浅，非借浅以文其不深也，后人之词则心口皆深矣。

无论其他，即汤若士《还魂》一剧，世以配飨元人，宜也。问其精华所在，则以《惊梦》《寻梦》二折对。予谓二折虽佳，犹是今曲，非元曲也。《惊梦》首句云："袅晴丝，吹来闲庭院，摇漾春如线。"以游丝一缕，逗起情丝，发端一语，即费如许深心，可谓惨淡经营矣。然听歌《牡丹亭》者，百人之中有一二人解出此意否？若谓制曲初心并不在此，不过因所见以起兴，则瞥见游丝，不妨直说，何须曲而又曲，由晴丝而说及春，由春与晴丝而悟其如线也？若云作此原有深心，则恐索解人不易得矣。索解人既不易得，又何必奏之歌筵，俾雅人俗子同闻而共见乎？

其余“停半晌，整花钿，没揣菱花，偷人半面”及“良辰美景奈何天，赏心乐事谁家院”，“遍青山，啼红了杜鹃”等语，字字俱费经营，字字皆欠明爽。此等妙语，止可作文字观，不得作传奇观。至如末幅“似虫儿般蠢动，把风情搧”，与“恨不得肉儿般团成片也，逗的个日下胭脂雨上鲜”，《寻梦》曲云：“明放着白日青天，猛教人抓不到梦魂前”，“是这答儿压黄金钏匾”，此等曲，则去元人不远矣。

而予最赏心者，不专在《惊梦》《寻梦》二折，谓其心花笔蕊，散见于前后各折之中。《诊祟》曲云：“看你春归何处归，春睡何曾睡，气丝儿怎度的长天日？”“梦去知他实实谁，病来只送得个虚虚的你。做行云先渴倒在巫阳会。”“又不是困人天气，中酒心期，魆魆的常如醉。”“承尊觑，何时何日来看这女颜回？”《忆女》曲云：“地老天昏，没处把老娘安顿。”“你怎撇得下万里无儿白发亲。”“赏春香还是你旧罗裙。”《玩真》曲云：“如愁欲语，只少口气儿呵！”“叫的你喷嚏似天花唾。动凌波，盈盈欲下，不见影儿那。”此等曲，则纯乎元人，置之《百种》前后，几不能辨，以其意深词浅，全无一毫书本气也。

若论填词家宜用之书，则无论经传子史以及诗赋古文，无一不当熟读，即道家佛氏、九流百工之书，下至孩童所习《千字文》《百家姓》，无一不在所用之中。至于形之笔端，落于纸上，则宜洗濯殆尽。亦偶有用着成语之处，点出旧事之时，妙在信手拈来，无心巧合，竟似古人寻我，并非我觅古人。此等造诣，非可言传，只宜多购元曲，寝食其中，自能为其所化。而元曲之最佳者，不单在《西厢》《琵琶》二剧，而在《元人百种》之中。《百种》亦不能尽佳，十有一二可列高、王之上，其不致家弦户诵，出与二剧争雄者，以其是杂剧而非全本，多北曲而少南音，又止可被诸管弦，不便奏之场上。今时所重，皆在彼而不在此，即欲不为纨扇之捐，其可得乎？

译文

戏曲的文采，与诗、散文的文采不只是不同，而且要截然相反。为什么呢？诗、散文的文采，力求典雅而避免粗俗，应该含蓄而切忌直白。戏曲不这样，人物的对话来自街谈巷议，叙事要清楚明白。凡是阅读剧本时有令人费解之处，或者初次阅读时没有发现优点，深入思考后才能明白其醉翁之意的，就不是最好的戏曲，不用问就知道是现在的戏曲，不是元代的戏曲。

元代作者不是不读高雅的作品，但他们所创作的戏曲，没有一点文绉绉的气息，因为他们有学问而不套用文辞，并不是该用时而腹中空空，后人创作的戏曲就全篇都让观众费解。元代作者不是不深思熟虑，而创作的戏曲都让人觉得十分浅显，因为他们深入地思考后用浅显的文字来表达，并不是借助浅显来掩饰自己不深刻，后人的创作则是想的和写的都太深奥了。

不说其他的，单说汤显祖的《还魂记》一剧，世人认为可与元曲相媲美，是恰当的。问人们这部剧的精华所在，就会回答是《惊梦》《寻梦》这两折。我认为这两折虽然很好，仍然是现在的戏曲，不能和元曲相提并论。《惊梦》首句说："袅晴丝，吹来闲庭院，摇漾春如线。"以游丝一缕挑起情丝，开端一句话，就花费如此苦心，可以说是惨淡经营了。但是听《牡丹亭》的人，一百个人中能有一两个人明白这个意思吗？如果说创作戏曲的本意并不在此，不过由所见来起兴，那么看到游丝不妨直说，又何必要折来绕去，由晴空柳丝而说到春天，由春天和晴空柳丝而感悟情思像线一样？如果说写这些原本有深意，恐怕要找到能理解的人是不容易的。理解的人既然不容易得到，又有何必要在舞台上演出，让高雅的人和凡俗的人一起欣赏呢？

其余像"停半晌，整花钿，没揣菱花，偷人半面"和"良辰美景奈何天，赏心乐事谁家院"，"遍青山，啼红了杜鹃"这些语句，每个字都费尽思量，每个字都不够明白爽直。这些妙语，只能当作文学来看，不能当作戏曲来欣赏。至于片尾的"似虫儿般蠢动，把风情搧"，与"恨不得肉儿般团成片也，逗的个日下胭脂雨

上鲜”，《寻梦》中说：“明放着白日青天，猛教人抓不到梦魂前”“是这答儿压黄金钏匾”，这些曲子，就跟元代作品相差无几了。

而我最欣赏的，不只在《惊梦》《寻梦》这两折，我认为作者匠心，在前后各折中都可见到。《诊祟》中说：“看你春归何处归，春睡何曾睡，气丝儿怎度的长天日。”“梦去知他实实谁，病来只送得个虚虚的你。做行云先渴倒在巫阳会。”“又不是困人天气，中酒心期，魆魆的常如醉。”“承尊觑，何时何日来看这女颜回？”《忆女》中说：“地老天昏，没处把老娘安顿。”“你怎撇得下万里无儿白发亲。”“赏春香还是你旧罗裙。”《玩真》中说：“如愁欲语，只少口气儿呵！”“叫的你喷嚏似天花唾。动凌波，盈盈欲下，不见影儿那。”这些曲子，就达到了元人的境界，将其放在《元人百种》中，几乎不能分辨，因为它蕴意深而文词浅白，完全没有一点书本气了。

如果谈及戏曲家应该参考的书，那么不要说经传子史和诗赋古文，没有一样不应当仔细阅读，就是道家、佛家、各行各业的书，下到小孩所学习的《千字文》《百家姓》，无一不是所要参考的。至于自己写作的时候，就要把这些排除干净。也偶尔有用着成语的地方，点出旧事的时候，妙处在于信手拈来，看似无心巧合，竟然像是古人学我，并不是我模仿古人。这种造诣，不可以言传，只能多看元曲，全身心投入其中，自然能够被它熏陶感染。而元曲中最精彩的，不单是《西厢记》《琵琶记》这两剧，而且包括《元人百种》。《元人百种》中的戏剧也不是都好，十分之一二可以位列高则诚、王实甫之上，它们没能家喻户晓，与两个剧目比试高低，是因为它们是杂剧而不是全剧，北曲多而南曲少，又只能配乐演奏，不适合上台演出。现在被人看重的，都是南曲而不是北曲，就算不想被人抛弃，怎么可能呢？

评析

李渔论戏曲，一切从戏曲的特点出发。他论词采也是地地道道的戏曲的词采。“贵显浅”是李渔对戏曲语言最先提出的要求。他的“显浅”一是让普通观众一听就懂的通俗性；二是“意深”而“词浅”，也就是说“显浅”不是粗俗、满口脏话，而是能以浅处见才，是文章的较高境界。

由文及事，任何大事的成功都是从一点一滴的普通细节、普通小事做起的。正如李渔关于戏曲的词采的论述，观众一听就懂才容易接受，观众接受了，才能体会“意深”。“意深”体会到了，戏曲的目的也就达到了。这部戏剧也就成功了。也就是普通细节、普通小事做好了，大事也就有了成功的基础。这就是毛泽东主席“星星之火，可以燎原”的原理。

重机趣

原典

“机趣”二字，填词家必不可少。机者，传奇之精神，趣者，传奇之风致。少此二物，则如泥人土马，有生形而无生气。因作者逐句凑成，遂使观场者逐段记忆，稍不留心，则看到第二曲，不记

头一曲是何等情形，看到第二折，不知第三折要作何勾当。是心口徒劳，耳目俱涩，何必以此自苦，而复苦百千万亿之人哉？故填词之中，勿使有断续痕，勿使有道学气。

所谓无断续痕者，非止一出接一出，一人顶一人，务使承上接下，血脉相连，即于情事截然绝不相关之处，亦有连环细笋伏于其中，看到后来方知其妙，如藕于未切之时，先长暗丝以待，丝于络成之后，才知作茧之精，此言机之不可少也。

所谓无道学气者，非但风流跌宕之曲、花前月下之情，当以板腐为戒，即谈忠孝节义与说悲苦哀怨之情，亦当抑圣为狂，寓哭于笑，如王阳明[①]之讲道学，则得词中三昧矣。阳明登坛讲学，反复辨说“良知”二字，一愚人讯之曰：“请问‘良知’这件东西，还是白的？还是黑的？”阳明曰：“也不白，也不黑，只是一点带赤的，便是良知了。”照此法填词，则离合悲欢，嘻笑怒骂，无一语一字不带机趣而行矣。

予又谓填词种子，要在性中带来，性中无此，做杀不佳。人问：性之有无，何从辨识？予曰：不难，观其说话行文，即知之矣。说话不迂腐，十句之中，定有一二句超脱，行文不板实，一篇之内，但有一二段空灵，此即可以填词之人也。不则另寻别计，不当以有用精神，费之无益之地。噫，“性中带来”一语，事事皆然，不独填词一节。凡作诗文书画、饮酒斗棋与百工技艺之事，无一不具夙根，无一不本天授。强而后能者，毕竟是半路出家，止可冒斋饭吃，不能成佛作祖也。

注释

① 王阳明：王阳明是明代最重要的思想家。他所创立的阳明学派对明清之际早期启蒙思潮有很大影响，是其思想源头。

译文

“机趣”二字，戏曲家必不能少。“机”是戏曲传奇的精神，“趣”是戏曲传奇的风格。缺少这两样，戏曲就像泥塑的人和马，有栩栩如生的形体而缺少生气。因为是作者逐句拼凑，就使得观众要逐段记忆，稍不留心，就会看到了第二段曲目，记不得第一段是什么内容，看到第二折，不知道第三折要展开什么情节。演员无益地耗费心力与口舌，而观众眼睛酸涩、耳朵疲劳，何必自己受罪，还让许多观众跟着受罪呢？所以创作戏曲，不要让其中有时断时续的痕迹，不要让其中有道学气。

所谓没有时断时续痕迹，不仅仅是指一出戏紧接一出戏地演，一个人紧跟一个人出场，还务必使全剧前后衔接，线索连贯，即使在情景、事件截然不同又毫不相关的场面，也要有关联前后的细节暗藏其中，让观众看到后来才知道其中的奥妙，如同藕在没有切断的时候，里面已经长出细丝；蚕丝在织成之后，人们才知道吐丝成茧的精妙，这是说“机”是不可少的。

所谓没有道学气的，不只是谈情说爱的戏剧，要戒除死板迂腐，就是谈论忠孝节义和诉说悲苦哀怨之情，也要变圣贤式的说教而为无拘无束的逗趣，将苦痛寄寓在欢笑之中，像王阳明讲学就得到了曲词的诀要了。王阳明有次讲学，反复讲论“良知”两个字，一个愚钝的人问：“请问‘良知’这件东西，是白色的？还是黑色的？”王阳明说：“也不是白色，也不是黑色，只要带一点红色的，这就是良知了。”按照这种方法创作戏曲，那么离合悲欢，嬉笑怒骂，没有一句话一个字不带机趣了。

我又认为创作戏曲的天赋，是存在于人的性情中的，性情中没有机趣，费尽心机也写不出好作品。有人问：性情中有没有，从哪里能看出来？我说：不难，看他说话写作，就知道了。说话不迂腐，十句话中一定有一两句妙趣横生；写作不古板，一篇文章里面就会有一两段空灵。这就是可以创作戏曲的人了。否则就应该另谋生计，不应当把自己的精力浪费在毫无意义的地方。唉，“性情中带来的”这句话，事事都是这样，不只是创作戏曲这种事。凡是诗文书画、饮酒下棋和各行各业，没有一样不需要天赋。勉强练习之后才能做到的人，毕竟是半路出家，只能混口饭吃，不能登峰造极啊。

评 析

李渔谈“机趣”时说“机者，传奇之精神，趣者，传奇之风致。少此二物，则如泥人土马，有生形而无生气”。从此句可见，戏曲创作绝没有死板的套路、公式，语言也不可无机、无趣。换句话说也就是通俗中见机智。

实际上，社交中往往也需要这种机智的幽默，它会让你摆脱许多意想不到的尴尬和困窘。

忌填塞

原典

填塞之病有三：多引古事，迭用人名，直书成句。其所以致病之由亦有三：借典核以明博雅，假脂粉以见风姿，取现成以免思索。而总此三病与致病之由之故，则在一语。一语维何？曰：从未经人道破。一经道破，则俗语云“说破不值半文钱”，再犯此病者鲜矣。

古来填词之家，未尝不引古事，未尝不用人名，未尝不书现成之句，而所引所用与所书者，则有别焉；其事不取幽深，其人不搜隐僻，其句则采街谈巷议。即有时偶涉诗书，亦系耳根听熟之语、舌端调惯之文，虽出诗书，实与街谈巷议无别者。

总而言之，传奇不比文章，文章做与读书人看，故不怪其深，戏文做与读书人与不读书人同看，又与不读书之妇人小儿同看，故贵浅不贵深。使文章之设，亦为与读书人、不读书人及妇人小儿同看，则古来圣贤所作之经传，亦只浅而不深，如今世之为小说矣。

人曰：文人之传奇与著书无别，假此以见其才也，浅则才于何见？予曰：能于浅处见才，方是文章高手。施耐庵之《水浒》，王实甫之《西厢》，世人尽作戏文小说看，金圣叹[1]特标其名曰“五才子书”“六才子书”者，其意何居？盖愤天下之小视其道，不知为古今来绝大文章，故作此等惊人语以标其目。噫，知言哉！

注释

① 金圣叹：金圣叹（1608—1661）是明末清初文学家，名采，字若采，明亡后改名人瑞，字圣叹。一说本姓张，吴县（今属江苏）人，明诸生，入清后以哭庙案被杀。其少有才名，喜批书。曾以《离骚》、《庄子》、《史记》、“杜诗”、《水浒》与《西厢记》合称“六才子书”，并对后两种进行批改。

译文

填塞的弊病有三种情况：大量引用古事，重复使用人名，直接抄写现成的语句。导致这些弊病的原因也有三种：借助经典以表明自己博学高雅，假借脂粉来展现风采姿色，取现成语句来省去思考。总结这三种弊病和导致弊病的原因，就是一句话。这句话是什么？就是：从来没有人说破。一经说破，就像俗话说的“说破不值半文钱”，再犯这种毛病的人就少了。

自古以来的戏曲家，未尝不引用古事，未尝不借用人名，并非不用现成的句子，但他们所引用的与所写的，是有区别的；典故不引用僻典，人名不用人们不熟的，语句用的是俗语白话。即使偶尔

涉及诗书，也是人们耳熟能详的词句、嘴里常说的话，虽然出自诗书，其实和街谈巷议没有区别。

总而言之，戏曲传奇不同于文章，文章写给读书人看，所以不怪它深奥，戏曲写给读书人与不读书的人以及没读过书的女人小孩一起看，所以，戏曲贵于浅显而要避免深奥。假使文章也是给读书人、不读书的人及妇女小孩一起看的，那么从古以来圣贤所写的文章，也只能浅显而不能艰深，就像现在的小说。

有人说：文人写戏曲和著书没有区别，都是借此显示自己的才华，如果写得浅显那才华何以体现？我说：能用浅显的语言表现才华的，才是文章高手。施耐庵的《水浒》，王实甫的《西厢记》，人们都将其当作小说戏曲，金圣叹特别标明它们的名字为“第五才子书”“第六才子书”。他的用意何在？是激愤天下人都小看这类书，不知道这是古往今来绝好的文章，所以用这种惊人之语来标明。啊，真是明智的说法！

评 析

李渔之“填塞”含义有三：“多引古事，迭用人名，直书成句”。产生的原因也有三：“借典核以明博雅，假脂粉以见风姿，取现成以免思索”。以此来看，之所以产生“填塞”的现象，只不过是为了做表面文章罢了。实际上，所谓“填塞”就是我们常说的为了不必要的虚荣，做一些无关紧要的事情。

音律第三

小序

原典

作文之最乐者，莫如填词；其最苦者，亦莫如填词。填词之乐，详后《宾白》之第二幅，上天入地，作佛成仙，无一不随意到，较之南面百城，洵有过焉者矣。至说其苦，亦有千态万状，拟之悲伤疾痛、桎梏幽囚诸逆境，殆有甚焉者。请详言之。

他种文字，随人长短，听我张弛，总无限定之资格。今置散体弗论，而论其分股、限字与调声叶律者。

分股则帖括时文是已。先破后承，始开终结，内分八股，股股相对，绳墨不为不严矣；然其股法、句法，长短由人，未尝限之以数，虽严而不谓之严也。限字则四六排偶之文是已。语有一定之字，字有一定之声，对必同心，意难合掌，矩度不为不肃矣；然止限以数，未定以位，止限以声，未拘以格，上四下六可，上六下四亦未尝不可，仄平平仄可，平仄仄平亦未尝不可，虽肃而实未尝肃也。

调声叶律，又兼分股限字之文，则诗中之近体是已。起句五言，是句句五言，起句七言，则句句七言，起句用某韵，则以下俱用某韵，起句第二字用平声，则下句第二字定用仄声，第三、第四又复颠倒用之，前人立法亦云苛且密矣。然起句五言，句句五言，起句七言，句句七言，便有成法可守，想入五言一路，则七言之句不来矣；起句用某韵，以下俱用某韵，起句第二字用平声，下句第二字定用仄声，则拈得平声之韵，上去入三声之韵，皆可置之不问矣；守定平仄、仄平二语，再无变更，自一首以至千百首皆出一辙，保无朝更夕改之令，阻人适从矣，是其苛犹未甚，密犹未至也。

至于填词一道，则句之长短，字之多寡，声之平上去入，韵之清浊阴阳，皆有一定不移之格。长者短一线不能，少者增一字不得，又复忽长忽短，时少时多，令人把握不定。当平者平，用一仄字不得；当阴者阴，换一阳字不能。调得平仄成文，又虑阴阳反复；分得阴阳清楚，又与声韵乖张。令人搅断肺肠，烦苦欲绝。此等苛法，尽勾磨人。作者处此，但能布置得宜，安顿极妥，便是千幸万幸之事，尚能计其词品之低昂，文情之工拙乎？

予襁褓识字，总角成篇，于诗书六艺之文，虽未精穷其义，然皆浅涉一过。总诸体百家而论之，觉文字之难，未有过于填词者。予童而习之，于今老矣，尚未窥见一斑。只以管窥蛙见之识，谬语同心；虚赤帜于词坛，以待将来。作者能于此种艰难文字显出奇能，字字在声音律法之中，言言无资格拘挛之苦，如莲花生在火上，仙叟弈于橘中，始为盘根错节之才，八面玲珑之笔，寿名千古，衾影何惭！

而千古上下之题品文艺者，看到传奇一种，当易心换眼，别置典刑。要知此种文字作之可怜，出之不易，其楮墨笔砚非同己物，有如假自他人，耳目心思效用不能，到处为人掣肘，非若诗赋古文，容其得意疾书，不受神牵鬼制者。七分佳处，便可许作十分，若到十分，即可敌他种文字之二十分矣。

予非左袒词家，实欲主持公道，如其不信，但请作者同拈一题，先作文一篇或诗一首，再作填词一曲，试其孰难孰易，谁拙谁工，即知予言之不谬矣。然难易自知，工拙必须人辨。

词曲中音律之坏，坏于《南西厢》。凡有作者，当以之为戒，不当取之为法。非止音律，文艺亦然。请详言之。填词除杂剧不论，止论全本，其文字之佳，音律之妙，未有过于《北西厢》者。自南本一出，遂变极佳者为极不佳，极妙者为极不妙。推其初意，亦有可原，不过因北本为词曲之豪，人人赞羡，但可被之管弦，不便奏诸场上，但宜于弋阳、四平等俗优，不便强施于昆调，以系北曲而非南曲也。

兹请先言其故。北曲一折，止隶一人，虽有数人在场，其曲止出一口，从无互歌迭咏之事。弋阳、四平等腔，字多音少，一泄而尽，又有一人启口，数人接腔者，名为一人，实出众口，故演《北西厢》甚易。昆调悠长，一字可抵数字，每唱一曲，又必一人始之，一人终之，无可助一臂者，以长江大河之全曲，而专责一人，即有铜喉铁齿，其能胜此重任乎？此北本虽佳，吴音不能奏也。作《南西厢》者，意在补此缺陷，遂割裂其词，增添其白，易北为南，撰成此剧，亦可谓善用古人，喜传佳事者矣。然自予论之，此人之于作者，可谓功之首而罪之魁矣。所谓功之首者，非得此人，则俗优竞演，雅调无闻，作者苦心，虽传实没。所谓罪之魁者，千金狐腋，剪作鸿毛，一片精金，点成顽铁。

若是者何？以其有用古之心而无其具也。今之观演此剧者，但知关目动人，词曲悦耳，亦曾细尝其味，深绎其词乎？使读书作古之人，取《西厢》南本一阅，句栉字比，未有不废卷掩鼻，而怪秽气熏人者也。若曰：词曲情文不浃，以其就北本增删，割彼凑此，自难贴合，虽有才力无所施也。然则宾白之文，皆由己作，并未依傍原本，何以有才不用，有力不施，而为俗口鄙恶之谈，以秽听者之耳乎？且曲文之中，尽有不就原本增删，或自填一折以补原本之缺略，自撰一曲以作诸曲之过文者，此则束缚无人，操纵由我，何以有才不用，有力不施，亦作勉强支吾之句，以混观者之目乎？使王实甫复生，看演此剧，非狂叫怒骂，索改本而付之祝融[1]，即痛哭流涕，对原本而悲其不幸矣。

嘻！续《西厢》者之才，去作《西厢》者，止争一间，观者群加非议，谓《惊梦》以后诸曲，有如狗尾续貂。以彼之才，较之作《南西厢》者，岂特奴婢之于郎主，直帝王之视乞丐！乃今之观者，彼施责备，而此独包容，已不可解；且令家尸户祝，居然配飨《琵琶》，非特实甫呼冤，且使则诚号屈矣！

予生平最恶弋阳、四平等剧，见则趋而避之，但闻其搬演《西厢》，则乐观恐后。何也？以其腔调虽恶，而曲文未改，仍是完全不破之《西厢》，非改头换面、折手跛足之《西厢》也。南本则聋瞽、喑哑、驮背、折腰诸恶状，无一不备于身矣。此但责其文词，未究音律。

从来词曲之旨，首严宫调，次及声音，次及字格。九宫十三调，南曲之门户也。小出可以不拘，其成套大曲，则分门别户，各有依归，非但彼此不可通融，次第亦难紊乱。此剧只因改北成南，遂变尽词场格局：或因前曲与前曲字句相同，后曲与后曲体段不合，遂向别宫别调随取一曲以联络之，此宫调之不能尽合也；或彼曲与此曲牌名巧凑，其中但有一二句字数不符，如其可增可减，即增减就之，否则任其多寡，以解补凑不来之厄，此字格之不能尽符也；至于平仄阴阳与逐句所叶之韵，较此二者其难十倍，诛之将不胜诛，此声音之不能尽叶也。词家所重在此三者，而三者之弊，未尝缺一，能使天下相传，久而不废，岂非咄咄怪事乎？

更可异者，近日词人因其熟于梨园之口，习于观者之目，谓此曲第一当行，可以取法，用作曲谱；所填之词，凡有不合成律者，他人执而讯之，则曰："我用《南西厢》某折作对子，如何得错！"噫，玷《西厢》名目者此人，坏词场矩度者此人，误天下后世之苍生者，亦此人也。此等情弊，予不急为拈出，则《南西厢》之流毒，当至何年何代而已乎！

向在都门，魏贞庵相国取崔郑合葬墓志铭示予，命予作《北西厢》翻本，以正从前之谬。予谢不敏，谓天下已传之书，无论是非可否，悉宜听之，不当奋其死力与较短长。较之而非，举世起而非我；即较之而是，举世亦起而非我。何也？贵远贱近，慕古薄今，天下之通情也。谁肯以千古不朽之名人，抑之使出时流下？彼文足以传世，业有明征；我力足以降人，尚无实据。以无据敌有征，其败可立见也。时龚芝麓先生亦在座，与贞庵相国均以予言为然。

向有一人欲改《北西厢》，又有一人欲续《水浒传》，同商于予。予曰："《西厢》非不可改，《水浒》非不可续，然无奈二书已传，万口交赞，其高踞词坛之座位，业如泰山之稳，磐石之固，欲遽叱之使起而让席于予，此万不可得之数也。无论所改之《西厢》，所续之《水浒》，未必可继后尘，即使高出前人数倍，吾知举世之人不约而同，皆以'续貂蛇足'四字，为新作之定评矣。"二人唯唯而去。

此予由衷之言，向以诫人，而今不以之绳己，动数前人之过者，其意何居？曰：存其是也。放郑声[2]者，非仇郑声，存雅乐也；辟异端者，非仇异端，存正道也；予之力斥《南西厢》，非仇《南西厢》，欲存《北西厢》之本来面目也。若谓前人尽不可议，前书尽不可毁，则杨朱、墨翟亦是前人，郑声未必无底本，有之亦是前书，何以古圣贤放之辟之，不遗余力哉？予又谓《北西厢》不可改，《南西厢》则不可不翻。何也？世人喜观此剧，非故嗜痂，因此剧之外别无善本，欲睹崔张旧事，舍此无由。地乏朱砂，赤土为佳，《南西厢》之得以浪传，职是故也。使得一人焉，起而痛反其失，别出新裁，创为南本，师实甫之意，而不必更袭其词，祖汉卿之心，而不独仅续其后，若与《北西厢》角胜争雄，则可谓难之又难，若止与《南西厢》赌长较短，则犹恐屑而不屑。予虽乏才，请当斯任，救饥有暇，当即拈毫。

《南西厢》翻本既不可无，予又因此及彼，而有志于《北琵琶》一剧。蔡中郎夫妇之传，既以《琵琶》得名，则"琵琶"二字乃一篇之主，而当年作者何以仅标其名，不见拈弄真实？使赵五娘描容之后，果然身背琵琶，往别张大公，弹出北曲哀声一大套，使观者听者涕泗横流，岂非《琵琶记》中一大畅事？而当年见不及此者，岂元人各有所长，工南词者不善制北曲耶？使王实甫作《琵琶》，吾知与千载后之李笠翁必有同心矣。予虽乏才，亦不敢不当斯任。

向填一折付优人，补则诚原本之不逮，兹已附入四卷之末，尚思扩为全本，以备词人采择，如其可用，谱为弦索新声，若是，则《南西厢》《北琵琶》二书可以并行。虽不敢望追踪前哲，并辔时贤，但能保与自手所填诸曲（如已经行世之前后八种，及已填未刻之内外八种）合而较之，必有浅深疏密之分矣。然著此二书，必须杜门累月，窃恐饥来驱人，势不由我。安得雨珠雨粟之天，为数十口家人筹生计乎？伤哉！贫也。

注释

① 祝融：传说中的火官、火神。

② 郑声：孔子说过《韶》乐是“尽美矣，又尽善也”，又主张“放郑声”，因为“郑声淫”，又说“恶郑声之乱雅乐也”。

译文

写文章让人感到最快乐的，莫过于写剧本。而让人感到最痛苦的，也莫过于写剧本。写剧本的快乐（详见本书后面的《宾白》第二篇），是在剧本中能够上天入地、成佛成仙，这些事没有一件不可以随着自己的意愿做到，写剧本的快乐与坐北朝南拥有百城的皇帝的快乐相比，实在是有过之而无不及啊；至于说到写剧本的痛苦，也是各色各样，与悲伤、病痛、受束缚、坐牢等逆境相比，大概更痛苦。请允许我详细说明。

其他的文体，不管别人说什么，只听凭我自己愿怎么写就怎么写，别人没有管制的资格。现在把散体放到一边不谈论，只谈论其他文体中的分股、字数限定与协调声律。

说到分股，那么科举考试中的八股文就是。先破题，后承题，开始立论，最后总结，文章内部分为八股，股股相对应，所受的限制不能说不严格，但是其中的段落、句子的长短随便怎么写，没有限定字数，虽然说是严格却不能算是严格。说到限定字数，那么四六对偶排比的骈文就是这样。每句话有一定的字数，每个字有一定的声调，对偶必须词性一致，句意不能相同，规矩不能说不严格啊。但是它只限定了字数，并没限定字的位置；只限定了字的声调，并没有限定格律。可以上面四个字而下面六个字，上面六个字而下面四个字也不是不行；声调可以是仄平平仄，平仄仄平也不是不可。虽然严格实际上却未必真的严格。

既要协调声律，又要分股、限定字数的文体，就是诗中的近体诗。第一句是五个字，后面就句句是五个字；第一句是七个字，后面就句句是七个字；第一句用哪个韵，下面的各句都用这个韵；第一句第二个字用平声，那么下一句第二个字一定要用仄声，第三句和第四句又颠倒过来。前人设的规矩，可以说是又苛刻又严密，然而只要第一句是五个字，下面各句就都写成五字一句，第一句是七个字就句句是七

个字，这样便会有现成的规律可以遵循。想写五字一句的诗，就不要写七字的句子；第一句用哪个韵，下面各句就都用相同的韵；第一句第二个字用平声，第二句第二个字就一定要用仄声；这样用了平声的字，上声、去声、入声三声的字就可以放到一边不管。遵守平仄、仄平的规律，再也没有变化，从第一首直到千万首，都是一样，从而保证没有变动无常的规则使得人无所适从。这就是说它的要求虽然苛刻但还不过分，严密但还没有到极限。

至于戏曲，句子的长短，字数的多少，声调的平上去入，音韵的清浊阴阳，都有固定不能改变的规则。长句子不能少一个字，短句子不能增一个字；而且句子又忽长忽短，有时字多有时字少，让人把握不定。应该用平声字时就用平声字，一个仄声字都用不得；该用阴调就用阴调，换一个阳调的字都不行。把平、仄调好了，又担心阴声、阳声反复无常；把阴、阳分清楚了，又怕声调韵律相矛盾。让人费尽心思，烦闷苦恼得要命。这样苛刻的规则，真够折磨人的。作者在这种规则下只要能布置得适宜、安排得妥当，就是最幸运的事情，难道还能顾得上词品的高低、文采的优劣吗？

我幼年识字，少年就开始写文章，对于诗书、六艺方面的文章，虽然没有达到精通，但是每种我都写过。总结各种文体，我觉得没有比写剧本更难的了。我从小就开始练习写曲词，到现在都老了，还没有掌握其中的一点奥妙，只是把自己一些肤浅的看法，告诉给同行们。戏剧界的大旗，还有待于将来的才俊来树立。曲词的作者能在这种艰难的创作中显出罕见的才华，字字都符合声调音律，写每句话都没有被束缚的痛苦，就像莲花生长在火上、神仙老人在橘子中下棋一样从容，才称得上是驭繁制难的才华、圆活灵秀的文笔，才能流传千古，无愧于心。

古往今来评论文学的人，看到戏曲剧本时，都应当换副心肠，另外制定一些评判的标准。要知道戏曲创作的艰苦，把它写出来十分不容易。写的时候，文章中的文字好像不是自己的，而是从别人那儿借来的；自己的所见所闻所想不能被利用，到处受人牵绊。不像诗赋、散文能让作者任意疾书，不受牵制。戏曲有七分好的地方，就能算它十分好；如果戏曲达到十分好，就比得上其他文体的二十分好。

我不是为戏曲作家说好话，实在是想要主持公道。如果不相信我的话，就请写作的人选择一个题目，先写一篇文章或一首诗，再填一首曲词，比比哪种写起来容易，哪种写起来难，哪个写得好哪个写得坏，就可以知道我说的话没有错。然而写得困难容易自己知道，而写得好坏还必须让别人辨别。

戏曲中音律写得最差的，要数南本《西厢记》。凡是写戏曲的人，应该以它为戒，而不应将它当作学习的榜样。南本《西厢记》不仅仅音律是这样，文字写作也是如此。请准许我详细地说。说到写曲词，先不谈杂剧，只说全本戏。其中文采好、音律也好的曲词，没有超过北本《西厢记》的。南本《西厢记》一出来，就把最好的文字变成最差的文字、最美妙的音律变成最不美妙的音律。推究写《南西厢》的最初用意，也情有可原。不过是因北本《西厢记》虽然是戏曲中写得好的作品，人人称赞，但只能配乐演唱，不适合台上表演；只适合弋阳腔、四平腔，不适合用于昆调。因为它是北曲而不是南曲。

先让我说说其中的原因。北曲中的一折戏只为一个人设置，

虽然有几个人在台上，唱词却只由一个人唱，从来没有相互唱和的情况。弋阳、四平等唱腔，字数多、乐曲短，一下子就唱完了，又是由一个人开始唱、几个人接腔，所以名义上是一个人在唱，实际上是几个人唱。所以演北本《西厢记》很容易。昆腔调子悠长，一个字抵得上几个字，每唱一支曲子，又必然是一个人从头唱到尾，没有帮腔的人。把那么长的整部曲子交给一个人唱，即使他有铜喉铁齿，能担当这种重任吗？这就是说北本虽然写得好，但不适合用南方的腔调唱。写南本《西厢》的人，本来是想填补这个缺陷，于是把北本《西厢记》中的文词割裂，增添对白，把北本变成南本，撰写出南本《西厢记》这部作品，也可以说他是善于利用古人，喜欢传播好事的人。然而，我认为，这个人对于《西厢记》原来的作者来说，可以说他既是功劳之首又是罪魁祸首。所谓功劳之首，是因为如果没有这个人，那么这出戏就只有被俗气的演员争着演唱，高雅的曲子不被世人知道，可怜作者的一片苦心，作品虽然被传唱实际等于被湮没。所谓罪魁祸首，是因为他把贵重的皮袄剪成了碎片，把一块上等的金子变成了烂铁。

导致这种结果是什么原因呢？是因为他有利用古代素材的心却没有应该具备的才能。现在观看、演出这部戏剧的人，只知道其中的情节动人，词曲听起来悦耳，可曾仔细品尝其中的味道，深入推究里面的词句吗？让研究古代作品的人把南本《西厢记》拿来看看，里面的词句结结巴巴，没有不把书扔掉，捂着鼻子责怪它里面臭气熏天的。如果说，该剧词曲文字与情感不融洽，是因为它是在北本的基础上增删而成的，这儿割一块儿那儿补一块儿，自然难以贴切；作者即使有才气、力量，也没有地方施展。然而里面的宾白都是作者自己写的，并没有依傍原本，为什么有才气却没用上，有力气却没有施展出来，非要写一些俗气恶心的话来污染听众的耳朵呢？并且这部剧的曲文中到处是没有根据原本自行增删的地方。这些地方有的是自己写一折戏来补充原本缺漏的地方，有的是自己作一首曲子来连接前后各曲。这些地方就没有人束缚，全凭自己发挥，为什么有才华却不利用，有力气却不施展，也是写些勉勉强强、支支吾吾的句子来应付观众呢？假如王实甫复活，看到这部剧的演出，不是要狂叫怒骂，把改过的本子烧掉，就是要痛哭流涕，对着原本悲叹它的不幸。

唉！续写《西厢记》的人的才华，与《西厢记》的作者相比差不了多少，而观众都对续《西厢记》者纷纷加以非议，认为《惊梦》之后的曲子就像狗尾续貂。然而他的才华和写南本《西厢记》的人加以比较，岂止是主子和奴婢的关系，简直是帝王和乞丐的差别。可是如今的观众对《西厢记》后半部分加以指责，而对于南本《西厢记》却独独包容，这一点已经让人不可理解了，并且还能让它家喻户晓，居然与《琵琶记》相提并论，这样，不只是王实甫要含冤，高则诚也要叫屈了。

我一生最讨厌弋阳、四平这些腔调的戏剧，见到了就要远远避开。但是，听说弋阳、四平要上演《西厢记》，就高兴地去观看，唯恐落在别人的后面。为什么呢？因为它的腔调虽然令人讨厌，但它的曲文并没有改动，仍是完完整整的《西厢记》，而不是改头换面、残缺不全的《西厢记》。南本却是集聋、哑、驼背、折腰等病状于一身了。这样说是只批评它的文词，而不推究音律。

自古以来创作戏曲的要旨，首先要求宫调严，然后是声音，最

后是字格。九宫十三调，是南曲的特征。短一点的折子戏可以不拘于规则，但是成套的大曲就一定要分门别类，各有各的位置，不但每套戏曲之间不能混在一起，而且它们的顺序也不能颠倒错乱。南本《西厢记》只因把北本改为南本，于是把词场的格局都完全改变了：有的因为前边曲子之间字句相同、后边曲子之间体式不合，就将别的宫调随便选取一曲来起连接作用，这就是南本里的宫调不是都很恰当的原因；有的那支曲子与这支曲子曲牌名凑巧相同，其中只有一两句话字数不一样，如果可以增减，就增减一下来应付，否则就任它多一点少一点，用来解决补凑不出来的困难，这就是南本中字格不是都符合的原因。至于用字的平仄、阴阳以及每句所押的韵，与以上二者相比，要难十倍，改也改不过来，这就是南本中声音没有都押韵的原因。搞戏曲创作的人看重的就在这三个方面，而南本中这三个方面的弊端都具备，没有一个缺少的。这样的剧本却能使天下人相传，久不衰败，难道不是咄咄怪事吗?

更加奇怪的是，近来写戏曲的人因为《南西厢》老在戏园被演唱，观众已经耳熟能详，便认为它是最好的戏曲，认为可以效仿它来作其他剧本的曲谱。他们所写的曲词，凡是有不合规则的地方，别人拿来质问他们，他们就说：“我是按照南本《西厢记》中的某一折写的，怎么会有错误?”哎！玷污《西厢记》名声的就是这种人，破坏曲词创作规则的也是这种人，误导天下后代众生的还是这种人。这种弊端，如果我不赶快把它指出来，那么南本《西厢记》的流毒，要到什么时候才能停止扩散呢?

以前我在京城的时候，相国魏贞庵把崔莺莺、郑恒合葬的墓志铭拿给我看，要我写一部北本《西厢记》的翻本，来纠正以前的错误，我以不能胜任推辞了。我说：“天下已经流传的书，不论对错，都应当听任它，不应该拼着命去与它比高低。和它相比，如果比它写得差，世人会起来非议我。即使比它写得好，世人也会起来非议我。为什么呢？因为人们往往认为古远的东西珍贵而现在的不值一提，仰慕古代、鄙薄现在，这是天下人共有的情感。谁愿意把千古流传的名人贬低到现代人之下呢？他的文章足以流传后世，已经是明确的证据了；我有贬低他的能力，却没有实际的证据。用没有证据的事情来对抗已经证明了的事情，其失败的结果显而易见。”当时龚芝麓先生也在座，他和相国魏贞庵都认为我说得对。

以前有一个人想改写北本《西厢记》，还有一个人想续写《水浒传》，都向我征求意见。我说：“《西厢记》不是不可以改，《水浒传》不是不可以续，但是没有办法，这两部作品已经广为流传，人人赞美，它们在词坛中的高位，已经像泰山一样稳定、磐石一样牢固。想一下子让它们起来把座位让出来，这是万万做不到的。不说改写的《西厢记》、续写的《水浒传》不一定能比得上原作，就是高出前人几倍，我知道全天下的人都会不约而同地用‘续貂’‘蛇足’四个字作为对新作的评论。”这两个人唯唯诺诺答应着走了。

这是我的心里话，我一向用来告诫别人，现在不以此要求自己，却动不动就数说前人的过错，是什么用意呢？我说：这是为了保留正确的东西。排斥靡靡之音，不是仇恨它，而是为了保存高雅的音乐；排斥异端，不是仇恨异端，而是为了保存正统之道。我大力批评《南西厢》，不是仇恨它，是想保存《北西厢》的本来面目。如果说前人都不可以议论，以前的书都不能批评，那么杨朱、墨翟也是前人，郑国的音乐也不一定没有底本，如果有底本也是前代的书，为什么古代的圣贤对此都大力排斥、不遗余力呢？我还认为《北西厢》不可以改写，《南西厢》则不能不改。为什么呢？世人喜欢看《南西厢》这部剧，并不是他们喜欢不好的东西，而是因为除了这部剧再也没有写得好的本子。想看崔莺莺、张生的故事，除了这部剧没有别的。地上缺少朱砂，红土就成了好的东西。《南西厢》所以能够流传，就是因为这个原因。假如有一个人，别出心裁创作出《南西厢》，师承王实甫的原意，而不更改抄袭其中的词句；继承关汉卿的思想，而不仅仅是续写。这样写出的东西如果与《北西厢》比试高低，可以说是难上加难，但如果只与《南西厢》比较，就恐怕他还不屑于比较呢。我虽然没什么才能，却请求承担此任务。生计问题解决后，一有时间我就立即动笔。

王叔暉·西廂記

既然《南西厢》的翻本不能没有，我又因此及彼，有志于改写北本《琵琶记》这部戏剧。既然蔡中郎夫妇的故事的流传以《琵琶记》得名，那么“琵琶”这两个字就是全篇的中心。为什么当年作者仅标出琵琶的名字，却没有表明它的实际含义呢？如果让赵五娘化过妆后，果真身背琵琶去告别张大公，然后弹出一大段悲哀的北曲，使看的人、听的人感动得痛哭流涕，难道不是《琵琶记》中一件大快人心的事？但当年作者却没有这样写，难道是元代人各有所长，善于写南曲的就不善于写北曲吗？假如让王实甫写《琵琶记》，我知道他一定和多年后的李渔想的一样。我虽没什么才能，也不敢不担当起这一责任。

以前我曾经写了一折戏交给演员演唱，用来补充高则诚原本中不足的地方，现在已经把它附在第四卷的末尾。但我还想着能把它扩充为全本戏，用来供写戏曲的人参考。如果它有可用之处，就把它谱制成北曲，那么《南西厢》和《北琵琶》两本书就可以一起流传。虽不敢希望能追上以前的大家，和当代贤能的人并驾齐驱，但总能保全自己亲笔写的各部戏曲（如已经在世上流传的前后八种曲目及已经填好曲词但还没有印出来的内外八种曲目）把它们放在一起加以比较，肯定会有深浅、疏密的区别。然而要写这两本书，必须闭门埋头苦写几个月才行，我私下担心饥饿会驱使我停下笔，形势不由我啊！怎样才能从天上掉下些钱和粮食，为我的数十口家人筹划生计呢？贫困真让人悲哀啊！

评析

大诗人闻一多有一个关于写诗的很经典的比喻：戴着镣铐跳舞。戏曲创作又何尝不是如此？

李渔在这段文字中主张戏曲传奇创作要受音律之法的限制，强调传奇之法比诗、词、文、赋更为苛刻。实际上这也印证了闻一多的经典比喻：戴着镣铐跳舞。三百年前的李渔有如此的见地，可见其造诣之深，见地之高，非常人所比呀！

诗词戏曲如此，做人做事又何尝不是如此？再扩而大之，人类的一切文明活动，又无一不是“戴着镣铐跳舞”。远古时人类之前的自然界没有人类，没有“镣铐”，也没有文明。人类一诞生，便有了维护生存、维护发展的人为的规则：“镣铐”。但这个“镣铐”是文明的标志。不管你喜欢不喜欢，只要是人，都要受它的制约。自那时起，直到现在为止，人类一直是以文明规则来制约规范、束缚自己的自然本能，并不断求得发展进步的！

恪守词韵

原 典

一出用一韵到底，半字不容出入，此为定格。旧曲韵杂出入无常者，因其法制未备，原无成格可守，不足怪也。既有《中原音韵》一书，则犹畛域①画定，寸步不容越矣。常见文人制曲，一折之中，定有一二出韵之字，非曰明知故犯，以偶得好句不在韵中，而又不肯割爱，故勉强入之，以快一时之目者也。

杭有才人沈孚中者，所制《绾春园》《息宰河》二剧，不施浮采，纯用白描，大是元人后劲。予初阅时，不忍释卷，及考其声韵，则一无定轨，不惟偶犯数字，竟以寒山、桓欢二韵，合为一处用之，又有以支思、齐微、鱼模三韵并用者，甚至以真文、庚青、侵寻三韵，不论开口闭口，同作一韵用者。长于用才而短于择术，致使佳调不传，殊可痛惜！

夫作诗填词同一理也。未有沈休文②诗韵以前，大同小异之韵，或可叶入诗中。既有此书，即三百篇之风人复作，亦当俯就范围。李白诗仙，杜甫诗圣，其才岂出沈约下，未闻以才思纵横而跃出韵外，况其他乎？设有一诗于此，言言中的，字字惊人，而以一东、二冬并叶，或三江、七阳互施，吾知司选政者必加摈黜，岂有以才高句美而破格收之者乎？词家绳墨，只在《谱》《韵》③二书，合谱合韵，方可言才，不则八斗难克升合，五车不敌片纸，虽多虽富，亦奚以为？

注释

① 畛域：界限。畛，田地里的小路。

② 沈休文：即沈约，字休文，南朝宋诗人，创设四声八病之说。

③ 《谱》《韵》：《谱》即沈约的《四声韵谱》。《韵》即周德清的《中原音韵》。

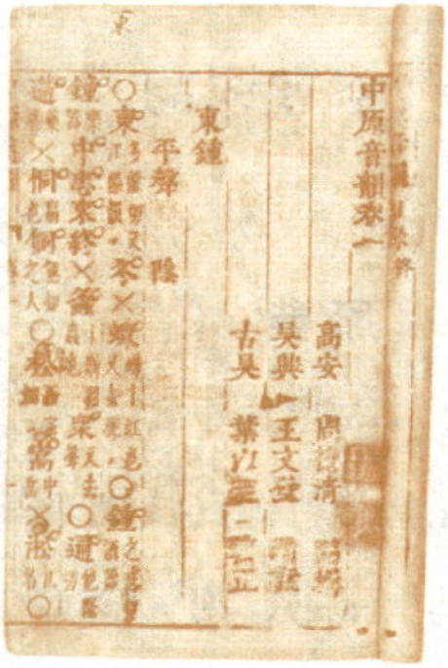
中原音韻卷一
高安 周德清
吳興 王文璧
古吳 葉以震
東鍾
平聲 陰

译文

一出戏要从头到尾用一个韵，半个字也不许用错韵，这是固定的格局。以前的曲子用韵杂乱，出入无常，因为它没有具备用韵的规则，本来就没有固定的规律可以遵守，所以不值得奇怪。既然有了《中原音韵》这本书，就像给填词划定了界限，不准越过半步。常常看到文人创作曲词时，一折里面肯定有一两个字用错了韵。并不是明知故犯，而是因为偶然有一个好句子不合韵律，又舍不得忍痛割爱，所以就勉强把它用上，以图一时之快。

杭州有个叫沈孚中的才子，他所写的《绾春园》《息宰河》两出戏，不用浮华的文字，纯是白描的手法，很有元代人的风度。我第一次看的时候爱不释手，等到考察它里边的声韵，却一点规律都没有，不但偶尔有用错字的地方，还竟然把“寒山”“桓欢”两韵合在一处使用。还有的地方把“支思”“齐微”“鱼模”三韵一起用，甚至把“真文”“庚青”“侵寻”三个韵律不论开口闭口一起当作一个韵用。此人擅长施展自己的才华却不讲究技巧，导致好的曲子不能流传下来，真是让人感到痛惜！

作诗和写曲词是一个道理，在沈休文《四声韵谱》出现以前，大同小异的声韵，有时可以写进一首诗里；既然有了这本书，那么即使是《诗经》的作者重新创作，也应当遵循里面关于写诗用韵的规定。诗仙李白、诗圣杜甫，他们的才华难道在沈休文之下吗？也没听说他们因为才思飞扬而不遵守韵律，何况其他的人呢？假如这儿现在有一首诗，每句话都说到点子上，每个字用得都让人惊叹，但这首诗却一东、二冬两韵并押，或者三江、七阳两韵混用，我知道考官必然会把他们刷掉，难道会因为他们有才气、语句美妙，就把他们破格录取吗？写曲词要遵守的规范，只在《四声韵谱》《中原音韵》这两本书。符合曲谱、符合音韵，才可以谈到才华，否则，即使才高八斗也抵不了一升、才富五车也敌不过一张纸，虽然多又有什么用？

评 析

如果仍然用闻一多“戴着镣铐跳舞”的比喻来分析这段文字，那么音韵又是一种“镣铐”，一种很严格的“镣铐”。因为中国的诗、词、歌、赋、曲、文都是要求句末押韵的，故称之为脚镣，丝毫不为过。只有“戴着镣铐”把舞跳得精彩，才可称得上真正的艺术家。

其实，人在这个社会上也是如此。无论是做官为民，还是做生意处世，都是要受“脚镣”约束的。

凛遵[1]曲谱

原 典

曲谱者，填词之粉本，犹妇人刺绣之花样也，描一朵，刺一朵，画一叶，绣一叶，拙者不可稍减，巧者亦不能略增。然花样无定式，尽可日异月新，曲谱则愈旧愈佳，稍稍趋新，则以毫厘之差而成千里之谬。

情事新奇百出，文章变化无穷，总不出谱内刊成之定格。是束缚文人而使有才不得自展者，曲谱是也；私厚词人而使有才得以独展者，亦曲谱是也。使曲无定谱，亦可日异月新，则凡属淹通文艺者，皆可填词，何元人、我辈之足重哉？“依样画葫芦”一语，竟似为填词而发。妙在依样之中，别出好歹，稍有一线之出入，则葫芦体样不圆，非近于方，则类乎扁矣。葫芦岂易画者哉！明朝三百年，善画葫芦者，止有汤临川一人，而犹有病其声韵偶乖，字句多寡之不合者。甚矣，画葫芦之难，而一定之成样不可擅改也。

曲谱无新，曲牌名有新。盖词人好奇嗜巧，而又不得展其伎俩，无可奈何，故以二曲三曲合为一曲，熔铸成名，如【金索挂梧桐】【倾杯赏芙蓉】【倚马待风云】之类是也。此皆老于词学、文人善歌者能之，不则上调不接下调，徒受歌者揶揄。然音调虽协，亦须文理贯通，始可串离使合。

如【金络索】【梧桐树】是两曲，串为一曲，而名曰【金索挂梧桐】，以金索挂树，是情理所有之事也。【倾杯序】【玉芙蓉】是两曲，串为一曲，而名曰【倾杯赏芙蓉】，倾杯酒而赏芙蓉，虽系捏成，犹口头语也。【驻马听】【一江风】【驻云飞】是三曲，串为一曲，而名曰【倚马待风云】，倚马而待风云之会，此语即入诗文中，亦自成句。凡此皆系有伦有脊[2]之言，虽巧而不厌其巧。竟有只顾串合，不询文义之通塞，事理之有无，生扭数字作曲名者，殊[3]失顾名思义之体，反不若前人不列名目，只以“犯”字加之。如本曲【江儿水】而串入二别曲，则曰【二犯江儿水】；本曲【集贤宾】而串入三别曲，则曰【三犯集贤宾】。又有以“摊破”二字概之者，如本曲【簇御林】、本曲【地锦花】而串入别曲，则曰【摊破簇御林】【摊破地锦花】之类，何等浑然，何等藏拙。更有以十数曲串为一曲而标以总名，如【六犯清音】【七贤过关】【九回肠】【十二峰】之类，更觉浑雅。

予谓串旧作新，终是填词末着。只求文字好，音律正，即牌名旧杀，终觉新奇可喜。如以极新极美之名，而填以庸腐乖张之曲，谁其好之？善恶在实，不在名也。

注释

① 凛遵：严肃地遵照。

② 有伦有脊：有模有样，有根有据的意思。语出《诗经·正月》“维号斯言，有伦有脊”。

③ 殊：很，极。

译文

曲谱是编戏的样本，就像妇女刺绣的花样。描一朵花就刺一朵花；画一片叶子就绣一片叶子。手笨的人不能少绣一点，手巧的人也不能多绣一点。但是花样没有固定的形式，尽可以不停地变化，曲谱却是越旧越好，稍稍追求一点新奇，就会失之毫厘，谬以千里。

情节新奇百出，文章变化无穷，但都不会超出曲谱里规定的格式。束缚文人使他们有才华而不能尽展的，是曲谱；偏爱词人使他们的才华得以独自施展的，也是曲谱。如果戏曲没有固定的曲谱，也可以不停地变化，那么，凡是粗通文学的人，都可以编戏了，为什么元人和我们这些人又如此被看重呢？“依样画葫芦”这句话，竟然像是针对编戏而说的，这句话妙就妙在依照样本这一点，可以依据这一点分辨出曲词的好坏。稍微有一点和样本不一样，葫芦的形状就会画得不圆，不是接近方形，就是类似扁形。难道葫芦就容易画吗？明朝三百年，善于“画葫芦”的只有汤显祖一个人，但还有人批评他声韵用得偏僻、句子写得长短不一的。“画葫芦”真是太难了啊！因为有固定的样本，不能擅自改动。

曲谱没有新的，曲牌名却有新的。大概是因为写曲词的人偏爱

新奇巧妙，但又没有机会施展他们的才能，没办法，只好把两支、三支曲子合成一支，捏到一块儿写成新的名字，如【金索挂梧桐】【倾杯赏芙蓉】【倚马待风云】等等这些就是。只有词场高手、擅长曲谱的文人才能做到，如果不是，就会上个曲调不接下个曲调，白白遭到歌唱者的讥笑。然而即使是音韵协调好了，也需要文理通顺才能把它们串起来合为一个整体。

比如将【金络索】【梧桐树】，这两支曲子合为一支曲子，起名为【金索挂梧桐】。把金索挂在树上，这是合乎情理的事情。将【倾杯序】【玉芙蓉】两支曲子串成一支曲子，起名为【倾杯赏芙蓉】。倒杯酒欣赏芙蓉花，虽然是捏造，也属于人们常常挂在嘴边的话。【驻马听】【一江风】【驻云飞】是三支曲子，串成一支曲子，叫作【倚马待风云】。靠着马等待风云际会，这句话即使放到诗文中，也自成一句。凡是这些都是合乎情理的话，虽然追求新奇却不显得新奇。竟然还有只顾串合，不管文意是否通顺、合不合乎情理，硬把几个字捏在一起做曲名，让看的人不能从名字上看出它的意思，反而不如以前的人不造什么新名，只把“犯”字加到原来的名字上，如本来的曲牌名叫【江儿水】，串入两支别的曲名后，就叫【二犯江儿水】；本来的曲名叫【集贤宾】，串进去别的三支曲子，就叫【三犯集贤宾】。还有用“摊破”两个字概括的，如本来的曲名是【簇御林】【地锦花】，加入别的曲名后，就叫【摊破簇御林】【摊破地锦花】，就像这样多么自然，看不出一点拙劣的地方。还有的人把十几支曲子串成一支曲子，标出一个总的名字，如【六犯清音】【七贤过关】【九回肠】【十二峰】之类，更让人觉得浑然而典雅。

但我认为，把几支旧的曲子串成一个新的曲子终究是填词最低等的招儿。只要文采好、音律正，即使曲牌名旧到极点，也终会让人觉得新奇喜欢。如果用非常新非常美妙的曲牌名，却填进去一些平庸、陈腐、怪僻的曲词，谁会觉得它好呢？写得好坏在内容，不在曲牌的名称。

评析

李渔认为“善恶在实，不在名也”。如果文采好、音律正，即使曲牌名旧到极点，也终会让人觉得新奇喜欢。如果使用非常新、非常美妙的曲牌名，却填进去一些平庸、陈腐、怪僻的曲词内容。谁又会感到它是好的呢？确实如此，束缚戏曲创作者才干不得展开的是曲谱，而成就戏曲创作者之名的也是曲谱。

作曲如此，做人亦如此。遍览那些名垂青史的人物，哪个不是“戴着镣铐”把“舞”跳到极致的呀！正如李渔说的，“戴着镣铐跳舞”跳得好的，才是英雄；而去掉“镣铐”则算不得好汉！

宾白第四

小序

原典

自来作传奇者，止重填词，视宾白为末着，常有“白雪阳春”其调，而“巴人下里”其言者，予窃怪之。原其所以轻此之故，殆有说焉。

元以填词擅长，名人所作，北曲多而南曲少。北曲之介白者，每折不过数言，即抹去宾白而止阅填词，亦皆一气呵成，无有断续，似并此数言亦可略而不备者。由是观之，则初时止有填词，其介白之文，未必不系后来添设。在元人，则以当时所重不在于此，是以轻之。后来之人，又谓元人尚在不重，我辈工此何为？遂不觉日轻一日，而竟置此道于不讲也。予则不然。

尝谓曲之有白，就文字论之，则犹经文之于传注；就物理论之，则如栋梁之于榱桷[①]；就人身论之，则如肢体之于血脉，非但不可相轻，且觉稍有不称，即因此贱彼，竟作无用观者。故知宾白一道，当与曲文等视，有最得意之曲文，即当有最得意之宾白，但使笔酣墨饱，其势自能相生。常有因得一句好白，而引起无限曲情，又有因填一首好词，而生出无穷话柄者。是文与文自相触发，我止乐观厥成，无所容其思议。此系作文恒情，不得幽渺其说，而作化境观也。

注释

① 榱桷：椽子。

译文

向来戏曲的作者，只重视填写曲词，而把宾白当作最不重要的，戏曲中常常具有《白雪》《阳春》般的高雅曲调，却有着下里巴人的粗俗宾白，我私下里对此感到很奇怪。考究写曲词的人为什么会轻视宾白，原来也是有原因的。

元代作家擅长填词，名人所写的戏曲中北曲多而南曲少。北曲里面的宾白，每折戏不过几句话，即使去掉宾白只读曲词，也都能一气呵成地读下来，没有断断续续的痕迹，这些宾白似乎可以有也可以没有。由此看来，刚开始的时候只有填写曲词这回事，其中的宾白，可能是后来的人添加的。

对于元代人来说，因为当时元代人重视的不是写宾白，所以没有看重它。后代的作者又认为元代人尚且不重视它，我们这些人为什么要努力写好它呢？于是戏曲作者对宾白一天比一天轻视，最后竟然到了把宾白放到一边完全忽略的地步。我却不是这样认为。

我认为曲子里有宾白，就文字而言，就像经文里有注释；就

结构而言，就像大梁和椽子的关系；拿人的身体来比喻，就像肢体和血脉的关系，非但不能相互轻视，并且我觉得宾白与曲词同样重要，稍稍有一点不相称的地方，就会使曲词变得低贱，最终竟变成没有用的东西。所以，宾白和曲文应当受到同样的重视，有最精彩的曲文，就应当有最精彩的宾白。只要感情充沛、笔墨饱满，曲词和宾白就自然会相辅相成。常常会因为写出一句好的宾白，就引起写曲词的无限灵感；又常常会因为填了一首好的曲词，而写出很多的宾白。这是文字之间相互促进激发的作用，我只能跟着它顺势而下，没有一点考虑、犹豫的空间。这是写文章的常情，不能觉得其中的道理缥缈不可把握，就把它看作神奇的、遥不可及的境界。

评 析

中国古代戏曲和西方戏剧的最大区别是把唱、念（说）、做、打融为一体。西方戏剧分歌剧和话剧，歌剧只唱不说，话剧则只说不唱，而中国戏曲则兼而有之。而李渔当年说的“宾白”，是指“唱、念（说）、做、打”中的“念（说）”。其作用是“曲之有白，就文字论之，则犹经文之于传注；就人身论之，则如肢体之于血脉”。可见作用之重要。也正因为此，李渔对于“宾白”的评价结论是“宾白一道，当与曲文等视”。

声务铿锵

原典

宾白之学，首务铿锵。一句聱牙，俾听者耳中生棘；数言清亮，使观者倦处生神。世人但以音韵二字用之曲中，不知宾白之文，更宜调声协律。世人但知四六之句平间仄，仄间平，非可混施迭用，不知散体之文亦复如是。“平仄仄平平仄仄，仄平平仄仄平平”二语，乃千古作文之通诀，无一语一字可废声音者也。

如上句末一字用平，则下句末一字定宜用仄，连用二平，则声带喑哑，不能耸听。下句末一字用仄，则接此一句之上句，其末一字定宜用平，连用二仄，则音类咆哮，不能悦耳。此言通篇之大较，非逐句逐字皆然也。能以作四六平仄之法，用于宾白之中，则字字铿锵，人人乐听，有“金声掷地”之评矣。

声务铿锵之法，不出平仄、仄平二语是已。然有时连用数平，或连用数仄，明知声欠铿锵，而限于情事，欲改平为仄，改仄为平，而决无平声仄声之字可代者。此则千古词人未穷其秘，予以探骊觅珠之苦，入万丈深潭者既久而后得之，以告同心。虽示无私，然未免可惜。

字有四声，平上去入是也。平居其一，仄居其三，是上去入三声皆丽于仄。而不知上之为声，虽与去入无异，而实可介于平仄之间，以其别有一种声音，较之于平则略高，比之去入则又略低。古人造字审音，使居平仄之介，明明是一过文，由平至仄，从此始也。譬如四方声音，到处各别，吴有吴音，越有越语，相去不啻天渊，而一至接壤之处，则吴越之音相伴，吴人听之觉其同，越人听之亦不觉其异。

晋、楚、燕、秦以至黔、蜀，在在皆然，此即声音之过文，犹上声介于平去入之间也。作宾白者，欲求声韵铿锵，而限于情事，求一可代之字而不得者，即当用此法以济其穷。如两句三句皆平，或两句三句皆仄，求一可代之字而不得，即用一上声之字介乎其间，以之代平可，以之代去入亦可。如两句三句皆平，间一上声之字，则其声是仄，不必言矣。即两句三句皆去声入声，而间一上声之字，则其字明明是仄，而却似平，令人听之不知其为连用数仄者。此理可解而不可解，此法可传而实不当传，一传之后，则遍地金声，求一瓦缶之鸣而不可得矣。

译文

宾白的学问，首先务必要铿锵有力。一句拗口，就会使听众感觉耳中长了刺那样难受；几句清亮，就会使观众在困倦之时精神一振。一般人只知道曲词中要用到韵律，却不知道宾白的文字，更应该音律协调。世人只知道骈文要平仄相间，不可以混合交替使用，却不知道散体的文章也是如此。“平仄仄平平仄仄，仄平平仄仄平平”两句话，是历代写作的通用要诀，没有一句话一个字可以不用声韵的。

如果上一句最后一个字用的是平声，那么下一句最后一个字一定要用仄声，连续使用两个平声，那么声韵就喑哑而不激扬，不能振奋人心。下一句最后一个字用的是仄声，和这一句相连的上一句，最后一个字一定要用平声，连续使用两个仄声，那声音就像咆唪，不能悦耳。这说的是全篇的大体要求，不是每句每字都是这样。如果将骈文的平仄法则用在宾白之中，那么宾白每个字都铿锵有力，人人都喜欢听，就会获得“金声掷地”的好评了。

韵律追求铿锵有力的方法，不外乎“平仄”“仄平”两条。然而，有时会连用几个平声字，有时会连用几个仄声字，明明知道韵律不够铿锵，但限于要表达的情与要叙述的事（只能如此），想改平声字为仄声字，改仄声字为平声字，但绝没有合适的平声字或者仄声字可以替代。这是历代戏曲家都没有解开的奥秘，我付出了万般辛苦，锐意穷究，很长时间之后终于有所收获，现在将它告诉各位同人。虽然表现了自己没有私心，但这样未免可惜。

字有四种声调，就是平、上、去、入。平声字占一分，仄声字占三分，即上、去、入三种声调都归为仄声。但没人知道上声虽然与去声、入声归为一类，其实可以放在平仄之间，因为它另有一种声调，和平声相比略高，和去声、入声相比又略低。古代人造字定音，使上声居于平声与仄声之间，明明是一个过渡声调，从平声到仄声，是从这里开始过渡的。比如五湖四海的方言，各地都不相同，吴地有吴侬软语，越地有越地口音，相差可以说是天壤之别，但一到吴越交界的地方，就吴、越的口音互相融合，吴地的人听了觉得口音和自己相同，越地的人听了也不觉得和自己不一样。

晋、楚、燕、秦以至于黔、蜀等地，处处都是这样，这就是声音的过渡，就像上声介于平声和去声、入声之间。写宾白的人，想追求声音铿锵悦耳，但受情与事的束缚，寻找一个可替代的字而不可得，那就用这种方法来解决困境。如果两三句话中都是平声字，或者两三句中都是仄声字，寻找一个可替代的字而不可得，就用

一个上声字穿插其中，可以用它代替平声字，也可以用它代替去声字。如果两三个句子中都是平声字，加入一个上声的字，那它的音调是仄声就不必说了。两三句都是去声字和入声字，加入一个上声的字，那么这个字明明是仄声字，却像平声，让人听了不知道句中连续使用了几个仄声。这个道理可以解释却又不好解释，这一方法可以传扬而实际上不应该传扬，一旦流传之后，遍地都是悦耳的音乐，想找一个难听的乐曲都不可得了。

评 析

汉语的音调奇妙无穷，李渔在这一节中主要谈了如何运用四声、平仄使宾白铿锵动听的问题。其实，现代京剧大师的道白，也是抑扬顿挫，声情并茂。这就是运用字音的四声、平仄、轻重、缓急顿挫而创造出来的音韵美。

不仅古代诗词戏曲讲究音律美，现代的诗歌散文也是讲究音韵美的。闻一多、舒婷诗歌的韵律往往令人陶醉，茅盾的《白杨礼赞》铿锵有力，令人震撼；林清玄、沈从文的散文则清新幽美，如闻溪水涓涓。所有这些给人美感的效果，都是音韵的作用啊！

卷二 演习部

选剧第一

小序

原 典

填词之设，专为登场；登场之道，盖亦难言之矣。词曲佳而搬演不得其人，歌童好而教率不得其法，皆是暴殄天物，此等罪过，与裂缯毁璧等也。方今贵戚通侯，恶谈杂技，单重声音，可谓雅人深致，崇尚得宜者矣。所可惜者：演剧之人美，而所演之剧难称尽美；崇雅之念真，而所崇之雅未必果真。尤可怪者：最有识见之客，亦作矮人观场，人言此本最佳，而辄随声附和，见单即点，不问情理之有无，以致牛鬼蛇神塞满氍毹之上。

极长词赋之人，偏与文章为难，明知此剧最好，但恐偶违时好，呼名即避，不顾才士之屈伸，遂使锦篇绣帙沉埋瓿瓮之间。汤若士之《牡丹亭》《邯郸梦》得以盛传于世，吴石渠之《绿牡丹》《画中人》得以偶登于场者，皆才人侥幸之事，非文至必传之常理也。若据时优本念，则愿秦皇复出，尽火文人已刻之书，止存优伶所撰诸抄本，以备家弦户诵而后已。

伤哉，文字声音之厄，遂至此乎！吾谓《春秋》之法，责备贤者，当今瓦缶雷鸣，金石绝响，非歌者投胎之误，优师指路之迷，皆顾曲周郎之过也。使要津之上，得一二主持风雅之人，凡见此等无情之剧，或弃而不点，或演不终篇而斥之使罢，上有憎者，下必有甚焉者矣。观者求精，则演者不敢浪习，黄绢色丝之曲，外孙齑臼之词，不求而自至矣。吾论演习之工而首重选剧者，诚恐剧本不佳，则主人之心血，歌者之精神，皆施于无用之地。使观者口虽赞叹，心实咨嗟，何如择术务精，使人心口皆羡之为得也。

译文

编剧的目的只是登台演出，演出的规律就很难说清楚了。剧本好却找不到好演员，或演员好却教导得不好，都是暴殄天物，与撕裂绸缎、毁坏玉璧的罪过是一样的。如今的达官贵人都不喜欢杂技，只看重唱功，可说是品位高雅、推崇得当。可惜的是：演戏的人漂亮，所演的剧作却不一定好；推崇高雅的想法是真切的，所推崇的剧作却不一定是高雅的。特别让人感到奇怪的是：非常有见识的人，也像矮人看戏一样，别人说这本戏好，便也随声附和说好，看见戏单就点，也不问有没有道理，从而使得牛鬼蛇神塞满了戏台。

非常擅长写作词赋的人，却偏要和词曲为难，明明知道这本戏最好，只是怕有些不合人们的口味，一看到它的名字就躲开了，也不管作者的升降沉沦，从而使得一些上好的佳作被埋没了。汤显祖的《牡丹亭》和《邯郸梦》能够盛传于世，吴石渠的《绿牡丹》

和《画中人》得以偶尔搬上戏台演出，对才子来说都是很侥幸的事情，而不是因为文采好就一定能流传的缘故。要是按当今艺人的心愿，则希望秦始皇再生，把文人已刻印的书全部烧掉，只留下戏人自己创作的抄本，让一些人家去演习排演。真让人痛心啊，文字音乐所遭到的厄运，竟到了这般地步!我认为按照《春秋》笔法，对贤者应该求全责备。现在粗糙的剧作风行于世，而杰出的佳作却被埋没，这不是因为演员投错了胎或是戏师指错了路，而是因为那些评论的行家们的过错。如果在关键的地方，有一两位雅士主持大道，只要一见到这种无聊的剧作，或者放过不点，或者演到一半就斥责他停演，上层人厌憎这种剧本，下层人就一定会更讨厌它。观众们希望看到精品，那么演员们也不敢乱学乱演了。这样，绝妙的剧作就不用去刻意追求，也会自然产生的。演习的技艺，我认为最重要的是选好剧本。这是因为怕剧本不好，戏班主人和演员的心血和精力就都白白地付之东流。让观众嘴上称好，心里却在咒骂，哪比得上精心演习，让人心里嘴上都称赞更好呢。

评 析

从这篇小序中我们可以看出李渔的态度，那就是评论家对上演的剧本负有莫大的责任，评论家要有自己的主见，不要随和众人的意见，一部戏剧优点何在、缺点何在，都应该指出，而不要怕众人的非议。李渔就做到了这一点。

别古今

原典

选剧授歌童，当自古本始。古本既熟，然后间以新词，切勿先今而后古。何也？优师教曲，每加工于旧，而草草于新。以旧本人人皆习，稍有谬误，即形出短长；新本偶尔一见，即有破绽，观者听者未必尽晓，其拙尽有可藏。且古本相传至今，历过几许名师，传有衣钵[①]，未当而必归于当，已精而益求其精，犹时文中“大学之道”“学而时习之”诸篇，名作如林，非敢草草动笔者也。新剧则如巧搭新题，偶有微长，则动主司之目矣。

故开手学戏，必宗古本。而古本又必从《琵琶》《荆钗》《幽闺》《寻亲》等曲唱起，盖腔板之正，未有正于此者。此曲善唱，则以后所唱之曲，腔板皆不谬矣。旧曲既熟，必须间以新词。切勿听拘士腐儒之言，谓新剧不如旧剧，一概弃而不习。盖演古戏，如唱清曲，只可悦知音数人之耳，不能娱满座宾朋之目。听古乐而思卧，听新乐而忘倦。古乐不必《箫》《韶》[②]《琵琶》《幽闺》等曲，即今之古乐也。

但选旧剧易，选新剧难。教歌习舞之家，主人必多冗事，且恐未必知音，势必委诸门客，询之优师。门客岂尽周郎，大半以优师之耳目为耳目。而优师之中，淹通文墨者少，每见才人所作，辄思避之，以凿枘不相入也。故延优师者，必择文理稍通之人，使阅新词，方能定其美恶。又必藉文人墨客参酌其间，两议佥同，方可授之使习。此为主人多冗，不谙音乐者而言。若系风雅主盟，词坛领袖，则独断有余，何必知而故询。噫，欲使梨园风气丕变维新，必得一二缙绅长者主持公道，俾词之佳者必传，剧之陋者必黜，则千古才人心死，现在名流，有不以沉香刻木而祀之者乎？

注释

① 衣钵：佛教信徒使用的袈裟和食具。中国禅宗初祖至五祖师徒间传授道法，常付衣钵作为凭证，称为衣钵相传。后泛指老师直接传给学生学业、知识的行为。

② 《箫》《韶》：传说中虞舜时的音乐。

译文

选剧本教戏童唱戏，应当从旧剧本教起。旧剧本练熟之后再慢慢地让他们学一些新的剧本，千万不能先教新剧本后教旧剧本。这样做是为什么呢？戏师教戏，总是对旧剧本要求严格，对新剧本却很草率。因为每个人对旧剧本都很熟悉，稍出一点错，观众就能看出来；新戏人们只是偶尔见到，就是有一点破绽，观众也不一定全都知道，这样就可以把短处隐藏起来。况且旧剧本流传到现在，不知道经过多少名师的衣钵相传，剧本中不当的地方也肯定得到了修正，已很完美的地方也更加完美了。这好比八股文中的以“大学之道”“学而时习之”为题目的各种文章，名作层出不穷，谁也不敢轻易动笔去写。

新剧本就像是巧妙地搭配新题目，写的文章只要有一点长处，便会引起主考官的注意。所以刚开始学唱戏，一定要从旧剧本学起。而且在旧剧本中又必须从《琵琶记》《荆钗记》《幽闺记》《寻亲记》等旧剧本开始学起，因为腔调和配乐的准确，没有超过这几部戏的。把这些曲子当样本唱熟了，那么以后唱的曲子，腔调就不会错了。旧曲唱熟了之后，就一定要间杂学学新曲子。千万别听那些拘束、迂腐之人的话，认为新戏比不上旧戏，就把它们全部抛在一边不去学。演古戏，比如唱清曲，就只能让几个知音听了觉得很美妙，而不能让满座宾朋看了都觉得满意。听古乐会让人想睡觉，听新乐则会让人忘记疲倦。古乐不一定非要是《箫》《韶》，《琵琶记》和《幽闺记》等曲子，在现在就算是古乐了。

只不过选旧剧本容易，选新剧本困难。这是因为教唱戏曲的人家，主人肯定有好多杂事，并且不一定懂戏，这样他势必会委托给门客去做，或询问戏师。门客又怎会全是懂得乐理的人，多半也是听戏师的。戏师中精通文墨的人也没有多少，一见到才子写的剧本，就想避开，因为雅俗相互排斥。所以请戏师，一定要请稍通文理的人，让他们阅读新剧本，才能判断出新剧本的好坏。另外还一定要让文人参加讨论，两方意见相同，才能让戏童去演习。这是针对杂事繁多又不懂音乐的主人说的。如果他自己是风雅的盟主、词坛的领袖，那么他自己决定就可以了，又何必故意向别人咨询呢？唉，要想让戏曲界改变风气，就一定得有一两个德高望重的绅士长者出来主持公道，这样才能让好的剧本得以流传，不好的剧本被抛弃，古今的才子才会瞑目，现在的戏曲名流还有不对他们顶礼膜拜的吗？

评 析

流传了很久的东西不一定就是完美无缺的，但必然有很成熟的技艺蕴含其中。相比来说，刚刚兴起的艺术不是不好，而是还不完善，尚需有才能的人去探索。所以，学习要从经典学起，而最终是要树立自己的风格，完善新出现的艺术。在此，李渔一语道破真谛。

变调第二

小序

原典

变调者，变古调为新调也。此事甚难，非其人不行，存此说以俟作者。才人所撰诗赋古文，与佳人所制锦绣花样，无不随时更变。变则新，不变则腐；变则活，不变则板。至于传奇一道，尤是新人耳目之事，与玩花赏月同一致也。使今日看此花，明日复看此花；昨夜对此月，今夜复对此月，则不特我厌其旧，而花与月亦自愧其不新矣。故桃陈则李代，月满即哉生。花月无知，亦能自变其调，矧词曲出生人之口，独不能稍变其音，而百岁登场，乃为三万六千日雷同合掌之事乎？

吾每观旧剧，一则以喜，一则以惧。喜则喜其音节不乖，耳中免生芒刺；惧则惧其情事太熟，眼角如悬赘疣。学书学画者，贵在仿佛大都，而细微曲折之间，正不妨增减出入，若止为依样葫芦，则是以纸印纸，虽云一线不差，少天然生动之趣矣。因创二法，以告世之执郢斤者[1]。

注释

① 执郢斤者：语见《庄子·徐无鬼》中的“运斤成风”。意思是现在江陵一带（古代称“郢”）有位著名的工匠善使工具的故事：这位工匠看到一个人的鼻子尖上有一小块白色的泥污，他挥动斧子一刹那间就干净利落地把鼻子上的白泥削掉了，而鼻子却完好无损。后人用“郢匠挥斤”来形容某人技艺精湛，手段高明，工作得心应手，处理各种事务挥洒自如；人们也爱以“郢匠”“匠郢”等称具有高超技能的人，或指大手笔。

译文

变调就是把古调变成新调。这件事非常难做，不是做这行的人做不了，我先把这种说法提出来，以待作者验证。文人所写的诗、词以及古文和妇人所绣的花样图案一样，都会随时间的推移而发生变化。变化才是新的东西，不变就成旧的了；变化就是活的东西，不变就显得呆板。至于戏曲，更是使人耳目一新的事情，和玩花赏月是一回事。如果让人今天观赏这朵花，明天还来观赏，昨夜观看这轮月亮，今夜还去观看，那么不仅我会厌烦它们的陈旧，花和月亮也会为自己的不新鲜而感到羞愧了。所以桃花谢了就会有李花替代，月亮圆了就会出现缺口。花和月亮都是没有知觉的，它们尚且能够自己改变形态，更何况戏曲是活人演唱的，难道就不能稍微改些音调，而是一出戏演上一百年，三万六千个日子都演相同的戏吗？

我每次看旧戏，都是又高兴又担心。高兴的是因为它的音调不乖僻，免得听着耳中长刺般难受；担心的是它的情节过于老套，就像眼角上挂了一颗肉瘤，让人看了不舒服。学书学画的人，看重的只是和名家的作品相似，而在一些细微曲折的地方，倒不妨有些出入，如果只是照葫芦画瓢，那么就只是复印的作品，虽说和原作品没有一点儿差别，却缺少生动自然的趣味。所以我创造了以下两种变调的方法，现在告诉给那些搞戏剧音乐的人吧。

评 析

“李杜诗篇万古传，至今已觉不新鲜。”经典是用来学习的，而如果一直认为经典是最好的，不加以改变，那么人们肯定会厌烦经典，到那时，艺术真的要走向毁灭了。而有的时候，有些现代艺术与经典格格不入，很多人都不理解，其实，历史上有无数次新生艺术与经典相冲突，但最终两者相互交融，成为又一种经典。

缩长为短

原 典

观场之事，宜晦不宜明。其说有二：优孟衣冠[1]，原非实事，妙在隐隐跃跃之间。若于日间搬弄，则太觉分明，演者难施幻巧，十分音容，止作得五分观听，以耳目声音散而不聚故也。且人无论富贵贫贱，日间尽有当行之事，阅之未免妨工。抵暮登场，则主客心安，无妨时失事之虑，古人秉烛夜游，正为此也。

然戏之好者必长，又不宜草草完事，势必阐扬志趣，摹拟神情，非达旦不能告阕。然求其可以达旦之人，十中不得一二，非迫于来朝之有事，即限于此际之欲眠，往往半部即行，使佳话截然而止。予尝谓好戏若逢贵客，必受腰斩之刑。虽属谑言，然实事也。与其长而不终，无宁短而有尾。

故作传奇付优人，必先示以可长可短之法：取其情节可省之数折，另作暗号记之，遇清闲无事之人，则增入全演，否则拔而去之。此法是人皆知，在梨园亦乐于为此。但不知减省之中，又有增益之法，使所省数折，虽去若存，而无断文截角之患者，则在秉笔之人略加之意而已。法于所删之下折，另增数语，点出中间一段情节，如云昨日某人来说某话，我如何答应之类是也；或于所删之前一折，预为吸起，如云我明日当差某人去干某事之类是也。如此，则数语可当一折，观者虽未及看，实与看过无异，此一法也。

予又谓多冗之客，并此最约者亦难终场，是删与不删等耳。尝见贵介命题，止索杂单，不用全本，皆为可行即行，不受戏文牵制计也。予谓全本太长，零出太短，酌乎二者之间，当仿《元人百种》之意，而稍稍扩充之，另编十折一本，或十二折一本之新剧，以备应付忙人之用。或即将古书旧戏，用长房妙手②，缩而成之。但能沙汰得宜，一可当百，则寸金丈铁，贵贱攸分，识者重其简贵，未必不弃长取短，另开一种风气，亦未可知也。此等传奇，可以一席两本，如佳客并坐，势不低昂，皆当在命题之列者，则一后一先，皆可为政，是一举两得之法也。有暇即当属草，请以《下里》《巴人》，为《白雪》《阳春》之倡。

注释

① 优孟衣冠：典出《史记·滑稽列传》：楚国令尹孙叔敖死后，他的儿子生活艰难。优孟在楚庄王做寿时，穿戴上孙叔敖的衣冠，模仿孙叔敖的言谈举止，前去出席宫廷酒会，终于使庄王把寝丘（今安徽监泉）作为领地分封给了孙叔敖的儿子。“优孟衣冠”，原指戏剧演员善于模仿别人的举止。

② 长房妙手：语出《神仙传》中“费长房，东汉人，有神术，能将地缩短，使千里景色尽现眼前，放之则恢复原状”。

译文

看戏的时间，最好是在晚上而不在白天。有两点原因：戏子演戏，演的本来就不是真事，隐隐约约才能显出其中的妙处。如果在白天演出，观众看得太清楚，演员虚幻的技巧难以得到充分的发挥，十分的音容，只能当作五分欣赏，因为白天人们耳朵和眼睛的注意力容易分散不容易集中。并且不论富人穷人，白天都有事要做，看戏就不免要耽误工夫。到了晚上再演戏，宾客和主人都能安下心来，不会有误时误事的顾虑，古人秉烛夜游，就是因为这点。但是，好戏都比较长，又不能草草收场，一定要演得淋漓尽致，不到天亮是演不完的。然而能看到天亮的人，十个人中也找不到一两个，不是因为第二天有事，就是因为当时想睡觉，只看到一半就要走了，使得好戏演了一半就不能再演了。我曾说过好戏如果遇到贵客，就只看一半。这话虽然是开玩笑，却是实事。与其戏很长不能让人看完，不如把戏改短让人看得有头有尾。所以写剧本交给戏子时，一定要先告诉他们可以让戏长短变化的办法。选取情节可省略

的数折，用记号标明，遇到清闲没事的人看戏，就把可省略的部分添上一起演，不然的话就把这部分删掉。这办法人们都知道，戏班也愿意这样做。

不过人们不知道删减的办法中还有增补的办法，使删去的几折好像还存在一样，而又不用担心把一部戏弄得支离破碎，这只要作者略加几笔就可做到。这种方法是在所删除的几折戏的下一折之前，增加几句话，交代中间的一段情节。比如“昨天某人来说过某些话，我是怎样回答的”等；或者在所删除的几折戏的前一折末尾，提前做些交代，比如“我明天派某人去干某些事”等。这样，用几句话就可以代替一折戏，观众虽没看过这些戏，但和看过没有什么区别。这是一种办法。

我又说过：“对一些事务繁忙的观众，连最短的戏都看不完，对他们来说，删不删节都是一样的。”我曾见过一些贵族点戏，他们只挑折子戏，不点全本，就是为了要走的时候就走，不用受戏剧情节的牵制。我觉得全本戏太长，折子戏又过短，最好是在这两者之间，仿照《元人百种》的样子，稍微加长一点，另外编一些十折一本，或者十二折一本的新戏，给那些繁忙的人观看。或者把古书旧戏，让费长房那样的妙手精心改编，缩写成短篇。只要删减恰当，一部戏抵得上一百部，那么就会像一寸金和一丈铁一样贵贱分明，有见识的人看重它的简明扼要，未必就不会弃长篇而取短篇。从此便形成一种新风气，也不是没有可能。这种剧作，一个晚上可以上演两本。如果宾客坐在一起，身份不分上下，都能够点戏，那么就一先一后，都能用得上，这是一举两得的好办法。有空的话我就去写，用我平庸的笔墨来倡导这种高雅的艺术。

评 析

李渔不愧是戏剧家，从此可以看出，李渔不仅钻研戏曲艺术，他还研究观众的心理，只有研究透了观众的心理，一部戏剧才能让观众看完。演员不累，观众也满意，这与当今某些又烂又长的电视剧相比，哪个更好，相信读者心中已经有数了吧？

授曲第三

调熟字音

原 典

调平仄，别阴阳，学歌之首务也。然世上歌童解此二事者，百不得一。不过口传心授，依样葫芦，求其师不甚谬，则习而不察，亦可以混过一生。独有必不可少之一事，较阴阳平仄为稍难，又不得因其难而忽视者，则为“出口”“收音”二诀窍。

世间有一字，即有一字之头，所谓出口者是也；有一字，即有一字之尾，所谓收音者是也。尾后又有余音，收煞此字，方能了局。譬如吹箫、姓萧诸“箫”字，本音为箫，其出口之字头与收音之字尾，并不是“箫”。若出口作“箫”，收音作“箫”，其中间一段正音并不是“箫”，而反为别一字之音矣。且出口作“箫”，其音一泄而尽，曲之缓者，如何接得下板？故必有一字为之头，以备出口之用，有一字为之尾，以备收音之用，又有一字为余音，以备煞板之用。

字头为何？“西”字是也。字尾为何？“夭”字是也。尾后余音为何？“乌”字是也。字字皆然，不能枚纪。《弦索辨讹》等书载此颇详，阅之自得。要知此等字头、字尾及余音，乃天造地设，自然而然，非后人扭捏而成者也，但观切字之法，即知之矣。《篇海》《字汇》等书，逐字载有注脚，以两字切成一字。其两字者，上一字即为字头，出口者也；下一字即为字尾，收音者也；但不及余音之一字耳。无此上下二字，切不出中间一字，其为天造地设可知。此理不明，如何唱曲？出口一错，即差谬到底，唱此字而讹为彼字，可使知音者听乎？故教曲必先审音。即使不能尽解，亦须讲明此义，使知字有头尾以及余音，则不敢轻易开口，每字必询，久之自能惯熟。“曲有误，周郎顾。”苟明此道，即遇最刻之周郎，亦不能拂情而左顾矣。

字头、字尾及余音，皆为慢曲而设，一字一板或一字数板者，皆不可无。其快板曲，止有正音，不及头尾。

缓音长曲之字，若无头尾，非止不合韵，唱者亦大费精神，但看青衿赞礼之法，即知之矣。“拜”“兴”二字皆属长音。“拜”字出口以至收音，必俟其人揖毕而跪，跪毕而拜，为时甚久。若止唱一“拜”字到底，则其音一泄而尽，不当歇而不得不歇，失傧相之体矣。得其窍者，以“不”“爱”二字代之。“不”乃“拜”之头，“爱”乃“拜”之尾，中间恰好是一“拜”字。以一字而延数晷，则气力不足；分为三字，即有余矣。“兴”字亦然，以“希”“因”二字代之。赞礼且然，况于唱曲？婉譬曲喻，以至于此，总出一片苦心。审乐诸公，定须怜我！

字头、字尾及余音，皆须隐而不现，使听者闻之，但有其

音，并无其字，始称善用头尾者；一有字迹，则沾泥带水，有不如无矣。

译文

调配平、仄音，辨别阴、阳调，是学戏曲的人首先要做的两件事情。然而世上知道怎么做这两件事的的戏童，一百个人中也找不到一两个。他们不过是通过师傅的口传心授，照葫芦画瓢，只要师傅没有什么大的错误，他们就习以为常，而觉察不出什么，这样也可以混一辈子。只有一件事是必不可少的，它比调配平仄、辨别阴阳更难一些，又不能因为它难而被人们忽视了，那就是“出口”和“收音”两个诀窍。

世上有一个字，就会有一个字的字头，这就是所谓的“出口”；有一个字，就会有这个字的字尾，那就是所谓的“收音”。结尾的后面还有余音，收完了这个字的音，才算发完了这个字音。比如吹箫和姓萧中的“箫”字，本来的音为“箫”，但出口的字头和收音的字尾，并不是“箫”。如果出口的字头念“箫”，收音的字尾也念“箫”，其中间一段的正音并不是“箫”，而是另外一个字音了。而且，倘若出口就是“箫”，那么“箫”字的声音一发就结束，缓慢的曲子，怎么能接下一板呢？所以一定要有一个字做它的字头，用作出口；要有一个字做它的字尾，用来收音；还要有一个字做它的余音，以备煞板之用。

“箫”字的字头是“西”的音，字尾是“夭”的音，余音是“乌”的音。每个字都是这样，此处不能一一记录下来。《弦索辨讹》等书对这方面的记录很详细，看了以后自然会有收获。要知道这些字头、字尾及余音，是天造地设、自然而然的，并不是后人捏造而成的。只要看看切音的方法，就知道了。《篇海》《字汇》等书，逐字逐句都标着注脚，用两个字切成一个字。那两个字，上一个就是字头，即“出口”；下一个字就是字尾，即“收音”；只是没有涉及余音的那个字。没有这上下两个字，就切不出中间的一个字，可见，它们是天造地设的组合。不明白这个道理，怎么能演唱戏曲呢？出口的发音一错，就会一错到底。要唱的是这个字却错唱成那个字，能够让懂得戏曲的人听吗？所以教唱戏曲之前必须先要审定字音。即使不能全部解释清楚，也必须讲明白这个道理，使学戏的人知道字有字头、字尾及余音。这样他就不敢轻易开口，每遇到一个字，他必向人请教，久而久之，自然能够熟练掌握它。“曲有误，周郎顾。”假如明白这个道理，即使是再苛刻的周郎，他也不能不顾情面而非要责问你了。

字头、字尾和余音，都是为慢曲而设计的，一字只唱一板或者一字唱数板，那么字头、字尾和余音这三样缺一不可。那些节奏快的曲子，只有正音，没有字头和字尾。

在舒缓的长曲中，字如果没有字头和字尾，不但不合韵律，唱戏的人也很费精神，只要看一下典礼中司仪的唱读方法，就会知道了。“拜”和“兴”这两个字都属于长音。“拜”字从出口直到收音结尾，一定要等到那些行礼的人作完揖又下跪，下跪之后又叩拜，所经历的时间极长。如果“拜”字一唱到底，那么这个音一出口就会结束，不应当停却又不得不停下来，就会失掉傧相的体面。掌握发音窍门的人，用“不”和“爱”两个字代替“拜”字。“不”字是“拜”字的字头，“爱”字是“拜”字的字尾，中间刚

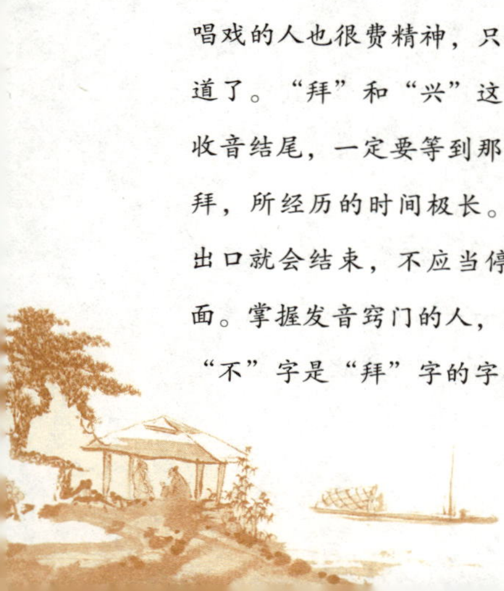

好是一个“拜”音。用一个字音而延续很长时间，就会力气不够用；如果把一个字分成三个字，那么就会有余地了。“兴”字也是这样，用“希”和“因”两个音来代替。典礼仪式中尚且如此，更何况唱戏的呢？我委婉地打比方，这样做实在是出于一番苦心。鉴赏音乐的各位先生，一定会怜惜我。

字头、字尾和余音，都必须隐藏起来，不要显现出来让观众听到。只能听出音，并没有实在的字，这才称得上是善于运用字头字尾的戏人；一旦有了字的痕迹，就会显得拖泥带水，有还不如没有。

评析

这里说的是戏曲的专业问题，就像我们听的流行歌曲，我们觉得一首歌好听，歌手的音色圆润、甜美，就体现了这里说的原理，即要在每个字上下功夫，一个字在一首曲子中怎么唱，都有它的讲究，研究透了，自然会高人一等。

锣鼓忌杂

原典

戏场锣鼓，筋节所关。当敲不敲，不当敲而敲，与宜重而轻，宜轻反重者，均足令戏文减价。此中亦具至理，非老于优孟者不知。最忌在要紧关头，忽然打断。如说白未了之际，曲调初起之时，横敲乱打，盖却声音，使听白者少听数句，以致前后情事不连，审音者未闻起调，不知以后所唱何曲。打断曲文，罪犹可恕，抹杀宾白，情理难容。予观场每见此等，故为揭出。

又有一出戏文将了，止余数句宾白未完，而此未完之数句，又系关键所在，乃戏房锣鼓早已催促收场，使说与不说同者，殊可痛恨。故疾徐轻重之间，不可不急讲也。场上之人将要说白，见锣鼓未歇，宜少停以待之，不则过难专委，曲白锣鼓，均分其咎矣。

译文

戏场上的锣鼓，有着很关键的作用。当敲不敲，不该敲时偏偏要敲，或者该重而轻，应当轻微反重的，都会让戏的质量下降。此中也隐藏着很深奥的道理，不是有丰富演出经验的人是不能明白的。演戏最忌讳在紧要关头忽然被打断。比如说白没结束的时候，曲调初起的时候，横敲乱打，锣鼓声把独白和曲调的声音都盖住了，让听白的人少听几句，以致前后事情不连续，没有听说起调，不知道以后唱什么歌曲。打断了曲调，还可以宽恕，但抹杀了独白，于情于理都是让人难以容忍的。我看戏的时候常常遇到这种情况，所以在这里特意揭示出来。

还有一种情况是，一出戏将要结束了，只剩下几句宾白没有说完，而这还没有完的几句，又是关键所在，但戏房锣鼓早就敲响了，已经催促收场，使得说了等于没说，特别令人痛恨。所以快慢轻重之间，不得不急着向人们讲出来。场上的演员在要说宾白的时候，见锣鼓不歇，应当稍微停下来，等锣鼓声停了再说。不然的话，宾白说不清楚的过错就不能全部由锣鼓手承担，演员也要承担一半的过错。

评析

这里说的是演员和乐师的配合问题。就像歌手和乐队，两者是有默契的，如果歌手唱歌手的，乐队演奏乐队的，那么歌手每一个字都不在调上，观众觉得是歌手的问题，其实，两者都应该承担责任。

教白第四

小序

原 典

教习歌舞之家，演习声容之辈，咸谓唱曲难，说白易。宾白熟念即是，曲文念熟而后唱，唱必数十遍而始熟，是唱曲与说白之工，难易判如霄壤。时论皆然，予独怪其非是。唱曲难而易，说白易而难，知其难者始易，视为易者必难。盖词曲中之高低抑扬，缓急顿挫，皆有一定不移之格，谱载分明，师传严切，习之既惯，自然不出范围。至宾白中之高低抑扬，缓急顿挫，则无腔板可按、谱籍可查，止靠曲师口授；而曲师入门之初，亦系暗中摸索，彼既无传于人，何以转授于我？讹以传讹，此说白之理，日晦一日而人不知。人既不知，无怪乎念熟即以为是，而且以为易也。

吾观梨园之中，善唱曲者，十中必有二三；工说白者，百中仅可一二。此一二人之工说白，若非本人自通文理，则其所传之师，乃一读书明理之人也。故曲师不可不择。

教者通文识字，则学者之受益，东君之省力，非止一端。苟得其人，必破优伶之格以待之，不则鹤困鸡群，与侪众无异，孰肯抑而就之乎？然于此中索全人，颇不易得。不如仍苦立言者，再费几升心血，创为成格以示人。自制曲选词，以至登场演习，无一不作功臣，庶于为人为彻之义，无少缺陷。虽然，成格即设，亦止可为通文达理者道，不识字者闻之，未有不喷饭胡卢，而怪迂人之多事者也。

译 文

学练歌舞和戏曲的人，都认为唱曲子比较难，说宾白比较容易。只要把宾白记熟了念出来就可以了，曲文则要先记熟了之后才能练唱，练唱又必须唱几十遍才能唱熟，因此唱曲和说宾白的难易有天壤之别。目前人们都持有这种观点，只有我觉得不是这么回事。唱曲说起来难，其实很容易；说宾白听上去容易，其实比较难。知道了它们难在什么地方，学起来才容易些，看上去容易的事情，实际上一定很难。总的来说，词曲中唱词音调的高低抑扬、缓急顿挫，都有固定不变的格式，这在曲谱上标得清清楚楚，老师传授讲解的时候要求得十分严格。学生练唱，久而久之就习惯了这些规则，自然也就不会违反格式了。至于宾白中的高低抑扬、缓急顿挫，就没有什么固定的腔调可以依照了，也没有什么曲谱可以查询，只靠戏曲老师的口授。而戏曲老师在刚入门学戏的时候，也是靠自己摸索出来的，既然都没有人教给戏曲老师，他又怎能传授给学生呢？就这样以讹传讹，说宾白的规矩也就一天比一天模糊了，人们根本不懂这些道理。既然人们都不懂，也难怪他们认为只要把宾白念熟了就是会说了，甚至还认为这是件很容易的事。

我看戏班里，十个人里面必定有两三个善于唱曲的，一百个人里面也就有一两个能把宾白说好的。这一两个宾白说得好的人，如果不是因为他们自己懂得文理，就是因为传授他们技艺的老师是个明白文理的读书人。所以对教唱戏曲的老师不能不有所选择。

教戏的人通晓文理，那么学的人受到的益处以及主人省去的麻烦，就不止一处了。如果真的找到了这样合适的戏曲老师，就一定要破格对待他，否则他就会像仙鹤被鸡群围困一样，与普通人没有什么差别。倘若没有特殊的礼遇，谁肯委屈自己待在你的家里呢？但要在戏曲老师中找到那种十全十美的人才，也很不容易。我不如再受点儿苦，多耗费些心血，创立出一种现成的说宾白的规范供大家参考。从填词谱曲，一直到登台表演，每一个环节我都涉及了，遵照帮人就帮到底的道理，我不缺漏一个细节。即使说宾白的规范设立好了，也只能是对那些通晓文理的人说，让不识字的人听到了，肯定会嘲笑我，责怪我迂腐怪异，多管闲事。

评 析

戏曲中的宾白如同诗朗诵，外行的人觉得诗朗诵没有唱歌那样能显示出一个人的功力，其实，诗朗诵比唱歌还难，它要考验朗诵者是否深入了解诗的主题，因为只有清楚了诗的主题，才会投入发自内心的感情。宾白要想念好，就要体会人物的感情，岂是简单的事呢？

高低抑扬

原典

宾白虽系常谈，其中悉具至理，请以寻常讲话喻之。明理人讲话，一句可当十句，不明理人讲话，十句抵不过一句，以其不中肯綮也。宾白虽系编就之言，说之不得法，其不中肯綮等也。犹之倩人传语，教之使说，亦与念白相同，善传者以之成事，不善传者以之偾事，即此理也。此理甚难亦甚易，得其孔窍则易，不得孔窍则难。此等孔窍，天下人不知，予独知之。天下人即能知之，不能言之，而予复能言之。请揭出以示歌者。

白有高低抑扬，何者当高而扬？何者当低而抑？曰：若唱曲然。曲文之中，有正字，有衬字。每遇正字，必声高而气长；若遇衬字，则声低气短而疾忙带过，此分别主客之法也。说白之中，亦有正字，亦有衬字，其理同，则其法亦同。一段有一段之主客，一句有一句之主客，主高而扬，客低而抑，此至当不易之理，即最简极便之法也。凡人说话，其理亦然。

譬如呼人取茶取酒，其声云："取茶来！""取酒来！"此二句既为茶酒而发，则"茶""酒"二字为正字，其声必高而长，"取"字"来"字为衬字，其音必低而短。再取旧曲中宾白一段论之。《琵琶·分别》白云："云情雨意，虽可抛两月之夫妻；雪鬓霜鬟，竟不念八旬之父母！功名之念一起，甘旨之心顿忘，是何道理？"首四句之中，前二句是客，宜略轻而稍快，后二句是主，宜略重而稍迟。"功名""甘旨"二句亦然，此句中之主客也。"虽可抛”“竟不念”六个字，较之“两月夫妻”“八旬父母”虽非衬字，却与衬字相同，其为轻快，又当稍别。至于“夫妻”“父母”之上二“之”字，又为衬中之衬，其为轻快，更宜倍之。是白皆然，此字中之主客也。

常见不解事梨园，每于四六句中之“之”字，与上下正文同其轻重疾徐，是谓菽麦不辨，尚可谓之能说白乎？此等皆言宾白，盖场上所说之话也。至于上场诗、定场白，以及长篇大幅叙事之文，定宜高低相错，缓急得宜，切勿作一片高声，或一派细语，俗言“水平调”是也。上场诗四句之中，三句皆高而缓，一句宜低而快。低而快者，大率宜在第三句，至第四句之高而缓，较首二句更宜倍之。

如《浣纱记》定场诗云：“少小豪雄侠气闻，飘零仗剑学从军。何年事了拂衣去？归卧荆南梦泽云。”“少小”二句宜高而缓，不待言矣。“何年”一句必须轻轻带过，若与前二句相同，则煞尾一句不求低而自低矣。末句一低，则懈而无势，况其下接着通名道姓之语。如“下官姓范名蠡，字少伯”，“下官”二字例应稍低，若末句低而接者又低，则神气索然不振矣，故第三句之稍低而快，势有不得不然者。此理此法，谁能穷究至此？然不如此，则是寻常应付之戏，非孤标特出之戏也。高低抑扬之法，尽乎此矣。

优师既明此理，则授徒之际，又有一简便可行之法，索性取而

予之：但于点脚本时，将宜高宜长之字用朱笔圈之，凡类衬字者不圈。至于衬中之衬，与当急急赶下、断断不宜沾滞者，亦用朱笔抹以细纹，如流水状，使一一皆能识认。则于念剧之初，便有高低抑扬，不俟登场摹拟。如此教曲，有不妙绝天下，而使百千万亿之人赞美者，吾不信也。

译文

宾白的语言虽然是老生常谈，但其中也包含着深奥的学问。打个简单的比方，明白事理的人讲话，讲一句话可以抵得上不明白事理的人讲十句；不明白事理的人讲话，讲十句话也抵不上明白事理的人讲一句，因为他的话说不到点子上。宾白虽然是编写好了的话，但如果说得不得法，也跟不明事理的人说话一样，说不到点子上。这就像让别人传话，告诉他们要传些什么话，会传话的人能把事情办好，不会传话的人肯定会使事情变得更坏，这个道理和念宾白很相似。这个道理看起来难，实际上很容易，找到了其中的窍门就容易，找不到其中的窍门就难。这种窍门，天下的人都不知道，只有我一个人知道。天下即使有人知道，也不能表达出来，而我却能把它说清楚。下面就让我把它揭示出来，供演戏的人参考吧。

说宾白讲究高低抑扬，什么地方该高该扬，什么地方该低该抑，我认为跟唱曲的规律一样。曲文当中，有正字，有衬字。遇到正字，就必须唱得声高气长；如果遇到衬字，就要唱得声低气短，很快带过去，这是区别主次的方法。宾白当中，也有正字和衬字之分，和唱曲的道理一样，方法也一样。一段宾白有一段宾白的主次，一句话有一句话的主次，主要的句子和主要的字要说得声高气扬，次要的句子和次要的字要说得声低气短，这是非常正确并且不可改变的真理，也是最简单最方便的说宾白的方法。一般来讲，平常人们说话，方法也是这样。

比如叫别人去取茶拿酒，就说："取茶来！""拿酒来！"这两句话既然是为了茶和酒而喊的，那么"茶""酒"这两个字就是正字，说的时候就要声高气长，"取""来"这两个字是衬字，说的时候就要声低气短。再拿旧戏曲中的一段宾白为例，说明这个道理。《琵琶记·分别》这折戏中有一段对白："云情雨意，虽可抛两月之夫妻；雪鬓霜鬟，竟不念八旬之父母！功名之念一起，甘旨之心顿忘，是何道理？"开头的四句话中，前两句话是次要的，应该念得略轻而且稍快，后两句话是主要的，应念得略重而且稍慢。"功名""甘旨"这两句话也是这样念，这是一句中主次有别别之故。"虽可抛""竟不念"六个字，与"两月夫妻""八旬父母"对比，虽然不是衬字，却和衬字相同，念的时候要念得轻些快些，又要与衬字的念法稍有差别。至于"夫妻""父母"前的两个"之"字，是衬字中的衬字，要念得特别轻、特别快。只要是宾白，都遵循这个道理，这是字中的主次之法。

我常常看到不懂这个道理的演员，每次念到四六句的时候，把句中"之"字的轻重快慢念得和上下正文一样，这就像是连豆子和麦子都分不清楚，能说他会说宾白吗？上面说的都是宾白，也就是戏场上演员所说的话。至于上场诗、定场白以及篇幅很长的叙事文字，一定要念得高低错落、缓急恰当，千万不能全部一个劲地念高声，或全部一味地念低语，成为俗话讲的"水平调"。上场诗的四句当中，有三句要念得声高而且气缓，有一句应该说得声低而气短。说得声低而且气短的那句，通常是放在诗中的第三句，到了第四句，念的时候要比前两句的声音更高、更慢。例如，《浣纱记》的定场诗中说：“少小豪雄侠气闻，飘零仗剑学从军。何年事了拂衣去，归卧荆南梦泽云。”“少小”两句应该说得高而缓，这是不用说的。“何年”一句必须轻声带过，如果与前两句念得相同的话，那么收尾的一句，不想念低也会自然而然地低了。收尾一句要是念得低，那么整段就会显得松懈、没有了气势。况且接下来是通名报姓的话。比如“下官姓范名蠡，字少伯”，“下官”两个字按照常规念的时候应该声音低些，如果上面收句低了，接着一句又低，就会使整个人物的神情气势显得萎靡不振了。所以第三句要念得稍微低点但是要快，从语势上不得不这样。这种道理这种方法，谁能探究到这个程度？但如果不这样，就只能排演平常应付的戏，而不是出类拔萃的优秀戏曲了。把宾白说得高低抑扬的道理，不外乎就这些了。

教戏的人明白了这个道理之后，在教授弟子的时候，还有一种简单可行的方法，我索性也说出来供大家参考。在读戏曲脚本的时候，把该念得高、念得长的字用红笔圈点出来，只要是属于衬字的都不圈。至于衬字中的衬字，和那些应当迅速带过去，万万不可念得拖泥带水的字，也要用红笔画上细线，就像流水的样子，好让弟子能一一辨认清楚。那么，弟子在开始学念宾白的时候，心中就有高低抑扬的意识，不用等到登场表演了再去揣摩想象。这样教曲，如果都没有教出唱功绝妙、让千百万人齐声赞美的弟子，我不会相信。

评析

演习部由选剧、变调、授曲、教白和脱套五段构成。作者根据自己对戏曲的了解以及平时观戏的经验来谈戏。从整体上来看，作者对当时的戏曲持的是批判的态度。但并没有说当时的戏曲不好，而是认为由于唱戏的人以及戏曲的主题等方面存在诸多的问题。比如，“吾每观旧剧，一则以喜，一则以惧。喜则喜其音节不乖，其中免生芒刺；惧则惧其情事太熟，眼角如悬赘疣”。意思是说，作者每次看旧戏，都是怀着既高兴又担心的心情。高兴是因为音调听着顺耳；担心则是因为是戏曲情节老套，没有吸引力。于是作者大胆提出要对戏曲进行创新。作者认为“变则新，不变则腐；变则活，不变则板”。于是作者提出“缩长为短”“变旧成新”的批判创新思想。

在此部分，作者还对戏曲的其他不足之处提出了严厉的批评，认为唱戏的人在很多方面做得不够好。作者在“解明曲意”中提到：“吾观今世学曲者，始则诵读，继则歌咏，歌咏既成而事毕矣。至于讲解二字，非特废而不行，亦且从无此例。有终日唱此曲，终年唱此曲，甚至一生唱此曲，而不知此曲所言何事，所指何人，口唱而心不唱，口中有曲而面上身上无曲，此所谓无情。”唱戏的人大多是口唱而心不唱，不能做到心领神会，唱出来的东西缺乏感情色彩，无法引起看戏人的共鸣。作者认为，只有深刻地理解戏文的意思，才能表达出戏文当中的感情，进而把死的声音变成活的曲调。当代的唱戏人必须认识到这一点，才能真正将戏唱好。

卷三　居室部

房舍第一

小序

原 典

人之不能无屋，犹体之不能无衣。衣贵夏凉冬燠，房舍亦然。“堂高数仞，榱题数尺”[①]，壮则壮矣，然宜于夏而不宜于冬。登贵人之堂，令人不寒而栗，虽势使之然，亦廖廓有以致之；我有重裘，而彼难挟纩故也。及肩之墙，容膝之屋，俭则俭矣，然适于主而不适于宾。造寒士之庐，使人无忧而叹，虽气感之耳，亦境地有以迫之；此耐萧疏，而彼憎岑寂故也。

吾愿显者之居，勿太高广。夫房舍与人，欲其相称。画山水者有诀云：“丈山尺树，寸马豆人。”使一丈之山，缀以二尺三尺之树；一寸之马，跨以似米似粟之人，称乎？不称乎？使显者之躯，能如汤、文之九尺十尺，则高数仞为宜，不则堂愈高而人愈觉其矮，地愈宽而体愈形其瘠，何如略小其堂，而宽大其身之为得乎？处士之庐，难免卑隘，然卑者不能耸之使高，隘者不能扩之使广，而污秽者、充塞者则能去之使净，净则卑者高而隘者广矣。

吾贫贱一生，播迁流离，不一其处，虽债而食，赁而居，总未尝稍污其座。性嗜花竹，而购之无资，则必令妻孥忍饥数日，或耐寒一冬，省口体之奉，以娱耳目。人则笑之，而我怡然自得也。性又不喜雷同，好为矫异，常谓人之葺居治宅，与读书作文同一致也。譬如治举业者，高则自出手眼，创为新异之篇；其极卑者，亦将读熟之文移头换尾，损益字句而后出之，从未有抄写全篇，而自名善用者也。乃至兴造一事，则必肖人之堂以堂，窥人之户以立户，稍有不合，不以为得，而反以为耻。常见通侯贵戚，掷盈千累万之资以治园圃，必先谕大匠曰：亭则法某人之制，榭则遵谁氏之规，勿使稍异。而操运斤之权者，至大厦告成，必骄语居功，谓其立户开窗，安廊置阁，事事皆仿名园，纤毫不谬。噫，陋矣！以构造园亭之胜事，上之不能自出手眼，如标新创异之文人；下之至不能换尾移头，学套腐为新之庸笔，尚嚣嚣以鸣得意，何其自处之卑哉！

予尝谓人曰：生平有两绝技，自不能用，而人亦不能用之，殊可惜也。人问：绝技维何？予曰：一则辨审音乐，一则置造园亭。

性嗜填词，每多撰著，海内共见之矣。设处得为之地，自选优伶，使歌自撰之词曲，口授而躬试之，无论新裁之曲，可使迥异时腔，即旧日传奇，一概删其腐习而益以新格，为往时作者别开生面，此一技也。

一则创造园亭，因地制宜，不拘成见，一榱一桷，必令出自己裁，使经其地、入其室者，如读湖上笠翁之书，虽乏高才，颇饶别致，岂非圣明之世，文物之邦，一点缀太平之具哉？噫，吾老矣，

不足用也。请以崖略付之简篇，供嗜痂者采择。收其一得，如对笠翁，则斯编实为神交之助尔。

土木之事，最忌奢靡。匪特庶民之家当崇俭朴，即王公大人亦当以此为尚。盖居室之制，贵精不贵丽，贵新奇大雅，不贵纤巧烂漫。凡人止好富丽者，非好富丽，因其不能创异标新，舍富丽无所见长，只得以此塞责。譬如人有新衣二件，试令两人服之，一则雅素而新奇，一则辉煌而平易，观者之目，注在平易乎？在新奇乎？锦绣绮罗，谁不知贵，亦谁不见之？缟衣素裳，其制略新，则为众目所射，以其未尝睹也。凡予所言，皆属价廉工省之事，即有所费，亦不及雕镂粉藻之百一。且古语云："耕当问奴，织当访婢。"予贫士也，仅识寒酸之事。欲示富贵，而以绮丽胜人，则有从前之旧制在。

新制人所未见，即缕缕言之，亦难尽晓，势必绘图作样。然有图所能绘，有不能绘者。不能绘者十之九，能绘者不过十之一。因其有而会其无，是在解人善悟耳。

注释

① 堂高数仞，榱题数尺：语出《孟子·尽心下》。原文是："说大人，则藐之，勿视其巍巍然。堂高数仞，榱题数尺，我得志弗为也；食前方丈，侍妾数百人，我得志弗为也；般乐饮酒，驱骋田猎，后车千乘，我得志弗为也。在彼者，皆我所不为也；在我者，皆古之制也。吾何畏彼哉？"仞，古代长度单位，合周制八尺。榱题，出檐，屋檐前端。

译文

人不能没有房屋，就像身体不能没有衣服。衣服以夏天凉爽冬天暖和为好，房屋也是如此。厅堂高达数丈，屋檐伸出很远，看上去固然很壮观，然而它只适合于夏天住，而不适合于冬天住。走进显贵人的家，人往往有不寒而栗的感觉，虽然这是由于主人的权势使人产生的这种感觉，可是从某种意义上说也是由于房子的空旷造成的。因为在高大空旷的屋子里，主人有厚皮袄，而客人穿着单薄的衣服所以难以感到温暖。至于高与肩齐的墙，只能容膝的小屋，固然很俭朴，然而它只适合于主人居住，却不适合接待客人。到贫穷人士的家，即使没有什么主人忧虑的事情，也往往使人叹息。虽然有受到屋里的气氛感染的原因，可是房屋的低矮窄小，也会让人感到窘迫。即使主人能够忍耐清冷，可客人却憎恨这种孤寂凄清。

我希望显贵之家的房屋不要建造得太高太大。房屋和人需要彼此相称。山水画家有一句口诀：“丈山尺树，寸马豆人。”就是说如果画的是一丈高的山，就用三尺高的树来点缀，配上一寸大小的马，马背上驮的是豆粒一样大小的人。你说这相称还是不相称呢？假如显贵的身材能像商汤、周文王那样高达九尺、十尺的话，那么房屋要高达数丈才合适；不然的话，房子越高大，人就越发地显得矮小，地面越是宽阔，就越是觉得身体瘦弱，哪如让房屋小一些，让身体显得高大一些好呢？居士的住房难免低矮狭小；不过，虽说低矮的房子没法使它变高，狭小的房子没法使它变大，但是污秽、堵塞的东西可以除去，让房屋显得干净。房子一旦整洁干净了，低矮的也能显得高大，狭小的也能显得宽敞。

我一生贫寒卑贱，到处奔波流离，没有一个固定的居所，虽然是靠借钱吃饭，租房子居住，也总是不让我的房子稍稍沾上一点污秽。我生性喜爱花草竹木，又无钱购买，就让妻子儿女饿几天肚子，或者让他们一个冬季忍受着寒冷，省下衣食费用，购买花竹来满足耳目的欢娱。别人嘲笑我，而我却怡然自得。我又生性不喜欢做事与别人雷同，喜欢标新立异。我常说人们修建整理房屋就与读书写文章是同一道理。比如参加科举考试的人，高明者自己用心创作新奇的篇章，拙劣者也要把读熟的文章改头换面，增减一些字句然后拿出来；从来没有人会照抄全篇而自命不凡的。但是在建造房屋时，有些人就一定要模仿别人的厅堂来建厅堂，观察别人的大门造大门，稍有不符之处，不以为是自己的创造，反而觉得是羞耻。常常看见那些高官显贵耗资成千上万来修建园圃，总是先关照工匠头儿说：亭子要仿照某某人的式样，廊榭要效仿某某人家的式样，不得有丝毫的不同。工匠头儿们在房子建成以后，也必定会居功自傲，说他建造的房屋的门窗、走廊、亭阁，全都是模仿名园，丝毫也不差。唉！真是太浅陋了！在建造园亭这种大事上，往好了说，不能像标新立异的文人那样独自创新，往坏的方面说不能像那些庸俗的文人一样套用别人的陈腐样式创造出新的文章，还在那里满不在乎，扬扬自得。为什么要把自己的身份降得那么低呢？

我曾经对别人说：“我生平有两大绝技，自己没有条件运用，别人也不能用，真是太可惜了！”别人问我：是什么绝技呢？我回答说：“一是辨审音乐，一是建造园亭。”

我生性喜好填词，有多种著作，这是世人都看到的事情。假使让我处在能够做主的地位，如果我有条件自己挑选演员，让他们演唱我创作的戏曲，并由我亲自口头传授，亲自教他们练习，那么，且不说我独创的新作品能够与时下平庸之作大不相同；即使是演出旧戏，也能把其中陈腐的东西删掉，增加新的格调，替原来的作者创造出新格局。这是我的一种绝技。

另一种绝技是建造园亭。我能够因地制宜，不拘泥于旧的模式，每一个部位都自己亲手设计，别出心裁，使路过的人和到屋里来的人，都像读我李渔的书一样，虽然不能说很有才华，但也别有一番情致。这难道不是对我们现在这个圣明之世、文明之邦的一点点缀吗？唉！我老了，不中用了，请让我把自己的一些粗浅的体会写在书里，以供爱好者来参考，如果有人能从书中得到一些收获，好像面对面听我谈话一样，那么这本书就是我们神交的纽带了。

兴建土木，最忌讳奢侈浪费。不只是一般百姓的人家应当崇尚俭朴，就是王公大人也应该把节俭作为风尚。因为房子贵在精致而不贵在华丽，贵在高雅有新意而不贵在纤巧烂漫。凡是只喜好富丽堂皇风格的人，并不是真的只喜欢富丽堂皇，而是因为他不能标新立异，除了富丽堂皇再没有什么别的新意，只好以此来应付。比如有个人有两件新衣服，试想让两个人穿上，一个穿素雅而新颖的衣服，一个穿华丽但普通的衣服，哪件衣服会引起人们的注意呢？是普通的呢，还是新颖的呢？绫罗绸缎，谁不知道它华贵呢？又有谁没有见过呢？一件朴素的衣服，只因为它的样式稍微新颖一些，就会引起众人的注意，因为这种款式人们没见过。凡是我所说的，都是既省钱又省力的事，即使有点花费，也比不上雕镂粉饰的百分之一。并且古语说："想学耕田种庄稼问奴仆，想学纺花织布问婢女。"我是一个贫穷的读书人，只懂得这些寒酸的事情。想向别人炫耀自己的富贵，靠华丽来胜过别人的，那么有以前的旧样式在。

新的样式人们没有见过，即使我在这里说得再详尽，也难全弄明白，势必要绘制图样。但是有的东西可以画出来，有的东西是画不出来的。十分之九的东西不能画，只有十分之一的东西可以画。凭借能画的去领会不能画的，这就要全靠读者自己去领悟了。

评析

李渔说他生平有两绝技："一则辨审音乐，一则置造园亭。"辨审音乐这一绝技在前面我们已经领略过了，而他造的园亭到今日已不存，但他的一些观点在今天仍有借鉴之处。欲知详情，后文分解。

向背

原典

屋以面南为正向。然不可必得，则面北者宜虚其后，以受南薰；面东者虚右，面西者虚左，亦犹是也。如东、西、北皆无余地，则开窗借天以补之。牖之大者，可抵小门二扇；穴之高者，可敌低窗二扇，不可不知也。

译文

房屋以面向南为正向。然而不一定都能做到，所以正面朝北的房屋就要在后面留出空地，以接受南风；正面朝东的要在右边留空；正面朝西的要在左边留空，也是为了接受南风。如果东、西、北面都没有空地，就要开天窗来补救。一个大窗户，可以抵得上两扇小门；一扇开得高的窗户，可以抵得上两扇开得低的窗户，这一点不能不知道。

评 析

这里说的是房屋的朝向问题。人们都喜欢坐北朝南的房子，但是不一定能住上这样的房子。李渔在这里给出了一个解决方法，相信富有生活经验的人，一定会有同感吧。

途径

原 典

径莫便于捷，而又莫妙于迂。凡有故作迂途，以取别致者，必另开耳门一扇，以便家人之奔走，急则开之，缓则闭之，斯雅俗俱利，而理致兼收矣。

译 文

最方便的路莫过于近道，而最妙的路莫过于迂回曲折的小道。凡是故意把道路修得迂回曲折来达到别具一格的，一定要另开一扇边门，以方便家人出入。有急事的时候就打开，没急事的时候就关上。这样的房子雅致和实用两者兼备。

评 析

中国有个成语叫“曲径通幽”，在一个面积不大的园林中，往往

一条曲径能给人一种深幽的感觉。当然，在一个园林中，不仅要有情致，还要有方便，李渔的思路可说能跟园林设计师相媲美了。

洒扫

原典

精美之房，宜勤洒扫。然洒扫中亦具大段学问，非僮仆所能知也。欲去浮尘，先用水洒，此古人传示之法，今世行之者，十中不得一二。盖因童子性懒，虑有汲水之烦，止扫不洒，是以两事并为一事，惜其力也。久之习为固然，非特童子忘之，并主人亦不知扫地之先，更有一事矣。彼但知两者并一是省事法，殊不知因其懒也，遂以一事化为数十事。服役者既以为苦，而指使者亦觉其繁，然总不知此数十事者，皆从一事苟简而生之者也。

精舍之内，自明窗净几而外，尚有图书翰墨、古董器玩之种种，无一不忌浮尘。不洒而扫，是以红尘掺物，物物皆受其蒙，并栋梁之上、榱桷之间亦生障翳，势必逐件擦磨，始现本来面目，手不停挥者，半日才能竣事，不亦劳乎？若能先洒后扫，则扫过之后，只须麈尾一拂，一日清晨之事毕矣，何指使服役之纷纷哉？此洒水之不容已也。

然勤扫不如勤洒，人则知之；多洒不如轻扫，人则未知之也。饶其善洒，不能处处皆遍，究竟干地居多，服役者不知，以其既经洒湿，则任意挥扫无妨。扬尘舞蹈之际，障翳之生也更多，故运帚切记勿重；匪特勿重，每于歇手之际，必使帚尾着地，勿令悬空，如扫一帚起一帚，则与挥扇无异，是扬灰使起，非抑尘使伏也。此是一法。

又有闭门扫地之诀，不可不知。如人先扫房舍，后及阶除，则将房舍之门紧闭，俟扫完阶除后，略停片刻，然后开门，始无灰尘入户之患。臧获不知，以为房舍扫完，其事毕矣，此后渐及门外，与内绝不相蒙，岂知有顾此失彼之患哉！顺风扬灰，一帚可当十帚，较之未扫更甚。此皆世人所忽，故拈出告之，然未免饶舌。

洒扫二事，势必相因，缺一不可，然亦有时以孤行为妙，是又不可不知。先洒后扫，言其常也，若旦旦如是，则土胶于水，积而不去，日厚一日，砖板受其虚名，而有土阶之实矣。故洒过数日，必留一日勿洒，止令童子轻轻用帚，不致扬尘，是数日所积者一朝去之，则水土交相为用，而不交相为害矣。

译 文

精美的房屋，应该经常打扫。然而打扫当中也有很多的学问，童仆是不懂的。要除去灰尘，必须先洒水，这是古人传下来的方法，现在能这样做的人，十个人当中剩下不到一两个了。这是因为僮仆生性懒惰，嫌提水太麻烦，图省力气，只扫地不洒水，把两件事并成一件事来做，久而久之就习以为常了。不只是僮仆把洒水的事忘了，连主人也不知道扫地之前还有洒水这件事。他们只知道把两事合一是省事的办法。却不知正是因为他们的偷懒行为，才把一件事变成了几十件事。不仅做事的人受苦了，也为指使做事的人添了很多麻烦。却不知这几十件事，都是因为洒水这一件事偷懒而多出来的。

精致的居室，除了要做到窗明几净以外，还有种种物件，如图书、字画、古董、器玩等东西，没有一件不忌讳灰尘的。不洒水就扫地，势必尘土飞扬，件件东西都被蒙上灰尘，连栋梁上、椽子上也布满灰尘，势必需要一件一件地擦拭，才能现出物品本来的面目。于是要手不停歇地干半天才能完事儿，不是很辛苦吗？如果先洒水后扫地，那么清扫之后，只需用拂尘一拂，一天清晨的事情就做完了，哪里会出现主人指使仆人忙乱不堪的情况呢？所以洒水不能省掉。

可是，人们光知道勤扫不如勤洒的道理，却不知道多洒不如轻轻扫的道理。一个人就算很善于洒水，也不可能把每一角落都洒到，毕竟还是干的地方居多。扫地的人不懂这个道理，以为既然已经将地洒湿了，就不妨随意挥扫。结果随意挥舞扫帚的时候，灰尘也更多。所以千万要记住扫地时扫帚一定不要太用力，不但不能太用力，每次歇手时，一定要让扫帚的尾部着地，不要让它悬空。如果扫帚扫一下接着又扬一下，就跟挥舞扇子没有什么两样，这是把灰尘扬起来，而不是让尘土贴伏于地面了。这是一种方法。

还有关上门扫地的秘诀不能不知道。例如打扫完房屋再打扫台阶，应先把房屋的门关紧，等扫完台阶后，稍微停一会儿再开门，这样才不会把灰尘引到屋里。仆人不知道这一点，认为房屋扫完就没事儿了，此后再打扫门外，与里面完全没有关系了，哪知道这样会造成顾此失彼的后患呢？顺着风扫地，一扫帚扬起的灰尘可以抵得上十扫帚，屋里的尘土比没扫的时候更多了。这道理都是人们常忽略的，所以把它指出来告诉大家，但未免有点多嘴。

洒水和扫地这两件事情，是相互联系的，缺一不可，然而有时又以单独进行为好，这个道理又是不能不知的。先洒水后扫地，说的是一般的情况，然而如果每天早晨都这样做，就会使土和水胶合起来，越来越多，积淀在地下扫不去，一天比一天厚，名义上是砖板，实际上却成了土阶了。所以连续洒过几天水之后，一定要空出一天不洒水，只让童仆用扫帚轻轻地扫，不让灰尘飞扬起来。这样，几天积在地上的尘土，一天就全都扫掉了，水和土这两样东西要善于利用，让其彼此互助，而不是彼此牵制，互相为害了。

评析

我们现在都知道扫地该怎么扫，而当时的仆人却没有李渔清楚，可见，李渔是一个热爱生活的人。

窗栏第二

取景在借

原典

开窗莫妙于借景，而借景之法，予能得其三昧。向犹私之，乃今嗜痂者众，将来必多依样葫芦，不若公之海内，使物物尽效其灵，人人均有其乐。但期于得意酣歌之顷，高叫笠翁数声，使梦魂得以相傍，是人乐而我亦与焉，为愿足矣。

向居西子湖滨，欲购湖舫一只，事事犹人，不求稍异，止以窗格异之。人询其法，予曰：四面皆实，独虚其中，而为“便面”之形。实者用板，蒙以灰布，勿露一隙之光；虚者用木作框，上下皆曲而直其两旁，所谓便面是也。纯露空明，勿使有纤毫障翳。是船之左右，止有二便面，便面之外，无他物矣。

坐于其中，则两岸之湖光山色、寺观浮屠、云烟竹树，以及往来之樵人牧竖、醉翁游女，连人带马尽入便面之中，作我天然图画。且又时时变幻，不为一定之形。非特舟行之际，摇一橹，变一像，撑一篙，换一景，即系缆时，风摇水动，亦刻刻异形。是一日之内，现出百千万幅佳山佳水，总以便面收之。而便面之制，又绝无多费，不过曲木两条、直木两条而已。世有掷尽金钱，求为新异者，其能新异若此乎？

此窗不但娱己，兼可娱人。不特以舟外无穷无景色摄入舟中，兼可以舟中所有之人物，并一切几席杯盘射出窗外，以备来往游人之玩赏。何也？以内视外，固是一幅便面山水；而以外视内，亦是一幅扇头人物。譬如拉妓邀僧，呼朋聚友，与之弹棋观画，分韵拈毫，或饮或歌，任眠任起，自外观之，无一不同绘事。同一物也，同一事也，此窗未设以前，仅作事物观；一有此窗，则不烦指点，人人俱作画图观矣。夫扇面非异物也，肖扇面为窗，又非难事也。

世人取像乎物，而为门为窗者，不知凡几，独留此眼前共见之物，弃而弗取，以待笠翁，讵非咄咄怪事乎？所恨有心无力，不能办此一舟，竟成欠事。兹且移居白门，为西子湖之薄幸人矣。此愿

茫茫，其何能遂？不得已而小用其机，置此窗于楼头，以窥钟山气色，然非创始之心，仅存其制而已。

予又尝作观山虚牖，名“尺幅窗”，又名“无心画”，姑妄言之。浮白轩中，后有小山一座，高不逾丈，宽止及寻，而其中则有丹崖碧水，茂林修竹，鸣禽响瀑，茅屋板桥，凡山居所有之物，无一不备。盖因善塑者肖予一像，神气宛然，又因予号笠翁，顾名思义，而为把钓之形。予思既执纶竿，必当坐之矶上，有石不可无水，有水不可无山，有山有水，不可无笠翁息钓归休之地，遂营此窟以居之。是此山原为像设，初无意于为窗也。后见其物小而蕴大，有“须弥芥子”之义，尽日坐观，不忍阖牖，乃瞿然曰：“是山也，而可以作画；是画也，而可以为窗；不过损予一日杖头钱，为装潢之具耳。”遂命童子裁纸数幅，以为画之头尾，乃左右镶边。头尾贴于窗之上下，镶边贴于两旁，俨然堂画一幅，而但虚其中。非虚其中，欲以屋后之山代之也。坐而观之，则窗非窗也，画也；山非屋后之山，即画上之山也。不觉狂笑失声，妻孥群至，又复笑予所笑，而“无心画”“尺幅窗”之制，从此始矣。

予又尝取枯木数茎，置作天然之牖，名曰“梅窗”。生平制作之佳，当以此为第一。己酉之夏，骤涨滔天，久而不涸，斋头淹死榴、橙各一株，伐而为薪，因其坚也，刀斧难入，卧于阶除者累日。予见其枝柯盘曲，有似古梅，而老干又具盘错之势，似可取而为器者，因筹所以用之。是时栖云谷中，幽而不明，正思辟牖，乃幡然曰：“道在是矣！”遂语工师，取老干之近直者，顺其本来，不加斧凿，为窗之上下两旁，是窗之外廓具矣。再取枝柯之一面盘曲、一面稍平者，分作梅树两株，一从上生而倒垂，一从下生而仰接，其稍平之一面则略施斧斤，去其皮节而向外，以便糊纸；其盘曲之一面，则匪特尽全其天，不稍戕斫，并疏枝细梗而留之。既成之后，剪彩作花，分红梅、绿萼二种，缀于疏枝细梗之上，俨然活梅之初着花者。同人见之，无不叫绝。予之心思，讫于此矣。后有所作，当亦不过是矣。

便面不得于舟，而用于房舍，是屈事矣。然有移天换日之法在，亦可变昨为今，化板成活，俾耳目之前，刻刻似有生机飞舞，是亦未尝不妙，止费我一番筹度耳。予性最癖，不喜盆内之花，笼中之鸟，缸内之鱼，及案上有座之石，以其局促不舒，令人作囚鸾絷凤之想。故盆花自幽兰、水仙而外，未尝寓目。鸟中之画眉，性酷嗜之，然必另出己意而为笼，不同旧制，务使不见拘囚之迹而后已。自设便面以后，则生平所弃之物，尽在所取。

从来作便面者，凡山水人物、竹石花鸟以及昆虫，无一不在所绘之内，故设此窗于屋内，必先于墙外置板，以备承物之用。一切盆花笼鸟、蟠松怪石，皆可更换置之。如盆兰吐花，移之窗外，即是一幅便面幽兰；盎菊舒英，纳之牖中，即是一幅扇头佳菊。或数日一更，或一日一更；即一日数更，亦未尝不可。但须遮蔽下段，勿露盆盎之形。而遮蔽之物，则莫妙于零星碎石，是此窗家家可用，人人可办，讵非耳目之前第一乐事？得意酣歌之顷，可忘作始之李笠翁乎？

译文

开设窗户最妙之处在于借景，而借景的方法，我能够深得其中奥妙。对此我一向是保密的，但是现在喜欢模仿的人太多了，以后

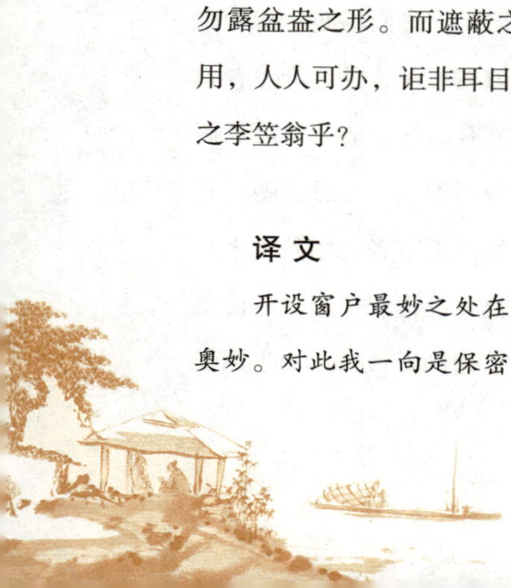

肯定会有很多照葫芦画瓢的人，还不如将其公之于众，使得每个物件都能尽量发挥其作用，每个人都能享受得到其中乐趣。只不过期望人们在高兴酣歌时，能够大声叫唤我李笠翁几声，相伴于我的梦魂之中，这样别人高兴时而我也能跟着高兴，我的愿望也就得到满足了。

以前我住在西子湖畔，想要买一条小船，这条小船处处都和别人的小船一样，不求有什么差异，只是窗格一定要与别的不同。别人询问窗格的样子，我说：窗格的四面都是实的，仅中间是虚空的，做成扇面的形状。实的地方要用木板，蒙上灰布，使之不露一点光亮；虚的地方用木做框架，上下两根木用弯曲的，而左右两边的木料是笔直的，这就是所说的“扇面”。窗户要全是空的，不要有一点遮挡物。这样一来，船的左右两边只有两个扇面窗，除此之外就什么也没有了。坐在小船中，两岸的湖光山色、寺院浮屠、云烟竹树，还有那来来往往的樵夫牧童、醉翁游女，连人带马就全都进到了扇面窗中，作为我的天然图画，而且这图画还能时时变幻，而不是固定不变的画面。不但在船行的时候，摇一下橹就变一下景色，撑一下篙就变换一下景色，即便在系缆时，只要风吹水动，时时刻刻都有不同的画面。因此，一天之中出现的成千上万幅的山水佳画，都能收进我的扇面窗了。而制作扇面窗，又绝对没有花费很多，只是两条弯木、两条直木而已。世上有为了寻求新异而一掷千金的人，他所求的新异能比得上这个吗?

这样的窗户不但可以让自己高兴，也可以让别人高兴。它不仅能把船外无穷无尽的风景摄入船中，还能把船中所有的人和所有的桌席杯盘映出窗外，以供来往的游客欣赏。为什么呢？由里向外看，固然是一幅扇面山水图，而由外向里看，也是一幅扇面人物图。比如拉妓邀僧，呼朋聚友，大家一起弹琴赏画，吟诗挥毫，时而饮酒时而高歌，随意睡觉随心醒来，从外面看进去，每一处都像图画一般。同一样东西，同一件事情，这扇窗没有开之前，仅仅作为一般事物来看待，而一旦有了这扇窗，无须别人指点，每个人都能把它当作图画来欣赏。扇面并不是什么特殊的东西，做成像扇面的窗户也并不是很难的事。

世人模仿事物形状而做成的门窗很多，只留下眼前这谁都见过的扇面弃而不用，而等我来发现，这不是很奇怪吗？遗憾的是，我心有余而力不足，没有能力置办这样一条小船，这终究是一件遗憾的事。如今我已经搬到白门居住，与西子湖没有缘分了。这个心愿如此渺茫，如何实现呢？我很无奈，只好把这种想法大材小用，在楼头做了一扇这种样式的窗户，以便欣赏钟山的风景气象。然而这并非我设计扇面窗的初心，不过是保留了扇面这种形式罢了。

我曾经还做过一种观赏山景的虚窗，名叫“尺幅窗”，也叫“无心画”，姑且这样叫吧。浮白轩后面有座小山，山高不超过一丈，宽只有八尺，然而山中有好山好水，茂林修竹，鸣禽响瀑，茅屋板桥，凡是山居需要的东西，无所不有。因为一位擅长雕塑的人为我塑了一座雕像，活灵活现，又因为我的号是“笠翁”，顾名思义，就把我雕塑成垂钓的样子。我想，既然手里拿着钓竿，就必须坐在石头上，有石头就要有水，有水就必须有山，既然已经有山有水，就必须有我钓鱼归来休息的地方，所以营造了这个地方来安置这个雕像。这座山本来是为安置雕像而建的，开始并没有想开设窗户。后来觉得东西虽小，但很有意蕴，有“须弥山藏于芥子之中”

的含义，于是，我整天坐在那儿看风景，不忍心关上窗户，有一天忽然明白过来："这座山，可以当作画来欣赏；既然是幅画，就可以制作窗子。只是花费我一天的买酒钱，来买装潢的工具罢了。"于是让童子裁了几幅纸，作为画的头尾和左右的镶边。头尾贴在窗户上边和下边，镶边贴在窗户的左右两边，俨然就是一幅堂画，只把中间空出来。其实并非真的让中间空着，而是想以屋后的山来代替。这样，等再坐下来观赏时，窗户就不只是一扇窗户，而成了一幅画；山也不只是屋后的山，而成了画中的山。我很是高兴，不觉大笑起来，妻子儿女们听见笑声都跑过来，再次笑我所笑，而"无心画""尺幅窗"的样式，就从此时开始出现。

我还曾用几根枯木，做成天然的窗户，名叫"梅窗"。这是我这辈子做得最好的窗户。己酉年的夏天，大雨倾盆，地面很久都没干，书房前面的一棵石榴树和一棵橙树被淹死了，想把它们砍掉当柴烧火，因为它们很坚硬，柴刀和斧头都劈不动，所以就在台阶上放了好多天。我看见其树枝弯弯曲曲的，很像古梅，而老树的枝干又盘桓交错，似乎可以用来做成什么东西，因此我就考虑怎么来利用它。当时栖云谷中乌云当空，昏暗不明，正在考虑开设一扇窗户，于是突然醒悟道："有办法了！"于是告诉工匠，把最直的老树干取来，顺应它们本来的形状，不用加工，直接做成窗户的上边和下边，这样窗户的外框就有了。再把一面盘曲一面比较平直的枝条拿来，分别做成两株梅树，一株从上面倒垂下来，一株从下面向上仰接。比较平直的一面要用斧头稍微加工一下，去除表皮和节疤，朝外安放，以便糊纸；而盘曲的一面，不仅完全保留其天然的形状，不做一点加工，就连稀疏的枝丫和细小的树梗都保留了下来。窗户做成以后，剪彩纸做成花，做了红梅和绿萼两种，点缀在枝丫和树梗上面，俨然就是活梅初开的样子。朋友看见，无不叫绝。我的心思用到这里就停滞了。以后再有别的制作，应该也难以超越它了。

扇面窗没能用在船上，而是用在了房舍里，是件憾事。但是只要有移天换日的方法，就可以把旧的变为新的，把呆板的变为灵活的，使耳朵眼睛之前，时时刻刻充满生机，这样也未尝不好，只不过需要花费我一番心思而已。我的性情非常奇怪，不喜欢盆子里养的花、笼子中养的鸟、缸里养的鱼，以及桌上放的有底座的石头，因为它们都受到了拘束而不能自然舒展，令人产生一种鸾凤被囚禁的感觉。所以盆花除了幽兰、水仙外，其他的我从来不看。画眉是我生性就喜爱的鸟，但也必须按照我的设计做成鸟笼，与旧式鸟笼不同，一定要让它看起来毫无拘囚的痕迹才行。自从设计出扇面窗后，平常丢弃不用的东西，全都可以得以利用了。历来做扇面之人，凡是山水人物、竹石花鸟以及昆虫，全都在所描绘的范围内，所以在屋里开设扇面窗，一定要先在墙外放一块木板，以便摆放各种观赏的东西。一切盆花笼鸟、盘松怪石，都可以交替着摆在上面。比如，把开花的盆兰放在窗外，便是一幅扇面幽兰图；把盛开的菊花放在窗中，便是一幅扇面佳菊图。几天换一次，或者每天换一次，即便是一天换好几次，也未尝不可。只是一定要遮住盆景的下面，不要让花盆露出来。而遮蔽的东西，最妙的就是零星的碎石。这种窗户谁家都能用，谁都可以做，这岂不是最让人赏心悦目的事吗？人们在得意地纵情高歌之时，难道会忘了创始人李笠翁吗？

评析

现在我们能在一些仿古建筑上看到扇面窗，这大概就是来自李渔的设计吧。这也可以说是绝技了。我们现代人每天忙于工作，恐怕没有人会有这样的情致了。如果说李渔是在设计居室的过程中设计自己的人生，我们则是在电脑手机前被设计自己的人生吧。

墙壁第三

女墙

原典

《古今注》云："女墙者，城上小墙。一名'睥睨'，言于城上窥人也。"予以私意释之，此名甚美，似不必定指城垣，凡户以内之及肩小墙，皆可以此名之。盖"女"者，妇人未嫁之称，不过言其纤小，若定指城上小墙，则登城御敌，岂妇人女子之事哉？

至于墙上嵌花或露孔，使内外得以相视，如近时园圃所筑者，益可名为"女墙"，盖仿睥睨之制而成者也。其法穷奇极巧，如《园冶》所载诸式，殆无遗义矣。但须择其至稳极固者为之，不则一砖偶动，则全壁皆倾，往来负荷者，保无一时误触之患乎？坏墙不足惜，伤人实可虑也。予谓自顶及脚皆砌花纹，不惟极险，亦且大费人工。其所以洞彻内外者，不过使代琉璃屏，欲人窥见室家之好耳。止于人眼所瞩之处，空二三尺，使作奇巧花纹，其高乎此及卑乎此者，仍照常实砌，则为费不多，而又永无误触致崩之患。此丰俭得宜，有利无害之法也。

译文

《古今注》上说："女墙，是指城上的矮墙，又叫作'睥睨'，就是从城上窥视人的意思。"根据我个人的理解，这个名字很美，似乎不一定要专指城墙，凡是大门以内的及肩高的矮墙，都可以叫这个名字。因为"女"是对没有出嫁的女子的称呼，不过是说她们身体纤细，如果专门指城上的矮墙，那么登城作战，岂不成了妇人女子的事了吗?

至于是在墙上嵌花还是打孔，使内外可以互相看到，就像近来建造园圃的式样，就更可以称为"女墙"了，这其实是模仿"睥睨"而建的。它的方法极尽巧妙，《园冶》记载的式样，已经没有遗漏了。但是必须选其中最稳最坚固的来做，不然松动一块砖，整堵墙都会塌掉了。墙外行走挑担的人，能保证没有偶然碰触的危险吗？墙坏了不怕，怕的是伤到人。我认为从墙顶到墙根，都砌上花纹，不仅极危险，而且太费人力。之所以留孔以通内外，不过是用来替代琉璃屏风，使人得以看到自己家园的美好而已。只在人眼睛最容易停留的地方，空出两三尺，雕一些奇巧的花纹，比这高或比这低的，照常砌实就可以了。这样既不多花费，又可以永无误触塌倒的隐患。这是丰俭得宜、有利无害的方法。

评析

李渔热爱艺术，热爱生活。前面我们已经看到李渔的"有情"，这里又看到他另一种"情"：仁爱之心。修造建筑时，能够想到会不会对人有危险，可以说李渔心存仁爱。相形之下，我们不少现代人是不是已经缺少了这种仁爱之心呢？

厅壁

原典

厅壁不宜太素，亦忌太华。名人尺幅自不可少，但须浓淡得宜，错综有致。予谓裱轴不如实贴。轴虑风起动摇，损伤名迹，实贴则无是患，且觉大小咸宜也。实贴又不如实画，“何年顾虎头[1]，满壁画沧州”，自是高人韵事。予斋头偶仿此制，而又变幻其形，良朋至止，无不耳目一新，低回留之不能去者。

因予性嗜禽鸟，而又最恶樊笼，二事难全，终年搜索枯肠，一悟遂成良法。乃于厅旁四壁，倩四名手，尽写着色花树，而绕以云烟，即以所爱禽鸟，蓄于虬枝老干之上。画止空迹，鸟有实形，如何可蓄？曰：不难，蓄之须自鹦鹉始。

从来蓄鹦鹉者必用铜架，即以铜架去其三面，止存立脚之一条，并饮水啄粟之二管。先于所画松枝之上，穴一小小壁孔，后以架鹦鹉者插入其中，务使极固，庶往来跳跃，不致动摇。松为着色之松，鸟亦有色之鸟，互相映发，有如一笔写成。良朋至止，仰观壁画，忽见枝头鸟动，叶底翎张，无不色变神飞，诧为仙笔；乃惊疑未定，又复载飞载鸣，似欲翱翔而下矣。谛观熟视，方知个里情形，有不抵掌叫绝，而称巧夺天工者乎？

若四壁尽蓄鹦鹉，又忌雷同，势必间以他鸟。鸟之善鸣者，推画眉第一。然鹦鹉之笼可去，画眉之笼不可去也，将奈之何？予又有一法：取树枝之拳曲似龙者，截取一段，密者听其自如，疏者网以铁线，不使太疏，亦不使太密，总以不致飞脱为主。蓄画眉于中，插之亦如前法。此声方歇，彼喙复开；翠羽初收，丹睛复转。因禽鸟之善鸣善啄，觉花树之亦动亦摇；流水不鸣而似鸣，高山是寂而非寂。座客别去者，皆作殷浩书空[2]，谓咄咄怪事，无有过此者矣。

注释

① 顾虎头：顾恺之，字长康，小字虎头。晋代晋陵无锡人，画家。

② 殷浩书空：《世说新语》中说晋代殷浩被桓温废免，终日用手在空中写“咄咄怪事”四字。此用以形容出乎意外、惊讶不已的事。

译文

厅堂的墙壁不应该太朴素，也忌讳太奢华。名人的字画，自然是不可少的，但也应当浓淡得宜，错落有致。我觉得把字画裱成图轴不如直接贴在墙上。考虑到画轴被风吹动会损坏了名人的手迹，直接贴在墙上就不必有这个担心了，而且大大小小的字画都适合这样做。直接贴在墙上又不如直接画在墙上，顾恺之曾经在沧州满壁作画，这自然是高人的风雅韵事。我书房里面曾经仿照过这个方法，又变化了形状，朋友来到看见了，无不感觉耳目一新，流连不忍离去。

因为我生性喜欢养鸟，却又极讨厌用鸟笼，这事很难两全。于是终年苦苦思索，终于悟出了一个好办法。我请来四位名家高手，在厅屋的四面墙上画满各种颜色的花草树木，又加上缭绕的云烟，再把我喜爱的鸟养在盘曲的老树干上。画是假的，鸟却是真的，怎么能喂养呢？我说这不难，要养就先从养鹦鹉开始。

从来养鹦鹉的人一定要使用铜架，我把铜架三面去掉，只留下鹦鹉立脚的一条，和喝水啄食的两条管子。先在所画的松枝上，钻一个小孔，再把铜架挂上去，一定要把它插牢固了，使鹦鹉在跳动时，铜管不至于摇动。松树是着了颜色的松树，鸟是有颜色的鸟，互相映衬，有如一笔画成的。好朋友来我家里，抬头看壁画，突然看到枝头有小鸟在跳跃，叶子底下有翅膀在扇动，无不神飞色变，惊叹为神笔，没等他们回过神来，鸟又开始飞翔鸣叫，仿佛想要从墙上飞下来。再仔细观察，才看明白其中的情形，哪有不拍掌叫绝，称赞巧夺天工的呢？

如果四面墙上养的都是鹦鹉，又犯了雷同的忌讳，其间一定要兼养一些其他的鸟。鸟儿当中画眉是最擅长鸣叫的。可是养鹦鹉的笼子可以除去，想要养画眉的笼子也可除去，这可怎么办呢？我又想了一个办法：找一根像蜷曲的树枝，截取一段，枝叶密集的地方，听其自然，稀疏的地方用铁丝编成网，不要让它太稀也不要太密，总之鸟飞不出去就可以了。像前面所说的把它插在墙上，把画眉鸟养在里面。这只鸟的叫声刚停下来，那只鸟又开始鸣叫了；这里小鸟刚刚收起翅膀，那儿小鸟又探出头来。由于小鸟喜欢叫喜欢啄，让人觉得花树似乎也在摇摆不定，流水不发出声音好像也在流动而发出声音，高山本是寂静的好像也不那么安静。客人在离去之时，无不惊叹不已，都说这真是怪事，没有什么比这更奇妙的了。

评析

在厅屋的四面墙上画满各种颜色的花草树木，加上缭绕的云烟，再把鸟养在盘曲的老树干上。画是假的，鸟是真的，这可以说是妙造自然了。有情致的人一定会叹服李渔的神奇想法吧，是不是看过这篇文章的人，都会有动手改造自己居室的冲动呢?

书房壁

原典

书房之壁，最宜潇洒。欲其潇洒，切忌油漆。油漆二物，俗物也，前人不得已而用之，非好为是沾沾者。门户窗棂之必须油漆，蔽风雨也；厅柱榱楹之必须油漆，防点污也。若夫书房之内，人迹罕至，阴雨弗浸，无此二患而亦蹈此辙，是无刻不在桐腥漆气之中，何不并漆其身而为厉乎？石灰垩壁，磨使极光，上着也；其次则用纸糊。纸糊可使屋柱窗楹共为一色，即壁用灰垩，柱上亦须纸糊，纸色与灰，相去不远耳。壁间书画自不可少，然粘贴太繁，不留余地，亦是文人俗态。

天下万物，以少为贵。步幛非不佳，所贵在偶尔一见，若王恺之四十里，石崇之五十里，则是一日中哄市，锦绣罗列之肆廛而已矣。看到繁缛处，有不生厌倦者哉？昔僧玄览往荆州陟屺寺，张璪画古松于斋壁，符载赞之，卫象诗之，亦一时三绝，览悉加垩焉。人问其故，览曰："无事疥吾壁也。"诚高僧之言，然未免太甚。若近时斋壁，长笺短幅尽贴无遗，似冲繁道上之旅肆，往来过客无不留题，所少者只有一笔。一笔维何？"某年月日某人同某在此一乐"是也。此真疥壁，吾请以玄览之药药之。

糊壁用纸，到处皆然，不过满房一色白而已矣。予怪其物而不化，窃欲新之。新之不已，又以薄蹄变为陶冶，幽斋化为窑器，虽居室内，如在壶中，又一新人观听之事也。先以酱色纸一层，糊壁作底，后用豆绿云母笺，随手裂作零星小块，或方或扁，或短或长，或三角或四五角，但勿使圆，随手贴于酱色纸上，每缝一条，必露出酱色纸一线，务令大小错杂，斜正参差，则贴成之后，满房皆冰裂碎纹，有如哥窑美器。其块之大者，亦可题诗作画，置于零星小块之间，有如铭钟勒卣，盘上作铭，无一不成韵事。问予所费几何，不过于寻常纸价之外，多一二剪合之工而已。同一费钱，而有庸腐新奇之别，止在稍用其心。"心之官则思"，如其不思，则焉用此心为哉？

糊纸之壁，切忌用板。板干则裂，板裂而纸碎矣。用木条纵横作槅，如围屏之骨子然。前人制物备用，皆经屡试而后得之，屏不用板而用木槅，即是故也。即如糊刷用棕，不用他物，其法亦经屡试，舍此而另换一物，则纸与糊两不相能，非厚薄之不均，即刚柔之太过，是天生此物以备此用，非人不能取而予之。人知巧莫巧于

古人，孰知古人于此亦大费辛勤，皆学而知之，非生而知之者也。

壁间留隙地，可以代橱。此仿伏生[①]藏书于壁之义，大有古风，但所用有不合于古者。此地可置他物，独不可藏书，以砖土性湿，容易发潮，潮则生蠹，且防朽烂故也。然则古人藏书于壁，殆虚语乎？曰：不然。东南西北，地气不同，此法止宜于西北，不宜于东南。西北地高而风烈，有穴地数丈而始得泉者，湿从水出，水既不得，湿从何来？即使有极潮之地，而加以极烈之风，未有不返湿为燥者。故壁间藏书，惟燕赵秦晋则可，此外皆应避之。即藏他物，亦宜时开时阖，使受风吹；久闭不开，亦有霾湿生虫之患。莫妙于空洞其中，止设托板，不立门扇，仿佛书架之形，有其用而不侵吾地，且有磐石之固，莫能摇动。此妙制善算，居家必不可无者。

予又有壁内藏灯之法，可以养目，可以省膏，可以一物而备两室之用，取以公世，亦贫士利人之一端也。我辈长夜读书，灯光射目，最耗元神。有用瓦灯贮火，留一隙之光，仅照书本，余皆闭藏于内而不用者。予怪以有用之光置无用之地，犹之暴殄天物，因效匡衡凿壁[②]之义，于墙上穴一小孔，置灯彼屋而光射此房，彼行彼事，我读我书，是一灯也，而备全家之用，又使目力不竭于焚膏，较之瓦灯，其利奚止十倍？以赠贫士，可当分财。使予得拥厚资，其不吝亦如是也。

注释

① 伏生：名胜，字子贱，秦朝博士。秦始皇焚书时，他把《尚书》藏在墙壁中保存下来，后来在汉文帝时教授晁错。

② 匡衡凿壁：《汉书·匡衡传》记载，匡衡幼时家贫，为人佣

作，“勤学而无烛，邻舍有烛而不逮，衡乃穿壁引其光，以书烛光而读之”。这就是“凿壁借光”的故事。

译 文

书房的墙壁最应该自然大方，想要它自然大方，一定不要使用油和漆。油与漆这两种东西都是庸俗之物，前人不得已才使用它们，并不是喜欢这样做。门和窗棂一定要用油和漆，是因为要遮蔽风雨；厅柱屋檐也一定要用油漆，是为了防止沾上污物。如果书房之中，很少有人来往，风雨也不会侵蚀它们，没有上面说的两种担心，却也刷上油漆，这是使人无时无刻不处在刺鼻的油漆的气味之中，那还不如直接把油漆刷在身上呢。用石灰粉刷墙壁，并磨到很光，是上等的做法；其次就是用纸糊。纸糊可以使柱子和窗棂都是同一颜色，即使墙壁用灰粉刷，柱子上也须用纸糊，这是因为纸的颜色和灰相去不远。墙壁上自然不能少了字画，但是贴得太多，不留一点空地，那是文人俗气的做法。

天下的万物，以稀少为贵。遮蔽风尘的屏幕并不是不好，但是贵在偶尔看到一下，像王恺把屏幕陈列四十里，石崇把屏幕陈列五十里，那就像是一个白天的闹市、锦绣罗列的交易市场了。看到这种繁杂的地方，怎么能不让人厌倦呢？古时僧人玄览，在荆州陟屺寺做住持，张璪在斋壁上画了古松，符载为它写了赞词，卫象为它题了一首诗，他们三人也称得上当时的三绝了。玄览却用粉把他们画的写的东西都给刷掉了。有人问玄览其中的缘故，玄览说：“没用的东西让我的墙壁像长了疥一样。”诚然是高僧的话，但未免有点过火了。像近来的寺墙，长篇短幅，写得满满的，就像大道

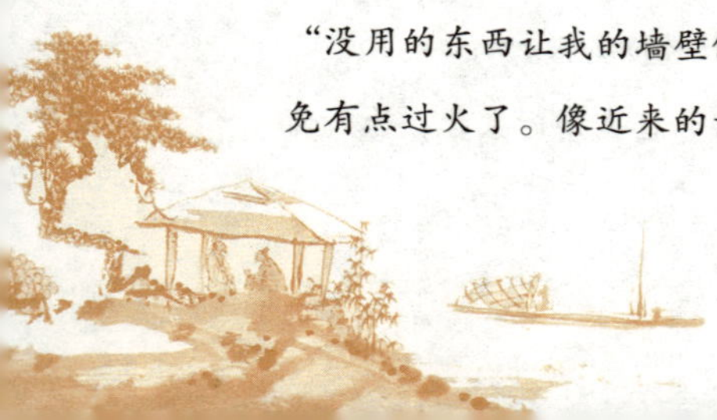

上繁忙的旅店，来来往往的过客，都在上面题字，其中所少的只有一句话。一句什么话？某年某月某日某人同某人在此一乐。这才真的是让墙壁生疥，我希望能用玄览的方法来处理它。

用纸糊墙壁，到处都是这样，不过满房白色罢了。我嫌它呆滞没有变化，私下里想改进一下，经过再三的革新，变来变去把用纸糊的书房变成用陶瓷片装饰的效果了，幽静的书房变成了陶器。虽然身处书房，却像在一个大壶之中，这又是一件令人耳目一新的事。先把一层酱色纸糊在壁上作底子，然后把豆绿色的云母笺随手撕裂成零星小块，或方或扁，或短或长，或三角或四五角，唯独不要圆形，随手把这些碎片贴在酱色纸上，在每一块相接的地方，一定要露出一线酱色纸，要让它们大小错杂，斜正差参。这样贴成之后，满房都是冰裂碎纹，就像哥窑的精美瓷器。其中大块的，也可以题诗作画，置于零星小块之间，就像钟鼎酒器镌刻的铭文，处处都显得有韵味。要问我花费了多少，不过在平常的纸价之外，多花一点剪贴的工夫而已。同样的造价，却有庸腐和新奇的差别，就在于稍用心思而已。“人长心就是用来思考的”，如果不思考，要这个心干什么？

糊纸的墙壁，不要使用木板，木板干了就会开裂，木板开裂了纸也就碎了。要用木条横竖交错制成木格，就像围屏的骨架一样很疏。前人制作和使用某种东西，都是经过反复试验后才成功的。屏风不用木板而用木格，就是这个原因。就像糊墙的刷子用棕丝而不用其他一样，这也是经过多次试验的。若是不用棕丝而用其他的东西，纸和糨糊就不好黏合，不是厚薄不均匀，就是太硬或太软。这真是天生的一物配一物，不是人们可以用什么东西随便取而代之的。人们只知道自己的巧思比不过古人，却不知古人对于这些事情也付出了辛勤的劳动。人们都是通过学习才懂的，不是一生下来就什么都懂的。

墙壁之间留下空隙，可以做橱柜。这是模仿伏生在墙壁里藏书的方法，很有古人的味道，不过用途就跟古人不同了。橱柜可以放些别的东西，却独不可以藏书。因为砖土容易潮湿，会生蠹虫，而且还要防止腐朽烂掉。那么古人在墙壁里藏书是假话吗？不是的。东南西北各地的气候不同。这种方法只适合于西北，在东南就不合适了。西北地势高，风也猛烈，往往要挖地好几丈深才能挖出水来。湿气是因为有水，地下既然没有水，怎么会有湿气呢？即使有很潮的地方，遇到那么烈的风，也就变得干燥了。所以能在墙壁里藏书，燕赵秦晋都可以，除此以外的地方都不能那么做。就是藏别的东西，也应该不时地打开关上以通风，长期关着，也有可能潮湿发霉生虫子。若把其中放空，只设托板，不置门扇，就像书架一样，既能发挥功用又不占地方，而且还坚固不可摇动，那真是太妙了。这样巧妙的设计居家过日子是不能少的。

我还有一个壁内藏灯的好办法，可以保养眼睛，也可以节省灯油，还可以一盏灯的光供两间房使用。把这种方法告诉世人，也是贫寒人士为人谋利的一种办法吧。我们这些读书人彻夜读书，灯光刺激着眼睛，最损耗人的精神。有人用瓦灯，只留一线光亮照着书本，其余的光线全都被遮在瓦灯之内而不利用。我奇怪人们为什么要把有用的光亮放在没有用的地方，这简直就是浪费。所以我仿效匡衡凿壁借光的方法，在墙上挖一个小孔，把灯放在那间屋子，灯光也可射到这间屋子来，别人做别人的事，我读我的书。这样，一

盏灯可以供全家使用，又使视力不受灯光的损害。比起瓦灯来，这种办法何止好上十倍？把这个方法告诉贫寒的读书人，抵得上把财产分给他们。即使将来我发了财，也会像现在这样不吝啬。

评 析

李渔认为，满室都裱白纸的做法是俗人的思路，未免缺乏新意。而他在墙上先裱一层酱色纸作为底色。然后将若干张豆绿色的笺纸剪成或方或扁、或长或短、或三角或多角的不规则碎片，随意地贴到酱色纸地之上。这样，室壁就像哥窑瓷器一样，满布冰裂纹，达到特殊的视觉效果。就此来看，李渔可以用现在的话称为“文艺青年”。

联匾第四

此君[①]联

原典

“宁可食无肉，不可居无竹。”竹可须臾离乎？竹之可为器也，自楼阁几榻之大，以至筲俭杯箸之微，无一不经采取，独至为联为匾诸韵事弃而弗录，岂此君之幸乎？用之请自予始。

截竹一筒，剖而为二，外去其青，内铲其节，磨之极光，务使如镜，然后书以联句，令名手镌之，掺以石青或石绿，即墨字亦可。以云乎雅，则未有雅于此者；以云乎俭，亦未有俭于此者。不宁惟是，从来柱上加联，非板不可，柱圆板方，柱窄板阔，彼此抵牾，势难贴服，何如以圆合圆，纤毫不谬，有天机凑泊之妙乎？此联不用铜钩挂柱，用则多此一物，是为赘瘤。止用铜钉上下二枚，穿眼实钉，勿使动移。其穿眼处，反择有字处穿之，钉钉后，仍用掺字之色补于钉上，混然一色，不见钉形尤妙。钉蕉叶联亦然。

注释

① 此君：即竹。《世说新语》中说王徽之曾指着竹子说：“何可一日无此君！”以后便以“此君”称呼竹。

译文

“宁可吃饭的时候没有肉，也不可以在居住的地方没有竹子。”这就是说人们一刻都不可以远离竹子。用竹子做的器物很多，大到楼阁桌床，小到箱盒杯筷，都有用竹子做的，唯独到了作联作匾这些雅事的时候，反而放弃不用了，这难道能说是竹子的幸运吗？那么就从我这里来开始用吧！

截一段竹子，剖成两半，削掉外面的青皮，铲掉中间的节疤，磨得像镜子一样的光亮，然后在上面书写联句，再请名匠按墨迹篆刻，填上石青或是石绿，直接用墨字也可以。要说到雅致，没有比这更雅致的了。要说到简朴，又没有比这更简朴的了。不只如此，在柱子上挂对联，非得用木板，柱子是圆的而木板是方的，柱子是窄的而木板是宽的，彼此互相抵触，肯定难以伏贴，哪里比得上用竹子，圆的对圆的，一点缝隙都没有，就像天然合成的。这种对联不用铜钩挂在柱子上，如果用了就是多此一举，又是一个累赘。只要用两枚铜钉，在联上穿眼钉牢使它不能移动就可以了。穿眼的地方，要特意选有字的地方。钉上钉子之后，仍然用字的颜色，涂在钉子上，使它们浑然一色，看不出有钉子。蕉叶联也是这样。

评析

竹子在我国古代是文人极尽赞美的植物，与松、梅并称“岁寒三友”，是虚心与坚忍的象征。李渔在此提出了竹子的新用途，那就是做成对联。我们也可一试，在我们的书房挂上这么一副对联，想必会为我们的环境增色不少。

山石第五

小山

原 典

小山亦不可无土，但以石作主，而土附之。土之不可胜石者，以石可壁立，而土则易崩，必仗石为藩篱故也。外石内土，此从来不易之法。

言山石之美者，俱在透、漏、瘦三字。此通于彼，彼通于此，若有道路可行，所谓透也；石上有眼，四面玲珑，所谓漏也；壁立当空，孤峙无倚，所谓瘦也。然透、瘦二字在在宜然，漏则不应太甚。若处处有眼，则似窑内烧成之瓦器，有尺寸限在其中，一隙不容偶闭者矣。塞极而通，偶然一见，始与石性相符。

瘦小之山，全要顶宽麓窄，根脚一大，虽有美状，不足观矣。

石眼忌圆，即有生成之圆者，亦粘碎石于旁，使有棱角，以避混全之体。

石纹石色，取其相同，如粗纹与粗纹当并一处，细纹与细纹宜在一方，紫碧青红，各以类聚是也。然分别太甚，至其相悬接壤处，反觉异同，不若随取随得，变化从心之为便。至于石性，则不可不依；拂其性而用之，非止不耐观，且难持久。石性维何？斜正纵横之理路是也。

译 文

小山主要是以石头为主，以土为辅，但也不能没有土。土之所以没有石头好，是因为石头可以竖立起来，而土很容易崩塌，必须依靠石头做保护。外面用石，里面填土，这是自古以来不可改变的法则。

说到山的美，全在“透、漏、瘦”三个字上。彼此相通，好像有道路可走一样，叫作“透”。石头上有眼，四面玲珑，叫作“漏”。当空直立，独立无依，叫作“瘦”。但是“透”和“瘦”这两个字，山的每个地方都应该如此，“漏”就不能太过分。如果处处有眼，就像窑里烧成的瓦器，有尺寸的限制，一个小洞都不能堵塞。堵塞到一定的程度后，偶然见到一个眼，这才跟石头的本性相符。

瘦小的山，全都应该顶宽底窄。山脚一大，即使形状很美，也不值得看了。

石眼避免太圆，就算天生是圆的，也要在旁边粘上碎石，使它显得有棱有角，以避免过于圆滑。

石头的纹理和颜色要选取相同的。例如粗纹的和粗纹的归在一起，细纹的和细纹的归在一起，各种颜色的石头也各自归在一起。然而如果分得过于细致，在不同颜色相接的地方，也会觉得颜色过

渡太生硬，反不如随取随放，随心所欲的好。至于石性，则不能不顺从；如果违背石性来用石，不但不耐看，而且难以持久。石性是什么？就是它的正斜纵横的纹理。

评析

石头，也是中国古代文人赏玩的物件，宋徽宗因为喜欢石头，大兴花石纲，并因此导致农民起义。不仅是文人，其实每个人都有喜欢的东西，而如何不因喜欢的东西给自己招来祸患，是值得每个人思考的问题。

石壁

原典

假山之好，人有同心；独不知为峭壁，是可谓叶公之好龙矣。山之为地，非宽不可；壁则挺然直上，有如劲竹孤桐，斋头但有隙地，皆可为之。且山形曲折，取势为难，手笔稍庸，便贻大方之诮。壁则无他奇巧，其势有若累墙，但稍稍纡回出入之，其体嶙峋，仰观如削，便与穷崖绝壑无异。且山之与壁，其势相因，又可并行而不悖者。

凡累石之家，正面为山，背面皆可作壁。匪特前斜后直，物理皆然，如椅榻舟车之类；即山之本性亦复如是，逶迤其前者，未有不崭绝其后，故峭壁之设，诚不可已。但壁后忌作平原，令人一览而尽。须有一物焉蔽之，使座客仰观不能穷其颠末，斯有万丈悬岩之势，而绝壁之名为不虚矣。蔽之者维何？曰：非亭即屋。或面壁而居，或负墙而立，但使目与檐齐，不见石丈人[1]之脱巾露顶，则尽致矣。

石壁不定在山后，或左或右，无一不可，但取其地势相宜。或原有亭屋，而以此壁代照墙，亦甚便也。

注释

① 石丈人：宋朝米芾好石。曾任无为州知军，衙门内有立石，米芾向之礼拜，呼为石丈。

译文

假山是人人都喜欢的，但却唯独不知道造垒峭壁，这真可以说是“叶公好龙”了。造假山总要占用土地，没有宽敞的地面是不行的。而峭壁却挺拔直立，就像劲竹孤桐，房屋旁只要有一点空地，就可以造。而且假山的形状曲折，很难造出气势，造得稍稍平庸一点，就会让内行人笑话。而石壁却没有那么多的奇巧，就像垒墙一样，只要造得稍稍迂回曲折而已，峭壁体态嶙峋，仰看像刀削斧劈一般，就与悬崖险壑没有什么不同了。而且山势与石壁的势态是相辅相成的，二者可以并行不悖。

凡是垒了石的人家，房前造假山，房后就可以做成峭壁。前部倾斜，后部直立，任何事物的原理都是这样，比如椅子、床、车、船之类。就是山的本性也是这样，前面蜿蜒曲折，后面挺然直立。所以峭壁是必不可少的。只是峭壁后面不能再留下空地，那会使人一览无余。同时还必须用一个东西遮蔽起来，使坐客仰视时不能把

顶部全都看清楚。这才有万丈悬岩的气势，绝壁也就不是徒有虚名了。用什么来遮蔽呢？我说用亭子或者屋子。无论面朝石壁而坐，还是背靠石壁而立，只要让视线与屋檐平齐，看不见石壁的顶端，这样的峭壁就十分完善了。

石壁不一定要造在山后，造在山的左边右边也都是可以的。只要与地势相宜就可以。或者用原来的亭子或屋子，而用石壁来代替照墙，也很方便。

评析

我们经常会看到一些假山，但是总会感觉这些假山没有气势，李渔可谓有慧眼之人，一眼就看出了病根所在。

石洞

原典

假山无论大小，其中皆可作洞。洞亦不必求宽，宽则藉以坐人。如其太小，不能容膝，则以他屋联之，屋中亦置小石数块，与此洞若断若连，是使屋与洞混而为一，虽居屋中，与坐洞中无异矣。洞中宜空少许，贮水其中而故作漏隙，使涓滴之声从上而下，旦夕皆然。置身其中者，有不六月寒生，而谓真居幽谷者，吾不信也。

译文

假山不论大小，里面都可以做洞，洞不要求太宽大，宽到可以坐下人就行。也不要太狭小了，如果太狭小了，连人都站不下，就得把别的房子和它连接起来。房子里面也放些小块儿石头，跟这石洞似断似连，使得屋子和洞浑然一体，虽然身在房子里，也跟坐在洞里没什么两样了。洞中最好空出一小块地方，在里面贮存少许水，并且故意做出漏隙来漏水，让涓涓的滴水之声从上而下，早晚皆如此。即使在夏季，置身于山洞之中却不感到六月生寒而说自己如身处幽谷的人，我才不相信会有呢。

评析

李渔在这里提出自己关于假山里面做洞的见解。现代的一些公园里有些人造山洞的创意怕是来自此处吧。

零星小石

原典

贫士之家，有好石之心而无其力者，不必定作假山。一卷特立，安置有情，时时坐卧其旁，即可慰泉石膏肓之癖。若谓如拳之石亦须钱买，则此物亦能效用于人，岂徒为观瞻而设？使其平而可坐，则与椅榻同功；使其斜而可倚，则与栏杆并力；使其肩背稍平，可置香炉茗具，则又可代几案。花前月下，有此待人，又不妨于露处，则省他物运动之劳，使得久而不坏，名虽石也，而实则器矣。且捣衣之砧，同一石也，需之不惜其费；石虽无用，独不可作捣衣之砧乎？

王子猷劝人种竹，予复劝人立石；有此君不可无此丈。同一不急之务，而好为是谆谆者，以人之一生，他病可有，俗不可有；得此二物，便可当医，与施药饵济人，同一婆心之自发也。

译 文

清贫的人家，喜欢假山而没力量去建造，不一定非得造假山。拳头那样大的小块石头，单独摆在那里，只要安置得有情趣，时常在旁边坐卧，也能够满足对泉水山石的嗜好。如果说即使拳头大的石头，也得花钱去买，那么我告诉你这个东西一定对人也有用处，不只是作为观赏用的。把它平放在上面就可以坐人，就跟椅子和床有一样的作用；把它斜着放置，上面就可以倚靠，就跟栏杆有同样作用；如果石头的表面比较平整，上面也可以放香炉和茶具，又可以代替茶几桌案了。花前月下用石头来作为器具使用，放在露天里又没有妨碍，又省去了搬运其他东西。而且它经久耐用，那么虽然说它叫石头，实际上它已经是一件家具了。而且捣衣服的砧石一样是石头，因为需要花费再多也得买；这块石头用途虽然不大，难道还不能做捣衣服的砧石吗？

王子猷劝人种竹子，我又劝人立石。有竹就不能没有石头。这两样东西都不是人们急需的东西，而我在这里如此这般对人谆谆劝导，是出于这样考虑的，人的一生，别的病可以有，而俗气病却不可以有。有了石和竹这两种东西，就可以治俗气病，这与给人送药治病救人一样，都是出于一片慈悲的心肠。

评 析

《居室部》共由五部分组成：房舍、窗栏、墙壁、联匾和山石。在这一部分中，作者很详尽地介绍了房舍的各个组成部分以及如何才能让房舍更加高雅清净，在传统的基础上还提出了自己在修建房舍上的独到见解。作者最忌讳的是照搬古人或别人的创意，认为这样的工匠或者房舍的主人是最没有志气的。作者更倾向于标新立异，他认为修建房舍应该有自己的创新。但是，不能为了修饰精美的房屋而忽略其遮风避雨的基本功能。

作者认为精美的房屋除了在建造设计上下功夫以外，还要注意日常的卫生和修饰。试想当你身处一个窗明几净的房屋，里面放置的图书、字画、古董、器玩等东西全都一尘不染，相信心情会十分舒畅。

当然花草植物是不能少的，没有花草的房舍感觉会缺少一些生气。作者能够在家境贫寒、温饱尚忧的情况下买竹来装饰房屋，可见其对室内环境的重视程度。

李渔在此部分中描绘了一幅仙境般的居住画面，他重视家具与居住环境生态系统的和谐统一，这可以从他设计的一些器具中体现出来。

卷四　器玩部

制度第一

小序

原典

人无贵贱，家无贫富，饮食器皿，皆所必需。“一人之身，百工之所为备。”子舆氏尝言之矣。至于玩好之物，惟富贵者需之，贫贱之家，其制可以不问。然而粗用之物，制度果精，入于王侯之家，亦可同乎玩好；宝玉之器，磨砻不善，传于子孙之手，货之不值一钱。知精粗一理，即知富贵贫贱同一致也。

予生也贱，又罹奇穷，珍物宝玩虽云未尝入手，然经寓目者颇多。每登荣富之堂，见其辉煌错落者星布棋列，此心未尝不动，亦未尝随见随动，因其材美，而取材以制用者未尽善也。至入寒俭之家，睹彼以柴为扉，以瓮作牖，大有黄虞三代之风，而又怪其纯用自然，不加区画。如瓮可为牖也，取瓮之碎裂者联之，使大小相错，则同一瓮也，而有哥窑冰裂之纹矣。柴可为扉也，取柴之入画者为之，使疏密中窾，则同一扉也，而有农户儒门之别矣。人谓变俗为雅，犹之点铁成金，惟具山林经济者能此，乌可责之一切？予曰：垒雪成狮，伐竹为马，三尺童子皆优为之，岂童子亦抱经济乎？有耳目即有聪明，有心思即有智巧，但苦自画为愚，未尝竭思穷虑以试之耳。

译文

不论人是贵是贱，家是贫是富，饮食器具都是必须有的。孟子曾经说过：“一个人身上的东西，是上百个工匠为他准备的。”至于玩物之类的东西，只有富贵人家需要，贫贱的人家，可以不去管它的样式。然而那些日常用具，如果样式和制作的确都很精美，到了王侯的家里，也可同于玩物；即使是宝石玉器，制作粗糙，传到子孙手中，卖掉它也值不了几个钱。了解了精致粗糙的道理，就会知道富贵贫贱是一样的。

我生在贫贱之家，又穷困潦倒，珍贵的玩物，虽说不曾拥有，但亲眼见过的却也很多。我每每到了富贵人家中，看到那珍奇玩物高低错落，琳琅满目，不是不动心，但也不是每次看见都动心，因为有些即使材料很好制作却不够精致。而到了贫寒人家，看他用木柴做门，拿坛子做窗，大有上古的风范，却又怪他只懂得用自然的东西，而不懂得加以修饰。例如瓮可以做窗户，就把碎裂的瓮片接起来，让它们大小互相错落，那么同样是瓮，却有哥窑烧制出来的冰裂纹路了。木柴可以做门，就用造型美观的柴来做，并使它疏密间杂，那么同样是门，却能区别出农户和儒门。有人认为变俗为雅，就好像点铁成金，只有具备雄才大略的人才能做到，怎么能要求人人都做到呢？我说：垒雪堆狮子，砍竹当马骑，就算是小孩子都能做得很好，难道他们也具有雄才大略吗？人只要有耳目就聪明，用心做事，就会有智慧。只怕自己认为自己愚昧，便不去竭尽脑汁想办法来尝试了。

评 析

“有耳目即有聪明，有心思即有智巧，但苦自画为愚，未尝竭思穷虑以试之耳”，这与“天下无难事，只怕有心人”是同一道理，相信每个人都知道这句话，但往往事到眼前，就会当局者迷，从而生出怨天尤人之叹。

几案

原 典

予初观《燕几图》，服其人之聪明什佰于我，因自置无力，遍求置此者，讯其果能适用与否，卒之未得其人。夫我竭此大段心思，不可不谓经营惨淡，而人莫之则效者，其故何居？以其太涉繁琐，而且无此极大之屋，尽列其间，以观全势故也。凡人制物，务使人人可备，家家可用，始为布帛菽粟之才，否则售冕旒而沽玉食，难乎其为购者矣。故予所言，务舍高远而求卑近。几案之设，予以庀材无资，尚未经营及此。但思欲置几案，其中有三小物必不可少。

一曰抽替。此世所原有者也，然多忽略其事，而有设有不设。不知此一物也，有之斯逸，无此则劳，且可藉为容懒藏拙之地。文人所需，如简牍刀锥、丹铅胶糊之属，无一可少，虽曰司之有人，藏之别有其处，究竟不能随取随得，役之如左右手也。予性卞急，往往呼童不至，即自任其劳。书室之地，无论远近迂捷，总以举足为烦，若抽替一设，则凡卒急所需之物尽纳其中，非特取之如寄，且若有神物俟乎其中，以听主人之命者。至于废稿残牍，有如落叶飞尘，随扫随有，除之不尽，颇为明窗净几之累，亦可暂时藏纳，以俟祝融，所谓容懒藏拙之地是也。知此则不独书案为然，即抚琴观画、供佛延宾之座，俱应有此。一事有一事之需，一物备一物之用。《诗》云："童子佩觿。"[1]《鲁论》云："去丧无所不佩。"[2]人身且然，况为器乎？

一曰隔板，此予所独置也。冬月围炉，不能不设几席。火气上炎，每致桌面台心为之碎裂，不可不预为计也。当于未寒之先，另设活板一块，可用可去，衬于桌面之下，或以绳悬，或以钩挂，或于造桌之时，先作机彀以待之，使之待受火气，焦则另换，为费不多。此珍惜器具之婆心，虑其暴殄天物，以惜福也。

一曰桌撒。此物不用钱买，但于匠作挥斤之际，主人费启口之劳，僮仆用举手之力，即可取之无穷，用之不竭。从来几案与地不能两平，挪移之时必相高低长短，而为桌撒，非特寻砖觅瓦时费辛勤，而且相称为难，非损高以就低，即截长而补短，此虽极微极琐之事，然亦同于临渴凿井，天下古今之通病也，请为世人药之。凡人兴造之际，竹头木屑，何地无之？但取其长不逾寸、宽不过指，而一头极薄、一头稍厚者，拾而存之，多多益善，以备挪台撒脚之用。如台脚所虚者少，则止入薄者，而留其有余者于脚外，不则尽数入之。是止一寸之木，而备高低长短数则之用，又未尝费我一钱，岂非极便于人之事乎？但须加以油漆，勿露竹头木屑之本形。何也？一则使之与桌同色，虽有若无；一则恐童子扫地之时，不能记忆，仍谬认为竹头木屑而去之，势必朝朝更换，将亦不胜其烦；加以油漆，则知为有用之器而存之矣。只此极细一着，而有两意存焉，况大者乎？劳一人以逸天下，予非无功于世者也。

注释

① 童子佩觿：语出《诗经·卫风·芄兰》“芄兰之支，童子佩觿。虽则佩觿，能不我知。容兮遂兮，垂带悸兮”。《诗集传》中对“觿”的解释是：“觿，锥也，以象骨为之，所以解结，成人之佩，非童子之饰也。”“觿”指锥形的用具，象骨制成，也用为成年人的佩饰。

② 去丧无所不佩：语出《论语·乡党》。丧期满后，什么东西都可以佩戴。

译文

我刚开始看《燕几图》，佩服作者的聪明才智比我要强十倍百倍。因为我自己没有能力去置办，所以我到处去寻找置办了这种几案的人家，想了解它们是否真的很适用，却始终没有找到。我这样竭尽心思，不能不说是惨淡经营，却发现没有人仿效，这是为什么呢？因为那种几案太烦琐，没有那么大的房屋可以把它们全部放进去以观全貌。人们卖东西，总是选择人人都需要，家家都用得上，像布匹粮食之类的平常东西；要是卖皇家的衣食，买的人就很少了。所以我的意思就是一定要舍弃高远而追求通俗。

我因为没有钱购买材料，所以还没有来得及做几案。但我考虑过如果要做几案，有三样东西必不可少：

一是抽屉。这是世上原来就有的，然而人们大多忽略了它，有些设了抽屉，有些没有。却不知道抽屉这个东西，有了它就很方便，没有它就很麻烦，而且它还可以成为偷懒藏拙的地方。文人所需要的东西，例如信笺、剪刀、锥子、笔墨、糨糊之类，没有一样可以少了，虽说专门有人管理，但是藏在别的地方，不能随需随取像使用左右手一样。我性子急，往往喊书童，他还没有到，我就自己去拿了。在书房里不管是绕远路还是走近道，总是不喜欢走。要是有了抽屉，把紧急时需要的东西都放在里面，不仅取用方便，而且就像有神物等在那里。至于那些废纸和残稿，就像是落叶和飞尘一样，随扫随时再有，是书房里面很碍眼的东西，也可以暂时收在里面，等将来一起烧掉，这就是所说的可以偷懒藏拙的意思。知道这一点，就知道不只是书桌应该这样，就是弹琴赏画、烧香供佛像或是给客人用的座位，都应该有抽屉。一件事有一件事的需要，一种东西有一种东西的用处。《诗经》说“童子佩觿”，《鲁论》说“服满丧期之后什么都可以佩戴”。人身上佩戴的饰物尚且如此，何况是器具呢？

二是隔板。这是我独创的。冬天围着火炉，不能不准备几案。火气上升，时间长了，总会把桌面台心烤得碎裂，不可不提前想一个办法来解决这个问题。应当在天冷之前，另外做一块活动的板子，可装可折，把它衬在桌面下。用绳子或是用钩子把它悬挂起来，或者在做桌子的时候，先做一个机关来放置木板，让它受了热气变焦之后，另外再换一块，这样比起损坏桌子来，花费不多。这

是我珍惜器具的一片苦心，担心人们浪费财物，而不知珍惜自己的福祉。

三是桌撒。这东西不需要用钱买，只要在工匠制作的时候，主人动一下口，仆人动一下手，就可以取之不尽、用之不竭。几案和地面总是不能平齐，搬动的时候，必定高低不平，而要找一件东西来做垫脚，寻找砖头瓦块不仅费时费力，而且找来后也很难合适，不是要去掉高的来将就低的，就是要截掉长的来弥补短的。这虽然是极为细微琐碎的事情，但跟临渴挖井一样，是古今天下人的通病。我希望能帮世人把这个病治好。人们在制作家具的时候，竹片木屑到处都是。只要拣那些长不过寸，宽不超过一个指头，一头薄一头厚的，保存起来，多多益善，以备挪桌子时垫脚用。如果桌脚留空少，就只把薄的一边塞进去，而把厚的一边留在外面，不然就全部塞进去。这样一寸的木头，就可以备高低长短多种情况之用，又不需要花一文钱，这难道不是很方便人的事吗？但是要把它刷上与几案同色的油漆，不要露出竹片木屑的本来面目。为什么呢？一来可以使它和桌子同色，放在那里就像没有一样；一是担心童子扫地的时候忘记了，仍然把它当竹头木屑而扫掉，那样就势必要天天更换，也会让人烦不胜烦。如果把它涂上油漆，童子就会知道这是有用的东西而应该保留它。就是这样极细的事情，也有两层含义，更何况大的方面呢？我一个人费点脑筋而方便天下人，我难道不是对世界有贡献的人吗？

评析

李渔在这里提到的三件东西，我们都已司空见惯，但我们在用这些东西的时候，却没有他的那种细心。这种细心可能与李渔从事戏剧创作有很大的关系。

椅杌

原典

器之坐者有三：曰椅、曰杌、曰凳。三者之制，以时论之，今胜于古，以地论之，北不如南；维扬之木器，姑苏之竹器，可谓甲于古今，冠乎天下矣，予何能赘一词哉！但有二法未备，予特创而补之，一曰暖椅，一曰凉杌。

予冬月著书，身则畏寒，砚则苦冻，欲多设盆炭，使满室俱温，非止所费不资，且几案易于生尘，不终日而成灰烬世界。若止设大小二炉以温手足，则厚于四肢而薄于诸体，是一身而自分冬夏，并耳目心思，亦可自号孤臣孽子矣。计万全而筹尽适，此暖椅之制所由来也。制法列图于后。一物而充数物之用，所利于人者，不止御寒而已也。

盛暑之月，流胶铄金，以手按之，无物不同汤火，况木能生此者乎？凉杌亦同他杌，但杌面必空其中，有如方匣，四围及底，俱以油灰嵌之，上覆方瓦一片。此瓦须向窑内定烧，江西、福建为最，宜兴次之，各就地之远近，约同志数人，敛出其资，倩人携带，为费亦无多也。先汲凉水贮杌内，以瓦盖之，务使下面着水，其冷如冰，热复换水，水止数瓢，为力亦无多也。其不为椅而为杌者，夏月少近一物，少受一物之暑气，四面无障，取其透风；为椅则上段之料势必用木，两胁及背又有物以障之，是止顾一臀而周身皆不问矣。此制易晓，图说皆可不备。

暖椅式：

如太师椅而稍宽，彼止取容臀，而此则周身全纳故也。如睡翁椅而稍直，彼止利于睡，而此则坐卧咸宜，坐多而卧少也。前后置门，两旁实镶以板，臀下足下俱用栅。用栅者，透火气也；用板者，使暖气纤毫不泄也；前后置门者，前进人而后进火也。然欲省事，则后门可以不设，进人之处亦可以进火。此椅之妙，全在安抽替于脚栅之下。只此一物，御尽奇寒，使五官四肢均受其利而弗觉。另置扶手匣一具，其前后尺寸，倍于轿内所用者。入门坐定，置此匣于前，以代几案。倍于轿内所用者，欲置笔砚及书本故也。抽替以板为之，底嵌薄砖，四围镶铜。所贮之灰，务求极细，如炉内烧香所用者。置炭其中，上以灰覆，则火气不烈而满座皆温，是隆冬时别一世界。况又为费极廉，自朝抵暮，止用小炭四块，晓用二块至午，午换二块至晚。此四炭者，秤之不满四两，而一日之内，可享室暖无冬之福，此其利于身者也。

若至利于身而无益于事，仍是宴安之具，此则不然。扶手用板，镂去掌大一片，以极薄端砚补之，胶以生漆，不问而知火气上蒸，砚石常暖，永无呵冻之劳，此又利于事者也。不宁惟是，炭上加灰，灰上置香，坐斯椅也，扑鼻而来者，只觉芬芳竟日，是椅也，而又可以代炉。炉之为香也散，此之为香也聚，由是观之，不止代炉，而且差胜于炉矣。有人斯有体，有体斯有衣，焚此香也，自下而升者能使氤氲透骨，是椅也而又可代薰笼。薰笼之受衣也，止能数件；此物之受衣也，遂及通身。迹是论之，非止代一薰笼，且代数薰笼矣。倦而思眠，倚枕可以暂息，是一有座之床。饥而就食，凭几可以加餐，是一无足之案。游山访友，何烦另觅肩舆，只须加以柱杠，覆以衣顶，则冲寒冒雪，体有余温，子猷之舟可弃也，浩然之驴可废也，又是一可坐可眠之轿。日将暮矣，尽纳枕簟于其中，不须臾而被窝尽热；晓欲起也，先置衣履于其内，未转睫而襦裤皆温。是身也，事也，床也，案也，轿也，炉也，薰笼也，定省晨昏之孝子也，送暖偎之贤妇也，总以一物焉代之。苍颉造字而天雨粟，鬼夜哭，以造化灵秘之气泄尽而无遗也。此制一出，得无重犯斯忌，而重杞人之忧乎？

译 文

用来坐的家具有三种：分别是椅子、小凳子和凳。这三种家具的式样，从时代来说，今胜于古；从地域来说，南胜于北。扬州的木器，苏州的竹器，可以说是古往今来天下第一，哪用得着我再说什么呢！但是有两样东西没有，我特地把它做出来加上去：一是暖椅，一是凉凳。

冬天写书的时候，我身体怕冷，砚池怕冰冻，想多烧几盆炭使满屋子都暖和起来，不仅费用太高，而且桌上容易沾灰，不到一天就会变成灰烬世界。但是如果只用大小两个炉子温暖手足，又厚待了四肢而亏待了身体，这样一来身体自分冬夏，连耳目心思，也可自称为“孤臣逆子”了。想尽一切办法考虑周全，这就是我造暖椅的原因。制作方法见后面配图。一件东西能当几件东西用，暖椅对人的好处不仅仅是御寒而已。

盛夏的时候，每样东西摸上去都像热水和火焰一样烫，何况木

头本身就是用来烧火的呢？凉凳也就像普通的凳一样，只是凳面以下一定要放空，像个方匣子一样。四围和底部全部嵌上油灰，上面盖一片方瓦，这种瓦必须要向瓦窑专门定制，江西和福建的最好，宜兴的次之。各看地方远近，有同样打算的几个人一起出钱，请人携带，花钱也不多。先在凳内倒入凉水，上面盖上瓦。务必使凳面底部碰着水，冷得跟冰一样，热了就再换水。只需要几瓢水，不会太费力。之所以不做成椅子而做成凳，是因为夏天少靠近一样东西，就少受一点暑气。四面没有遮挡，是为了透风。做成椅子，那么中段的材料一定是用木头，两肋和背部又有东西挡住，这是只顾屁股而全身都忽略了。这东西的制作比较容易明白，不需要画图和解说了。

暖椅的制作：

像太师椅而稍微宽一些，太师椅只能容纳臂部，而暖椅能够容纳全身。像睡翁椅又比它稍微直一些，睡翁椅只方便睡觉，而暖椅坐卧都方便，坐得多睡得少。暖椅前后都装上门，两旁镶上实板，臂下和脚下都用栅栏。之所以用栅栏，是为了让火气透上来，用板是为了使暖气一点都漏不出去。前后装上门，是为了前面进人，后面进火。但如果想省事，那么就可以不用装后门，进人的地方也进火。这种椅子的妙处，全在于在脚下的栅栏下面安放了抽屉，只这么一件东西，就可以抵御奇寒，使五官四肢都在不知不觉中享受到温暖。另外设置一个扶手匣，尺寸比轿子里用的大一倍。进门坐好后，把这种匣子放在前面，代替书桌。之所以比轿子里用的大一倍，是为了放笔砚和书本。抽屉用板来做，底部嵌薄砖，四围镶铜。抽屉里储存的灰，一定要很细，像香炉里烧香用的灰一样，在里面放上炭，上面盖上灰，那么热气不会太冲而整个椅子里都很温暖，成为隆冬时节的另一个世界。而且花费又很低，从早到晚，只要用四块小炭，早上用两块可以到下午，下午用两块可以到晚上，这四块炭，还不满四两，而一天之内，可以享受室暖无冬之福，这是它对身体有利的地方。

如果只对身体有利而对做事没帮助，那只是享乐的工具，但暖椅却不是这样。扶手用板做好，镂掉巴掌大的一块，补上很薄的端砚，用生漆胶住，不用说也知道火气上来时，砚台可以一直保暖，不必用口去呵。这是利于它做事的地方。不只如此，在炭上加灰，在灰上放香，坐在这种椅子里，整天都觉得芳香扑鼻。暖椅又可以代替炉子。用炉子来点香，香气会散发掉，用暖椅点香，香气则会集中。从这点来看，暖椅不只可以代替炉子，还比炉子更好。有人就有身体，有身体就有衣服，点香的时候，香气从下面上升，能熏遍全身，因此暖椅又可以代替熏笼。熏笼一次只能熏几件衣服，而暖椅可以熏全身的衣服，由此看来，暖椅不只抵得上一个熏笼，可以说抵得上好几个熏笼了。困了想睡觉的时候，靠着枕头就可以休息一会儿，暖椅又成了一个有座位的床；饿了想吃饭的时候，靠着书桌就可以用饭，暖椅又成了一个没有腿的桌子。要去游山或者探朋友，不必再另找轿子，只需要在上面加上杠子，盖上布篷，那么

顶着寒风冒着小雪，身上都还是温暖的。王子猷的船，孟浩然的驴都不想要了，暖椅又成了一个可以坐可以睡的轿子。天快到晚的时候，把枕头褥子放进去，不一会，被窝就热了。白天要起床时，把衣服和鞋子放进去，一转眼衣服和鞋子就都暖了。对身体有利，又方便做事，还可以代替床、桌子、轿子、炉子和熏笼，就像早晨和傍晚来问候的孝子，相偎送暖的贤妻一样，全部可以用一件东西代替。仓颉造字，天上下粟米，鬼夜里哭，是因为造化神奇莫测的奥秘之气，都被泄露了。我设计了暖椅，会不会重犯这个忌讳，而加重杞人的忧虑呢？

评析

作者这里说的暖椅，现代是用不上了，但看了作者的介绍，肯定有不少人会心向往之吧。

橱柜

原典

造橱立柜，无他智巧，总以多容善纳为贵。尝有制体极大而所容甚少，反不若渺小其形而宽大其腹，有事半功倍之势者。制有善不善也。善制无他，止在多设搁板。橱之大者，不过两层、三层，至四层而止矣。若一层止备一层之用，则物之高者大者容此数件，而低者小者亦止容此数件矣。实其下而虚其上，岂非以上段有用之隙，置之无用之地哉？

当于每层之两旁，别钉细木二条，以备架板之用。板勿太宽，或及进身之半，或三分之一，用则活置其上，不则撤而去之。如此层所贮之物，其形低小，则上半截皆为余地，即以此板架之，是一层变为二层。总而计之，则一橱变为两橱，两柜合成一柜矣，所裨不亦多乎？或所贮之物，其形高大，则去而容之，未尝为板所困也。此是一法。至于抽替之设，非但必不可少，且自多多益善。而一替之内，又必分为大小数格，以便分门别类，随所有而藏之，譬如生药铺中，有所谓“百眼橱”者。

此非取法于物，乃朝廷设官之遗制，所谓五府六部群僚百执事，各有所居之地与所掌之簿书钱谷是也。医者若无此橱，药石之名盈千累百，用一物寻一物，则卢医扁鹊[1]无暇疗病，止能为刻舟求剑之人矣。此橱不但宜于医者，凡大家富室，皆当则而效之，至学士文人，更宜取法。能以一层分作数层，一格画为数格，是省取物之劳，以备作文著书之用。则思之思之，鬼神通之；心无他役，而鬼神得效其灵矣。

注释

① 卢医扁鹊：即扁鹊，战国时名医。因家在卢国，又称卢医。泛指良医。

译文

制造橱柜没有其他的技巧，最重要的是能多容纳东西。有的柜子做得很大，而所能容纳东西的空间却很少，反而不如做得外形小一些，里面大一些，就有事半功倍的作用了。橱柜的设计有完善的

也有不完善的，完善的设计没有别的，就是多做一些搁板，能够多放一些东西。大的橱柜，也不过两三层，最多四层而已。如果一层只有一层的用处，那么长的大的物件只能放几件，而短的小的也只能放几件了。下半部分放满了东西而上半部分却是空的，岂不是闲置了有用的上半部分空间吗?

应该在每层的两旁，钉上两根细木，以备架板之用。板不要太宽，是柜子深度的二分之一，或是三分之一就可以了，用的时候架上去，不用的时候就撤掉。如果这层放的东西都比较矮小，上半截空着，就把板架上去，一层就变成两层了。如果每格都这样，那么总计下来，一个橱就变成两个了，好处不是很多吗?如果要存放的东西很大，就把板抽掉，也不用受这个板的限制。这是一个办法，至于设置抽屉，不但很必要，而且越多越好。而抽屉一定要分成几格，以便分门别类，有什么放什么，就像生药铺里的“百眼橱”一样。

这不是从什么东西上受的启发，而是仿效朝廷设官的办法，五府六部的文武百官各有各的办公之地和各自所管理的文书财物。医生如果没有“百眼橱”，成千上万的药物，用一样找一样，那么就是像扁鹊一样的神医也没有时间给人治病了，只能像刻舟求剑的那个人一样胡乱找药了。这种橱柜不仅适合医家使用，凡大户人家，都应当仿效它做一个。至于文人学士更应该学习这种方法，把一层分作几层，一格划作几格，就可把找东西费的辛苦省下来作文章。那么想着想着，心无旁骛，文章就如有神助般完成了。

评析

随着时代的进步，橱柜的样式也越来越丰富。其实，再复杂多样的装备也比不上一颗井井有条的心，一个有条理的人肯定会将简单事物的功能发挥到极致。看完这篇，我们推测李渔的居室肯定井然有序。

茶具

原典

茗注莫妙于砂壶，砂壶之精者，又莫过于阳羡，是人而知之矣。然宝之过情，使与金银比值，无乃仲尼不为之已甚乎？置物但取其适用，何必幽渺其说，必至理穷义尽而后止哉！凡制茗壶，其嘴务直，购者亦然，一曲便可忧，再曲则称弃物矣。盖贮茶之物与贮酒不同，酒无渣滓，一斟即出，其嘴之曲直可以不论；茶则有体之物也，星星之叶，入水即成大片，斟泻之时，纤毫入嘴，则塞而不流。啜茗快事，斟之不出，大觉闷人。直则保无是患矣，即有时闭塞，亦可疏通，不似武夷九曲之难力导也。

贮茗之瓶，止宜用锡。无论磁铜等器，性不相能，即以金银作供，宝之适以祟之耳。但以锡作瓶者，取其气味不泄；而制之不善，其无用更甚于磁瓶。询其所以然之故，则有二焉。一则以制成未试，漏孔繁多。凡锡工制酒壶茶注等物，于其既成，必以水试，稍有渗漏，即加补苴，以其为贮茶贮酒而设，漏即无所用之矣；一到收藏干物之器，即忽视之，犹木工造盆造桶则防漏，置斗置斛则不防漏，其情一也。

乌知锡瓶有眼，其发潮泄气反倍于磁瓶，故制成之后，必加亲试，大者贮之以水，小者吹之以气，有纤毫漏隙，立督补成。试之又必须二次，一在将成未镟之时，一在已成既镟之后。何也？常有初时不漏，迨镟去锡时，打磨光滑之后，忽然露出细孔，此非屡验谛视者不知。此为浅人道也。一则以封盖不固，气味难藏。凡收藏香美之物，其加严处全在封口，封口不密，与露处同。

吾笑世上茶瓶之盖必用双层，此制始于何人？可谓七窍俱蒙者矣。单层之盖，可于盖内塞纸，使刚柔互效其力，一用夹层，则止靠刚者为力，无所用其柔矣。塞满细缝，使之一线无遗，岂刚而不善屈曲者所能为乎？即靠外面糊纸，而受纸之处又在崎岖凹凸之场，势必剪碎纸条，作蓑衣样式，始能贴服。试问以蓑衣覆物，能使内外不通风乎？故锡瓶之盖，止宜厚不宜双。藏茗之家，凡收藏不即开者，于瓶口向上处，先用绵纸二三层，实褙封固，俟其既干，然后覆之以盖，则刚柔并用，永无泄气之时矣。其时开时闭者，则于盖内塞纸一二层，使香气闭而不泄。此贮茗之善策也。若盖用夹层，则向外者宜作两截，用纸束腰，其法稍便。然封外不如封内，究竟以前说为长。

译文

泡茶最好的器具是砂壶，而宜兴制作的砂壶最好，这是人人都知道的。但是像金银一样太过珍视它，那就违反了圣人的教诲。

制作器皿重在适用，为什么一定要费尽心血钻研，弄得那么玄妙呢？凡是定做茶壶，嘴一定要直，买的也是一样。有一点弯曲就不太好，再弯曲些就成了废物了。因为装茶的东西和装酒的不同。酒没有渣滓，壶嘴是弯是直没有关系，一倒就出来。茶里面是有固体的，小小一片叶子，一入水就泡成很大一片，倒茶的时候堵一点在壶嘴，水就流不出来了。喝茶是件愉快的事情，茶水倒不出来可就会大煞风景了，如果壶嘴是直的，就绝对不会有这个问题。即使有时候堵住了，也容易疏通，不会像武夷山九曲溪似的不好疏导。

存放茶叶的瓶子，只适合用锡的。不仅瓷、铜制品和茶叶的习性不同，就是金银制品也和茶叶的习性不同，用这些材料制作的器皿存放茶叶，本来是想保护它，其实会害了它。用锡来做茶叶瓶，只为它不泄漏气味，但如果制作不好，反而比用瓷瓶更糟糕。为什么这样说呢？有两个原因：一个是做好后如果没有检查，就可能会有很多漏孔。一般锡匠制作酒壶茶壶等器皿，做好后一定会用水试，稍有渗漏就马上补好，因为用来装酒和茶的，一漏水就不能用了。可锡匠制作装干货的器皿时，往往就忽视了这一点，就像木匠造盆和桶的时候会知道要注意防漏，做斗和斛的时候就不注意防漏，道理是一样的。

如果锡瓶有洞眼，就会比瓷瓶更容易发潮漏气。所以锡瓶做好后，一定要亲自检验一下，大件的装上水，小件的用口吹吹气，只要有一点点漏隙，也要立刻督促工匠补好。检验必须做两次，一次是在做好还没打磨的时候，一次是在打磨好以后。为什么呢？因为经常会有这种情况：开始的时候不漏，等去掉锡皮，打磨以后，忽然露出小洞。没有仔细观察和试过很多次的人是不会知道这一点

的，这是说给粗心的人的。

还有一个原因是封盖不严，茶叶的气味难以保存。凡是贮藏有香气的东西，封口的地方就要特别注意，封口不严，就跟露在外面一样。我觉得世上的茶瓶盖子一定要用两层很可笑。这种方法是从什么人开始的？可以说这个人对存放茶叶是一窍不通。单层的盖子，可以在盖子里面塞纸，使刚柔相济，一用双层，就只能依靠硬的盖子用力，没办法发挥软物的功用了。塞满细缝，做到一线缝隙也没有，硬而不能弯曲的东西岂能做到呢？就算在外面再糊上纸，而贴纸的地方，要是在凹凸不平的地方，就一定得剪成碎纸条，做成蓑衣一样的，才能贴紧。请问用蓑衣盖东西，能做到内外不通风吗？所以锡瓶的盖子只适宜加厚而不适宜做成双层。收藏茶叶的人，如果收藏后长时间不打开瓶子的话，就在瓶口向上的地方用两三层棉纸把它糊好，干了以后再盖上盖子，那就刚柔并用，永远不会有漏气的时候了。如果经常开的话就在盖子里面塞上一两层纸，使香气闭住不会泄漏，这是贮存茶叶的好方法。如果盖子是双层的，那外面的盖子应该做成两截，中间缠上纸，也会好一点，这种方法也比较方便。但是封外面不如封里面，还是前一种方法比较好。

评 析

中国的茶具非常有讲究，一个茶具如同一幅工笔绘画，起笔落笔，转弯曲折，抑扬顿挫，都必须交代清楚。比如，茶壶的壶嘴与壶把必须在一条直线上，茶壶要高矮得当、出水流畅。一把茶壶可能凝聚了几代人的匠心。

酒具

原典

酒具用金银，犹妆奁之用珠翠，皆不得已而为之，非宴集时所应有也。富贵之家，犀则不妨常设，以其在珍宝之列，而无炫耀之形，犹仕宦之不饰观瞻者。象与犀同类，则有光芒太露之嫌矣。且美酒入犀杯，另是一种香气。唐句云：“玉碗盛来琥珀光。”玉能显色，犀能助香，二物之于酒，皆功臣也。至尚雅素之风，则磁杯当首重已。旧磁可爱，人尽知之，无如价值之昂，日甚一日，尽为大力者所有，吾侪贫士，欲见为难。然即有此物，但可作古董收藏，难充饮器。何也？酒后擎杯，不能保无坠落，十损其一，则如雁行中断，不复成群。备而不用，与不备同。贫家得以自慰者，幸有此耳。

然近日冶人，工巧百出，所制新磁，不出成、宣二窑①下，至于体式之精异，又复过之。其不得与旧窑争值者，多寡之分耳。吾怪近时陶冶，何不自爱其力，使日作一杯，月制一盏，世人需之不得，必待善价而沽，其利与多制滥售等也，何计不出此？曰：不然。我高其技，人贱其能，徒让垄断于捷足之人耳。

注释

① 成、宣二窑：明朝成化、宣德年间江西景德镇设置的烧制瓷器的官窑。

译文

用金银做酒具，就好像用珍珠翡翠做梳妆盒一样，都是不得已才做的，不是宴会的时候所必须有的。富贵的人家，可以经常准备一些犀角酒具，因为犀角虽然属于珍宝，但外形朴素，就像官员不讲究排场一样。象牙跟犀角是一个等级的，但是象牙太过耀眼了。而且美酒倒在犀角的杯子里，会另有一种香气。唐诗中说："玉碗盛来琥珀光。"玉器能增进酒的颜色美观，犀角能增进香气，都是酒的功臣。如果重视朴素典雅，那么最应该推崇的是瓷杯。旧的瓷器很可爱，人人都知道，但是价格一天比一天贵，只有有钱人才买得起，我们这些穷人，想见见都难。然而即使有这种东西，也只能当作古董收藏，而不能拿来喝酒。为什么呢？酒后拿着杯子，难保不会掉在地上，十个里面损坏了一个，就像大雁行列中断，不再成为完整的一群。买了不用，就跟没有买一样。穷人也只能这样来自我安慰。

然而现在的工匠，技术很高，生产的新瓷器，质量一点也不比成化、宣德时的官窑差，而体式的精细特别，又要超过它们。之所以价格没有旧窑生产的贵，只是因为数量的多少不一样而已。我很奇怪现在生产陶瓷的人，为什么不爱惜自己的力气，如果每天只做一个杯子，每个月只做一个小酒盅，让世人需要的时候买不到，自然就提高价格了，获利跟大量制造出售是一样的。为什么不这么做呢？事情不是这么简单的，我认为他们的技艺很高，而他们却不看重自己的技能，只能让行动迅速的人操纵市场。

评 析

酒在中国已经形成了一种文化，古代的士大夫爱酒，嗜酒。而从更深的层面上看，他们其实在用一生酝酿自己的浓度。

位置第二

忌排偶

原典

“胪列古玩，切忌排偶。”此陈说也。予生平耻拾唾余，何必更蹈其辙。但排偶之中，亦有分别。有似排非排，非偶是偶；又有排偶其名，而不排偶其实者。皆当疏明其说，以备讲求。如天生一日，复生一月，似乎排矣，然二曜出不同时，且有极明微明之别，是同中有异，不得竟以排比目之矣。所忌乎排偶者，谓其有意使然。如左置一物，右无一物以配之，必求一色相俱同者与之相并，是则非偶而是偶，所当急忌者矣。若夫天生一对，地生一双，如雌雄二剑，鸳鸯二壶，本来原在一处者，而我必欲分之，以避排偶之迹，则亦矫揉执滞，大失物理人情之正矣。即避排偶之迹，亦不必强使分开，或比肩其形，或连环其势，使二物合成一物，即排偶其名，而不排偶其实矣。

大约摆列之法，忌作八字形，二物并列，不分前后、不爽分寸者是也；忌作四方形，每角一物，势如小菜碟者是也；忌作梅花体，中置一大物，周遭以小物是也；余可类推。当行之法，则与时变化，就地权宜，视形体为纵横曲直，非可预设规模者也。如必欲强拈一二，若三物相俱，宜作品字格，或一前二后，或一后二前，或左一右二，或右一左二，皆谓错综；若以三者并列，则犯排矣。四物相共，宜作心字及火字格，择一或高或长者为主，余前后左右列之，但宜疏密断连，不得均匀配合，是谓参差；若左右各二，不使单行，则犯偶矣。此其大略也，若夫润泽之，则在雅人君子。

译 文

“陈列古玩，切忌排偶。”这是旧有的说法。我一向认为抄袭别人的东西是最羞耻的事情，为什么要去重复别人的说法呢？但是在排偶当中，也还是有分别的。有的看起来像排偶却不是排偶，有的看上去不像排偶却又恰恰是排偶；还有的虽然名字叫排偶，实际上却不是。都应当说清楚，以备有人要对此进行研究。就像天上有一个太阳，又有一个月亮，这似乎是排偶了，但是太阳和月亮并不是同时出来的，而且有极亮与微亮的区别，这是同中有异，不能把它们看成是排偶。真正应该忌讳的排偶，是指那种有意造成的对称形式。比如左边放了一个物件，右边没有一个物件来相配，一定要去找一个颜色式样相同的与它并列摆放，这样不是排偶，而实际是排偶，这是最忌讳的。如果是天生一对、地设一双的东西，比如雌雄二剑、鸳鸯二壶，本来就是在一起的，而我一定要将它们分开，以避免有排偶的痕迹，那就会显得矫揉造作、呆板，不合人情了。即使避免排偶的痕迹，也没必要勉强将它们分开，可以将它们并排

摆放，或者一个接一个地摆放，使两件东西合成一件，这名字叫排偶，实际上却不是排偶。

概括来说，摆放的方法，忌讳八字形，就是两件东西并列，位置不分前后，摆起来完全一样。也忌讳四方形，每个角放一件东西，就像小菜碟一样。也忌讳梅花体，就是中间放一件大的东西，周围放小物件，其他可以类推。摆放的方法应该是，根据具体的地点和时间进行变化，要看物品的形状，不能预先设定。如果一定要举些例子，比如三样东西放在一起，应该摆成品字形，或是一前二后，或是一后二前，或左一右二，或是右一左二，都叫作错综的方法。如果是三个东西并排，就犯了排列的忌讳了。四件东西放一起，适宜用心字形或火字形。以一个高的或长的物件为主，其他的小物件放在它的前后左右。但是应该疏密不均，不要放得很齐，这叫参差。如果是左右各两件，不使有单个成行的，就犯了排偶的忌讳。这只是大概的情形，如果想将它演绎得更好，就有待于风雅之士了。

评析

一般人摆放东西都很随便，至多也会像李渔说的那样“排偶”着放的吧。看到此处，是不是又学到了新的技艺呢?

贵活变

原典

幽斋陈设，妙在日异月新。若使骨董生根，终年匏系一处，则因物多腐象，遂使人少生机，非善用古玩者也。居家所需之物，惟房舍不可动移，此外皆当活变。何也？眼界关乎心境，人欲活泼其心，先宜活泼其眼。

即房舍不可动移，亦有起死回生之法。譬如造屋数进，取其高卑广隘之尺寸不甚相悬者，授意匠工，凡作窗棂门扇，皆同其宽窄而异其体裁，以便交相更替。同一房也，以彼处门窗挪入此处，便觉耳目一新，有如房舍皆迁者；再入彼屋，又换一番境界，是不特迁其一，且迁其二矣。房舍犹然，况器物乎？

或卑者使高，或远者使近，或二物别之既久，而使一旦相亲，或数物混处多时，而使忽然隔绝，是无情之物变为有情，若有悲欢离合于其间者。但须左之右之，无不宜之，则造物在手，而臻化境矣。人谓朝东夕西，往来仆仆，何许子[1]之不惮烦乎？予曰：陶士行[2]之运甓，视此犹烦，未有笑其多事者；况古玩之可亲，犹胜于甓。乐此者不觉其疲，但不可为饱食终日、无所用心者道。

古玩中香炉一物，其体极静，其用又妙在极动，是当一日数迁其位，片刻不容胶柱者也。人问其故，予以风帆喻之。舟行所挂之帆，视风之斜正为斜正，风从左而帆向右，则舟不进而且退矣。位置香炉之法亦然。当由风力起见，如一室之中有南北二牖，风从南来，则宜位置于正南，风从北入，则宜位置于正北；若风从东南或从西北，则又当位置稍偏，总以不离乎风者近是。若反风所向，则风去香随，而我不沾其味矣。又须启风来路，塞风去路，如风从南来而洞开北牖，风从北至而大辟南轩，皆以风为过客，而香亦传舍视我矣。须知器玩之中，物物皆可使静，独香炉一物，势有不能。“爱之能勿劳乎？”待人之法也，吾于香炉亦云。

注释

① 许子：战国时农家代表人物许行。

② 陶士行：陶侃，字士行。这里讲的是他任广州刺史时，每天早晨把一百块砖搬到室外，晚上再搬进去，以此磨炼意志，激励自己勤奋。

译文

幽静书房里的陈设，妙在经常变化。要是让古董像生了根一样，终年放在同一个地方，就会因为古董腐朽的样子，使人也缺少生机，这样就不是善于摆弄古玩的人了。家里用到的东西，除了房子不可移动外，其他的都应该经常挪动。为什么呢？眼中看到的东西跟人的心境相关，人想让心活泼，应该先让眼中所看的东西活泼起来。

房屋虽然不能移动，但也有起死回生的方法。比如建造几间房子，选几间高低宽窄差不多的房间，让工匠把它们的窗棂门扇做得宽窄一致，但是式样不要一样，这样可以互相交换。同一处房子，把那一间屋子的门窗，挪到这一间，便会让人觉得耳目一新，就像房屋都搬迁了。再进入另一间屋子，又换了一番景象，这样，不只是改变了一间屋子，而是改变了两间屋子。

或是把低的放到高处，或是将远的放到近处，或是两件东西原来隔得很远突然放在一起，或是原来放在一起的几件东西，突然将它们分开，这样无情的东西也有了情致，就像其中有悲欢离合一样。只要把东西稍稍挪动一下，做到恰到好处，这样就可以随心所欲，而且变得出神入化了。有人会说，像许子那样早上放在东边傍晚放到西边，把古物搬来搬去，不嫌麻烦吗？我说：晋人陶士行每天把砖搬来搬去，看上去很烦，却没有人笑话他多事；何况古玩的可亲可爱远远胜过砖呢？喜欢这样做的人自然不会觉得劳累，但是这些话不能对那些整天吃饱了饭，却什么事情也不去思考的人说。

古玩中香炉这一件东西，本身很沉静，而用起来的妙处又在于香气非常灵动，应该一天换好几次地方，一刻也不能固定住。有人问其中的原因，我用风帆做比喻。行船时挂的帆，要根据风向及时调整，要是风吹向左，帆却转向右，那么船就会不进反退了。放香炉的方法也是这样，要根据风向来改变位置，比如一间房子里，有南北两个窗子，风从南面吹来，香炉就适宜放在正南，风从北面吹进来，则适宜放在正北，要是风从东南或从西北吹进来，位置就应该稍偏，总之以不离开风为好。如果跟风的方向相反，那么风一吹香气也会跟着飘走，我就沾不到香气了。应该打开风进来的路而关闭流出的路。若是风从南吹进来，就打开北窗，风从北吹进来，就打开南窗，这都是把风当作过客，而香气也会把我这里当作旅店匆匆而过了。应该知道器玩之中，样样都可以让它静，只有香炉不能。“爱之能勿劳乎”，这是待人的方法，关于香炉我也是这样说。

评 析

器玩部谈的主要是日用器皿和好玩物品，阅读完此部，感受最深的恐怕就是作者的生活意识。里面所涉及的物品大都是百姓日常生活所用之物。正如作者所说：“人无贵贱，家无贫富，饮食器皿，皆所必需。”无论一个家庭的贫富贵贱，生活的器皿是必须有的。

虽然作者家境贫穷，但是却仍然懂得养生之道。他懂得：茶壶之嘴宜直而酒壶之嘴曲直可以不论，因为酒无渣滓而茶叶有叶，所以茶壶嘴直便于畅通。他告诉你：贮存茶叶的瓶子，只能用锡，因为用锡做瓶，气味不容易流失；他知晓：灯烛“多点不如勤剪”；他懂得：橱柜，须多加隔板，可以分层多放物品，能更充分地利用空间；等等。所有这些，都会使你感到似曾相识，而且能切实地帮你解决一些生活上的小难题。作者深谙养生之道，在此部也有所体现。例如，他设计了一种“暖椅”，以供冬日天冷之用。原理就是在椅子周围做上木板，脚下用栅，安抽屉于脚栅之下，放置炭在抽屉里面，上面盖上一层灰，这样就能达到椅上取暖而不费炭的效果。

作者善于观察生活，运用智慧在生活中处处追求养生之道，真是让人敬佩啊！

卷五　饮馔部

蔬食第一

小序

原 典

吾观人之一身，眼耳鼻舌，手足躯骸，件件都不可少。其尽可不设而必欲赋之，遂为万古生人之累者，独是口腹二物。口腹具而生计繁矣，生计繁而诈伪奸险之事出矣，诈伪奸险之事出而五刑不得不设。君不能施其爱育，亲不能遂其恩私，造物好生，而亦不能不逆行其志者，皆当日赋形不善，多此二物之累也。

草木无口腹，未尝不生；山石土壤无饮食，未闻不长养。何事独异其形，而赋以口腹？即生口腹，亦当使如鱼虾之饮水，蜩螗之吸露，尽可滋生气力，而为潜跃飞鸣。若是，则可与世无求，而生人之患熄矣。乃既生以口腹，又复多其嗜欲，使如溪壑之不可厌；多其嗜欲，又复洞其底里，使如江海之不可填。以致人之一生，竭五官百骸之力，供一物之所耗而不足哉！

吾反复推详，不能不于造物是咎。亦知造物于此，未尝不自悔其非，但以制定难移，只得终遂其过。甚矣!作法慎初，不可草草定制。吾辑是编而谬及饮馔，亦是可已不已之事。其止崇俭啬，不导奢靡者，因不得已而为造物饰非，亦当虑始计终，而为庶物弭患。如逞一己之聪明，导千万人之嗜欲，则匪特禽兽昆虫无噍类，吾虑风气所开，日甚一日，焉知不有易牙[1]复出，烹子求荣，杀婴儿以媚权奸，如亡隋故事者哉！一误岂堪再误？吾不敢不以赋形造物视作覆车。

声音之道，丝不如竹，竹不如肉，为其渐近自然。吾谓饮食之道，脍不如肉，肉不如蔬，亦以其渐近自然也。草衣木食[2]，上古之风，人能疏远肥腻，食蔬蕨而甘之，腹中菜园，不使羊来踏破[3]，是犹作羲皇[4]之民，鼓唐虞[5]之腹，与崇尚古玩同一致也。所怪于世者，弃美名不居，而故异端其说，谓佛法如是，是则谬矣。吾辑《饮馔》一卷，后肉食而首蔬菜，一以崇俭，一以复古；至重宰割而惜生命，又其念兹在兹，而不忍或忘者矣。

注 释

① 易牙：春秋时齐桓公的近臣，以善烹调得进。

② 草衣木食：以草为衣，以木为食。

③ 腹中菜园，不使羊来踏跛：羊，代表肉食。全句意为：不使腹中蔬菜受肉腥践踏。

④ 羲皇：即伏羲氏，古传说中“三皇”之一。

⑤ 唐虞：即唐尧、虞舜，分别为古传说中的“五帝”之一。

译文

在我看来，人的身体，眼、耳、鼻、舌、手、足、躯体，样样都是不能缺少的。只有两样东西其实完全可以不要，但造物主偏偏要赋予，于是成了人类世世代代的一大累赘，这两样东西就是肚子和嘴巴。有了肚子和嘴巴之后，为了生计的操劳就多了。这一操劳，奸险欺诈虚伪的事情就跟着出现了；奸险欺诈虚伪的事情出现，刑罚就不得不设置了。君王不能爱护人民，父母不能慈爱子女，造物主喜欢生命而不得不违逆自己的这一心意，这都是当初造人的时候多了这两样东西的缘故。

草木没有肚子和嘴，照样正常生长；山、石、土壤不吃饭不喝水，也照样活着。为什么独把人类造成特别的形状，又给予了肚子和嘴呢？就算长了肚子和嘴，也该让人类可以像鱼虾饮水、蝉吸露一样，仅仅这样就够使其滋养足够的力气，活蹦乱跳的。如果能这样，那么人也可以与世无争了，而人类的祸患也就停息了。然而造物主却让人类生了肚子和嘴巴，又使得人类有很多嗜好，像无法填满的沟壑；既使其嗜欲很多，又让它们没有止境，像江海一样不能填满。从而导致人的一生，需要竭尽全身的力气，供给口腹的消耗都还不够。

我再三思考，不能不责怪造物主了。我也知道造物主在这件事情上也悔恨自己犯了错误，但是规矩一旦定下来，再也不能改变了，只能将错就错。唉！规则刚开始制定的时候，一定要谨慎，千万不能太草率。我在这本书中谈到了饮食，这件事情本来也是一件可做可不做的事情。只崇尚节俭，不提倡人们奢靡，之所以这样做，是出于迫不得已，由此来替造物主掩盖过失，替造物主从长计议，为百姓消除忧患。如果为了表现个人的聪明，而引起千万人的饮食嗜欲，那样的话不仅禽兽和昆虫会灭种，恐怕此风一长，一天比一天严重，怎知道不会出现易牙那样烹子求荣的人，或出现杀婴儿向权贵献媚，重蹈隋朝灭亡覆辙的情形呢？一错岂能再错？我不敢不借鉴造物主当初的教训，把它作为前车之鉴。

对于音乐来说，弦乐不如管乐，管乐不如声乐，这是因为后者比前者更贴近自然。我觉得在饮食上，制作精细的肉不如普通肉，普通肉不如蔬菜，也是因为后者比前者贴近自然。穿着草衣吃素食，是上古时代的人类的生活方式，人们都远离肥腻的东西而喜欢吃蔬菜野菜。肚里装的都是蔬菜，不去吃鲜美的肉食，那就跟上古时代的生活一样了，跟崇尚古玩有着相同的情致。奇怪的是世人抛弃尊古的美名，把这种做法当作异端的教条，说只有佛法才是这样的，这就大错特错了。我编这一卷《饮馔》，提倡蔬菜而贬斥肉食，一是因为崇尚节俭，一是为了复古。至于慎重宰杀以及珍惜生命的信条，更是时刻念念在心，一刻也不会忘记。

评析

“食，色，性也”，食欲是生物与生俱来的欲望。与食欲有关的典故数不胜数，非常有名的一则是“食指大动”：春秋时郑国的公子宋食指动的时候，一定会吃到美味。一天他在朝见郑伯时，食指剧烈跳动，原来郑伯在吃鼋汤，公子宋以为自己会吃到，郑伯故意不给，用以表示所谓食指大动并不灵验。公子宋大怒，伸手到锅子里拈起肉尝了一下。郑伯也大怒，准备杀他，结果反被公子宋所杀。

笋

原典

论蔬食之美者，曰清，曰洁，曰芳馥，曰松脆而已矣。不知其至美所在，能居肉食之上者，只在一字之鲜。《记》曰："甘受和，白受采。"①鲜即甘之所从出也。此种供奉，惟山僧野老躬治园圃者，得以有之，城市之人向卖菜佣求活者，不得与焉。然他种蔬食，不论城市山林，凡宅旁有圃者，旋摘旋烹，亦能时有其乐。至于笋之一物，则断断宜在山林，城市所产者，任尔芳鲜，终是笋之剩义。此蔬食中第一品也，肥羊嫩豕，何足比肩？但将笋肉齐烹，合盛一簋，人止食笋而遗肉，则肉为鱼而笋为熊掌可知矣。购于市者且然，况山中之旋掘者乎？

食笋之法多端，不能悉纪，请以两言概之，曰："素宜白水，荤用肥猪。"茹斋者②食笋，若以他物伴之，香油和之，则陈味夺鲜，而笋之真趣没矣。白煮俟熟，略加酱油。从来至美之物，皆利于孤行，此类是也。以之伴荤，则牛羊鸡鸭等物，皆非所宜，独宜于豕，又独宜于肥。肥非欲其腻也，肉之肥者能甘，甘味入笋，则不见其甘，但觉其鲜之至也。烹之既熟，肥肉尽当去之，即汁亦不宜多存，存其半而益以清汤。调和之物，惟醋与酒。此制荤笋之大凡也。

笋之为物，不止孤行并用，各见其美，凡食物中无论荤素，皆当用作调和。菜中之笋与药中之甘草，同是必需之物，有此则诸味皆鲜，但不当用其渣滓，而用其精液。庖人之善治具者，凡有焯笋之汤，悉留不去，每作一馔，必以和之，食者但知他物之鲜，而不知有所以鲜之者在也。《本草》中所载诸食物，益人者不尽可口，可口者未必益人，求能两擅其长者，莫过于此。东坡云：“宁可食无肉，不可居无竹。无肉令人瘦，无竹令人俗。”不知能医俗者，亦能医瘦，但有已成竹未成竹之分耳。

注释

① 甘受和，白受采：出自《礼记》，意为甘美的东西容易调味，洁白的东西容易着色。

② 茹斋者：吃斋饭素食的人。茹，吃。

译文

人们称道蔬菜的好处，总是讲清淡、干净、芳香、松脆这几样。人们不知蔬菜的美味是在肉食之上的原因，只在一个“鲜”字。《礼记》上说：“甘受和，白受采。”“鲜”是“甘”的来源。这种享受，只有山里的和尚、野外的人家和那些亲自种植的人才能够得到。城市里向菜贩子购买蔬菜吃的人，是享受不到的。然而别的蔬菜，不管是城市还是山中，凡是房子旁边有菜园的，可以随时摘随时吃，也可以享受这种乐趣。至于笋这种东西，却一定是要山林中的才好；城市里所产的，不管它怎么芳香鲜美，都不是正品。笋是蔬菜中味道最好的，即使是肥羊乳猪，怎能跟它相比呢？只要笋和肉放在一锅煮，合盛在一个盆里，人们都只吃笋而留下肉，从这一点就可以知道笋比肉更可贵。在市场上买的尚且如此，何况山里刚刚挖出来的呢？

吃笋的方法有很多种，不能全部记录，可以用两句话来概括："素吃用白水，荤吃用肥肉。"吃斋的人如果在煮笋的时候拌上别的东西，再调上香油，那些东西的味道会把笋的鲜味夺走，笋的真正美味就失去了。正确的做法是用白水煮熟，略加点酱油。最美好的东西适宜单独做，笋就是这样。用来和肉食一起烹炒时，牛羊鸡鸭等都不合适，唯独猪肉合适，还特别适宜和肥肉一起烹炒。不要肥肉的肥腻，而要肥肉的甘味，甘味被笋吸入，而后感觉不到这种甘，只觉得鲜到了极点。快炒熟时，肥肉都要去掉，汤也不要多留，只留下一半，再加上清汤。调味的作料，只用醋和酒。这是烧制荤笋的大致方法。

笋这种东西，不管单吃还是合煮都能表现出美味，而且食物中不论荤的素的，都可以用来做笋的调和物。蔬菜中的笋就像中药中的甘草一样，都是必需的东西，含有这种东西的食物都会很鲜，只是不应用其渣滓，而是用其汁液。会做菜的厨师，只要有煮笋的汤，就留着，每做一个菜都拿来调和。吃的人只是觉得很鲜，而不知道鲜的原因在于笋汤。《本草》中记载的多种食物，对人有好处的不一定可口，可口的不一定对人有好处，想要两全其美，没有比笋更好的了。苏东坡说："宁可食无肉，不可居无竹。无肉令人瘦，无竹令人俗。"却不晓得能医俗病的东西也能够医瘦病，区别只在于已成之竹还是未成之竹。

评析

看完这一篇，一定会有人想吃笋了吧。李渔在此又向我们展示了他享受生活的情趣，不过，爱吃美食的人很多，会做美食的人也很多，而能把享受美食用文字记录下来，恐怕寥寥无几，而用文字记录下来的李渔是否也能做一手好菜呢？那就要细心的朋友去发现了。

蕈[1]

原典

求至鲜至美之物于笋之外，其惟蕈乎？蕈之为物也，无根无蒂，忽然而生，盖山川草木之气，结而成形者也，然有形而无体。凡物有体者必有渣滓，既无渣滓，是无体也。无体之物，犹未离乎气也。食此物者，犹吸山川草木之气，未有无益于人者也。其有毒而能杀人者，《本草》云以蛇虫行之故。

予曰：不然。蕈大几何，蛇虫能行其上？况又极弱极脆而不能载乎？盖地之下有蛇虫，蕈生其上，适为毒气所钟，故能害人。毒气所钟者能害人，则为清虚之气所钟者，其能益人可知矣。世人辨之原有法，苟非有毒，食之最宜。此物素食固佳，伴以少许荤食尤佳，盖蕈之清香有限，而汁之鲜味无穷。

注释

① 蕈：真菌的一类，无毒的可供食用，如香菇、蘑菇。

译文

除笋之外的至鲜至美的菜蔬，大概只有蕈了。蕈这东西，无根无蒂，猛然生出，大概是山川草木的精灵之气，凝结成形的，不过有形而没有“体”，凡是有“体”的菜蔬必定有渣滓，既然蕈没有渣滓，这说明蕈没有多余的“体”。没有“体”的东西，便没有离开元气的支撑，食蕈，好像吸取山川草木的精气，对人大有裨益。蕈中有毒且能置人死地的，《本草》上说是因为蛇虫行走的缘故，我看不是这样。蕈有多大，蛇虫能在上面行走吗？况且蕈极脆弱不能承载丁点儿东西！这大概是因为地下有蛇虫行走的缘故，蕈生长在它的上面，为毒气所聚集，所以能害人。既然毒气聚集的蕈能害人，那为清虚之气所聚集的蕈给人以益处就不用多说了。世人辨认蕈有一定的方法，如果没有毒，食用最相宜。这东西素食固然很好，拌少许荤食更好，蕈的清香有限，但汤却鲜美无穷。

评析

古人还不知道蕈是真菌，是通过孢子生殖的，错误地认为是山川草木的灵气所化。其实，这并不能说古人封建迷信，现代人有知识、有文化，就不会犯同样的错误。老子曾说：“知者不言，言者不知。”庄子在《知北游》一篇中有相应的诠释：知到北方遇到了无为谓，问无为谓问题而无为谓不回答，回来的时候遇到了狂屈，也问了狂屈同样的问题，狂屈知道答案但回答时忘了答案，最后知问了黄帝同样的问题，黄帝回答得很详细，知又问到底谁真正知道答案，黄帝说无为谓是真知道，狂屈近于真知，而我和你离真知非常远。这是为什么呢？因为无论我们接受了多少新知识，我们的知识系统里始终会有多半是错误的，因为我们对世界的认识处于不断地更新之中，而我们的一生在接受新知的同时也在接受错误的知识，其实新知里也有不完善之处，而就是这不起眼的一点不完善，就可能导致我们得出一个错误的结论。例如，我们都知道光线在均匀介质中是沿直线传播的，而这一条定律是不完善的，根据相对论原理，一束光线在经过一个引力场时，传播路径会发生弯曲，而这已被证实正确无误。可见，科学证明的结论，今天是正确的，却难保几十年、几百年后依然正确。所以，古人的说法不必较真，固执己见、盲从权威才是真迷信。

菜

原典

世人制菜之法，可称百怪千奇，自新鲜以至于腌糟酱腊，无一不曲尽奇能，务求至美，独于起根发韧[1]之事缺焉不讲，予甚惑之。其事维何？有八字诀云：“摘之务鲜，洗之务净。”务鲜之论，已悉前篇。

蔬食之最净者，曰笋，曰蕈，曰豆芽；其最秽者，则莫如家种之菜。灌肥之际，必连根带叶而浇之；随浇随摘，随摘随食，其间清浊，多有不可问者。洗菜之人，不过浸入水中，左右数漉，其事

毕矣。孰知污秽之湿者可去，干者难去，日积月累之粪，岂顷刻数漉之所能尽哉？故洗菜务得其法，并须务得其人。以懒人、性急之人洗菜，犹之乎弗洗也。洗菜之法，入水宜久，久则干者浸透而易去；洗叶用刷，刷则高低曲折处皆可到，始能涤尽无遗。若是，则菜之本质净矣。本质净而后可加作料，可尽人工，不然，是先以污秽作调和，虽有百和之香，能敌一星之臭乎？噫，富室大家食指繁盛者，欲保其不食污秽，难矣哉！

菜类甚多，其杰出者则数黄芽。此菜萃于京师，而产于安肃[②]，谓之“安肃菜”，此第一品也。每株大者可数斤，食之可忘肉味。不得已而思其次，其惟白下之水芹乎！予自移居白门，每食菜、食葡萄，辄思都门；食笋、食鸡豆，辄思武陵[③]。物之美者，犹令人每食不忘，况为适馆授餐之人乎？

菜有色相最奇，而为《本草》《食物志》诸书之所不载者，则西秦所产之头发菜是也。予为秦客，传食于塞上诸侯。一日脂车将发，见炕上有物，俨然乱发一卷，谬谓婢子栉发所遗，将欲委之而去。婢子曰："不然，群公所饷之物也。"询之土人，知为头发菜。浸以滚水，拌以姜醋，其可口倍于藕丝、鹿角等菜。携归饷客，无不奇之，谓珍错中所未见。此物产于河西，为值甚贱，凡适秦者皆争购异物，因其贱也而忽之，故此物不至通都，见者绝少。由是观之，四方贱物之中，其可贵者不知凡几，焉得人人物色之？发菜之得至江南，亦千载一时之至幸也。

注释

① 起根发轫：轫，止住车轮转动的木头，把它拿掉，车即开始前行。发轫，发端，启行。其与"起根"同指事情刚开始，这里指制作菜肴的第一步：择菜和洗菜。

② 安肃：明代县名，今河北徐水县。

③ 武陵：古代县名，今湖南常德市。

译文

世人做菜的方法，可以说是千奇百怪，从新鲜吃到腌、糟、酱、腊，没有一样不挖空心思，尽其所能，以求尽善尽美，只是开始阶段的事缺漏没讲，对此我觉得疑惑。开始的事情是如何呢？有八字诀说："摘之务鲜，洗之务净。"讲究新鲜的道理，前面已经都谈过了。

蔬菜当中最干净的有竹笋、蘑菇、豆芽，最脏的莫过于自家种的菜。施肥料的时候，一般都是连根带叶地一起浇，随浇随摘，随摘随吃，这期间菜干净与否，也就不用说了。洗菜的人也只不过是把菜浸在水里，左右涮几下就完事了。他们哪里知道脏东西是湿的容易去掉，干的就很难去掉，日积月累的粪点子，难道轻轻涮几下就能干净吗？所以洗菜一定要讲究方法，而且要由合适的人来洗。用生性懒惰的和生性急躁的人洗菜，跟没洗是一个样子。洗菜的方法：入水的时间应该长一些，时间长一点菜上干的脏东西被水浸透了，就容易洗去；洗菜叶时最好用刷子刷，这样叶子上高高低低曲曲折折的地方都能洗到，才能洗得彻底干净，不留脏物。这样菜里外都干净了，以后就可以加作料充分施展烹饪技艺。否则有脏东西在上面，即使加入上百种香料，又怎能敌过一星半点儿的臭味儿？唉！有钱的大户人家、人口众多的人家，想要保证不吃脏的食物，这太难了！

菜的种类很多，最好的要数黄芽。这种菜集中在京城销售，产地却是安肃，称为“安肃菜”，它是蔬菜中的佳品。黄芽大的每株能有数斤重，吃这种菜能让你把肉味都忘掉。如果买不到它，只好用差一点儿的代替，恐怕要数南京的水芹了。我移居南京以后，每到吃菜吃葡萄的时候，就怀念京城；每到吃笋和鸡豆时就怀念武陵。好吃的东西尚且吃过一次便令人念念不忘，何况是那些殷勤招待过我的人呢？

蔬菜当中最为奇特，可是《本草》《食物志》等书里面都没记载的，就是陕西所产的“头发菜”了。我在陕西时，曾到当地官员家中做客。一天将要乘车出发时，发现床上有像一卷乱发一样的东西，误以为是丫鬟梳头掉下来的，正想要把它扔掉。丫鬟说：“不是乱发，这是各位大人们送的礼物。”向当地人询问，才知道这是“头发菜”。用开水浸泡，然后拌上姜和醋，吃起来比藕丝、鹿角等菜还要可口几倍。我带了头发菜回去请客人品尝，客人无不觉得惊奇，说是从未见过的好菜。这种菜产在黄河以西，很便宜，凡是去陕西的人，都争着去买奇特的东西，却因为头发菜价钱便宜而把它忽略了，所以这种东西没有流传到大都市，见过的人非常少。由此看来，各地的便宜货中，不知有多少可贵的东西，又哪能人人都找得到呢？头发菜可以来到江南，也算是千载难得的一大幸事了。

评析

洗菜和扫地一样，都是人们日常做的工作，相信不少人洗菜时涮了一会儿就认为是洗干净了，有人看了之后可能会说李渔有洁癖，但是，除了李渔，我们还能看到其他古代文人有专论洗菜的文章吗？不是他们不做这些活，应该是他们觉得这是低贱的工作，而不屑一写，李渔敢于写这些俗事，又写得有声有色，值得点赞。

葱、蒜、韭

原典

葱、蒜、韭三物，菜味之至重者也。菜能芬人齿颊者，香椿头是也；菜能秽人齿颊及肠胃者，葱、蒜、韭是也。椿头明知其香，而食者颇少；葱、蒜、韭尽识其臭，而嗜之者众，其故何欤？以椿头之味，虽香而淡，不若葱、蒜、韭之气甚而浓。浓则为时所争尚，甘受其秽而不辞；淡则为世所共遗，自荐其香而弗受。吾于饮食一道，悟善身处世之难。一生绝三物不食，亦未尝多食香椿，殆所谓“夷、惠之间”者乎？

予待三物有差。蒜则永禁弗食；葱虽弗食，然亦听作调和；韭则禁其终而不禁其始，芽之初发，非特不臭，且具清香，是其孩提之心之未变也。

译文

葱、蒜、韭菜这三样东西，是蔬菜里面气味最重的。能使人唇齿芳香的是香椿芽；能使人唇齿和肠胃都带着难闻气味的是葱、蒜、韭菜。明知香椿芽香，吃这菜的人却少；明知道葱、蒜、韭菜臭，喜欢吃的人却很多。这是什么原因呢？因为香椿芽的味道虽然香却比较淡，不像葱、蒜、韭菜的味道那么浓。味道浓就被人们喜爱，甘愿忍受难闻的气味；味道淡就被人们忽视，就算香气能引起注意，也不被接受。我从饮食中悟出了为人处世的难处。一个人一生中葱、蒜、韭菜绝对不吃，也没有经常吃香椿，大概算是个有操守的人了吧！

我对待葱、蒜、韭菜是有区别的：蒜是永远不吃；葱虽然不吃，但允许用来做调料；韭菜则是不吃老的而吃嫩的，鲜嫩的韭菜，不仅不臭还有清香，就像孩童的心纯洁未变一样。

评析

葱、蒜、韭菜应该是每个人都会吃到的食物，它们的气味应该是吃的人喜欢，却让其他人遭罪了，有时味道之浓是任何牙膏的清香都无法掩盖的。但是它们都有益于身体健康，不吃这些岂不是因噎废食？

谷食第二

小序

原典

食之养人，全赖五谷[①]。使天止生五谷而不产他物，则人身之肥而寿也，较此必有过焉，保无疾病相煎，寿夭不齐之患矣。试观鸟之啄粟，鱼之饮水，皆止靠一物为生，未闻于一物之外，又有为之肴馔酒浆、诸饮杂食者也。乃禽鱼之死，皆死于人，未闻有疾病而死，及天年自尽而死者。是止食一物，乃长生久视之道也。

人则不幸而为精腆[②]所误，多食一物，多受一物之损伤；少静一时，少安一时之淡泊。其疾病之生，死亡之速，皆饮食太繁，嗜欲过度之所致也。此非人之自误，天误之耳。天地生物之初，亦不料其如是，原欲利人口腹，孰意利之反以害之哉！然则人欲自爱其生者，即不能止食一物，亦当稍存其意，而以一物为君。使酒肉虽多，不胜食气，即使为害，当亦不甚烈耳。

注释

① 五谷：一般指稻、黍、稷、麦、菽，泛指各种谷物。

② 精腆：精细美好。腆，丰厚、美好。

译文

食物能够养人，全靠五谷。假如大自然只生长五谷而不出产别的东西，那么人身体的强壮和寿命的长度，一定会超过现在。而且一定不会有疾病煎熬以及寿夭不齐的忧患。试着看一看鸟吃谷、鱼饮水，都是靠一种食物过活，没听说在一种食物以外，还有什么佳肴美酒，弄许多种杂类饮食的。禽类和鱼类都是死在人手上，没听说有病死或者寿命到了自己死的。由此可见单吃一种食物，才是长生的一种方法。

人的不幸就在于吃太精美丰厚的食物，多吃一种食物就是多受一种食物的损害，少安静一时就少了一时的淡泊。人的生病、早死，都是吃得太复杂，嗜欲过度所导致的。这不是人自己的错，而是上天贻误了他。上天在造物之初，也没料到会是这样的结果，原本是想使人得益，没想到反而害了他。但是人如果自己爱惜生命，就算不能单吃一种东西，也该有这个意识，以一种食物为主。酒肉虽多，但是不要吃得太多，不让它超过饭量，这样就算对身体有损害，也不会太严重。

评 析

只吃一种食物会营养不良，小朋友切记哦，这里是作者个人见解，切勿效仿。

饭粥

原 典

粥饭二物，为家常日用之需，其中机彀，无人不晓，焉用越俎者强为致词？然有吃紧二语，巧妇知之而不能言者，不妨代为喝破，使姑传之媳，母传之女，以两言代千百言，亦简便利人之事也。

先就粗者言之。饭之大病，在内生外熟，非烂即焦；粥之大病，在上清下淀，如糊如膏。此火候不均之故，惟最拙最笨者有之，稍能炊爨者，必无是事。然亦有刚柔合道，燥湿得宜，而令人咀之嚼之，有粥饭之美形，无饮食之至味者。

其病何在？曰：挹水无度，增减不常之为害也。其吃紧二语，则曰："粥水忌增，饭水忌减。"米用几何，则水用几何，宜有一定之度数。如医人用药，水一钟或钟半，煎至七分或八分，皆有定数。若以意为增减，则非药味不出，即药性不存，而服之无效矣。不善执爨者，用水不均，煮粥常患其少，煮饭常苦其多。多则逼而去之，少则增而入之，不知米之精液全在于水，逼去饭汤者，非去饭汤，去饭之精液也。精液去则饭为渣滓，食之尚有味乎？粥之既熟，水米成交，犹米之酿而为酒矣。虑其太厚而入之以水，非入水于粥，犹入水于酒也。水入而酒成糟粕，其味尚可咀乎？故善主中馈[①]者，挹水时必限以数，使其勺不能增，滴无可减，再加以火候调匀，则其为粥为饭，不求异而异乎人矣。

宴客者有时用饭，必较家常所食者稍精。精用何法？曰：使之有香而已矣。予尝授意小妇，预设花露一盏，俟饭之初熟而浇之，浇过稍闭，拌匀而后入碗。食者归功于谷米，诧为异种而讯之，不知其为寻常五谷也。此法秘之已久，今始告人。行此法者，不必满釜浇遍，遍则费露甚多，而此法不行于世矣。止以一盏浇一隅，足供佳客所需而止。露以蔷薇、香橼、桂花三种为上，勿用玫瑰，以玫瑰之香，食者易辨，知非谷性所有。蔷薇、香橼、桂花三种，与谷性之香者相若，使人难辨，故用之。

注释

① 中馈：饭菜，酒食。曹植《送应氏》：“中馈岂独薄？宾饮不尽觞。”

译文

粥和饭这两样食物，是家庭日常生活的必需食物，做饭的原理没有人不知道，还用我越俎代庖，多嘴多舌吗？但是有要紧的两句话，巧媳妇虽然懂得却说不出来，我不妨代她们说破，让婆婆教给媳妇，母亲传给女儿，以两句话替代千百句，也是一件简便利人的好事情。

先从粗略的方面来讲起：做饭的最大毛病在于内生外熟，不是煮得太烂就是烧焦了。煮粥的大问题，在于米沉在下面，上面是清汤像糨糊一样。这是火候不均匀的缘故，只有最笨拙的人才会把饭弄成这样，稍微懂点做饭知识的人，一定不会这样。但是有的粥、饭软硬合适，干稀得当，看着好看，但是吃起来却没有味道。

毛病出在哪里呢？这是因为用水不节制，增减没有根据规律。要紧的两句话是：“煮粥不可以用过多的水。烧饭不可用水太少。”米用多少，水就相应用多少，这是有一定比例标准的。就像医生煎药，一盅水还是一盅半，煎到七分还是八分，都有一定比例的，要是照自己的意愿增减，不是药的味道没煎出来，就是煎太过，失去药性了，服用也没有效果。不善于做饭的人，用水没有标准，煮粥就担心水太少，煮饭担心水太多，多就舀掉，少就添水。不知道米的精华都在米汤里面，沥掉饭汤，等于把米的精华也都沥掉了。精华去掉，饭就成了渣滓，吃起来怎么会有味道？粥煮熟后，水和米混合得很好，就像米酿成了酒一样，担心太稠又加上一些水，就像在酒里掺水一样。加了水，酒也就成了糟粕，那味道还能喝吗？所以善于做饭的人，加水的时候一定要掌握分寸，做到恰到好处，再加上火候均匀，那么做粥做饭，不求出众也能与众不同。

宴请客人有时要用饭，一定比家常吃的饭要精美一些，怎么使它精美些呢？让它有香味就可以了。我曾经给媳妇出主意，预先准备一盏花露，在饭刚熟的时候浇上去。浇过后盖上盖子焖一会，拌匀以后盛到碗里，吃的人都以为是米好，以为是什么奇特的品种，不知道只是寻常的米。这办法我珍藏很久，今天才跟人说。用这种方法时，不一定要整锅浇遍，那样很费花露，这办法就不能普及了。只用一盏浇一角，够客人吃的就好了。花露以蔷薇、香橼、桂花做的最好，不能用玫瑰，因为玫瑰的香气客人容易辨别出来，知道不是谷物本身所有的。蔷薇、香橼、桂花三种花的香气和谷物的香气比较像，令人难以分辨，所以适宜采用。

评析

做米饭也有一定的学问，水放多少恐怕有的人做了多少年都没有摸索出来，大致比例应该是平平的一碗米加两碗水，说起来简单，做出来是否好吃呢？不妨一试。

面

原典

南人饭米，北人饭面，常也。《本草》云："米能养脾，麦能补心。"各有所裨于人者也。然使竟日穷年止食一物，亦何其胶柱口腹，而不肯兼爱心脾乎？予南人而北相，性之刚直似之，食之强横亦似之。一日三餐，二米一面，是酌南北之中，而善处心脾之道也。但其食面之法，小异于北，而且大异于南。北人食面多作饼，予喜条分而缕析之，南人之所谓"切面"是也。南人食切面，其油盐酱醋等作料，皆下于面汤之中，汤有味而面无味，是人之所重者不在面而在汤，与未尝食面等也。予则不然，以调和诸物，尽归于面，面具五味而汤独清，如此方是食面，非饮汤也。

所制面有二种，一曰"五香面"，一曰"八珍面"。五香膳己，八珍饷客，略分丰俭于其间。五香者何？酱也，醋也，椒末也，芝麻屑也，焯笋或煮蕈煮虾之鲜汁也。先以椒末、芝麻屑二物拌入面中，后以酱醋及鲜汁三物和为一处，即充拌面之水，勿再用水。拌宜极匀，擀宜极薄，切宜极细，然后以滚水下之，则精粹之物尽在面中，尽勾咀嚼，不似寻常吃面者，面则直吞下肚，而止咀咂其汤也。

八珍者何？鸡、鱼、虾三物之肉，晒使极干，与鲜笋、香蕈、芝麻、花椒四物，共成极细之末，和入面中，与鲜汁共为八种。酱醋亦用，而不列数内者，以家常日用之物，不得名之以珍也。鸡鱼之肉，务取极精，稍带肥腻者弗用，以面性见油即散，擀不成片，切不成丝故也。但观制饼饵者，欲其松而不实，即拌以油，则面之为性可知已。鲜汁不用煮肉之汤，而用笋、蕈、虾汁者，亦以忌油故耳。所用之肉，鸡、鱼、虾三者之中，惟虾最便，屑米为面，势如反掌，多存其末，以备不时之需；即膳已之五香，亦未尝不可六也。拌面之汁，加鸡蛋青一二盏更宜，此物不列于前而附于后者，以世人知用者多，列之又同剿袭耳。

译 文

南方人吃米饭，北方人吃面食，这是一般的习惯。《本草》说：“米能养脾，麦能补心。”米和面对人各有好处。但如果常年只吃一种主食，既亏待了嘴巴和肚子，又不爱惜自己的心和脾啊！我是南方人，但是长得像北方人，刚直的性格像北方人，饮食上的强横也像。一日三餐，两顿米饭一顿面，这是介于南北之间，善于调理心与脾的方法。但是我吃面的方法，跟北方的有点不同，与南方的差异更大。北方人吃面喜欢做成饼，我则做成一根根面条，就是南方所谓的“切面”。南方人吃切面，油盐酱醋等作料，都下在面汤里，汤有味而面无味。这些人只看重汤而不看重面，跟没有吃面差不多。我却不是这样，而是把各种调味的作料都放在面里，面的味道丰富而汤很清。这样才是吃面而不是在喝汤。

我制作的面有两种，一种叫“五香面”，另一种叫“八珍面”。五香面自己吃，八珍面用来待客，这当中有稍微丰盛和俭约的差别。五香是什么？酱、醋、椒末、芝麻屑、焯笋或煮蘑菇、煮虾的鲜汤。先把椒末、芝麻屑拌到面里面，再把酱、醋和鲜汁三种东西，调和在一起，当作和面的水，不再用水。和要和得非常均匀，擀要擀得很薄，切要切得很细，然后用滚开的水来下面，那么精华就都在面里，值得咀嚼品味，不像寻常吃面那样，直接把面吞下肚子里去，只是慢慢品味那个汤。

八珍指的是什么呢？鸡、鱼、虾三种东西的肉，晾晒并让这些肉变得很干，跟鲜笋、香菇、芝麻、花椒四种东西，一起磨成很细的粉末，把它们和到面里，再加上鲜汁一共是八种东西，酱、醋也要用，但不算在内，因为那是家常用的东西，不能算作“珍”。鸡和鱼的肉，一定要选得很精，稍微带点肥腻的都不用，因为面见油就散，如果散了就擀不成片，也切不成丝。只要看烙饼的人，想要让饼松就在面里放油就能够知道了。鲜汁不用煮肉的汤，而用笋、蘑菇或是虾的汤，这也是忌油的缘故。所用的三种肉里，只有虾肉最方便，很容易把它制成粉末，所以应该多准备一些虾粉，以备不时之需。即使是自己吃的五香面，也可变成六样配料。拌面的汁里，加一两盏鸡蛋清更好，这种方法没列在前面而写在后面，是因为知道的人多，列在前面又像是抄袭了。

评 析

这种做面的方法应该没有人尝试过，不过，想象一下应该很好吃，作为一个小吃货，有什么理由不赶紧行动呢？

肉食第三

小序

原 典

“肉食者鄙”①，非鄙其食肉，鄙其不善谋也。食肉之人之不善谋者，以肥腻之精液，结而为脂，蔽障胸臆，犹之茅塞其心，使之不复有窍也。此非予之臆说，夫有所验之矣。

诸兽食草木杂物，皆狡獝而有智。虎独食人，不得人则食诸兽之肉，是匪肉不食者，虎也；虎者，兽之至愚者也。何以知之？考诸群书则信矣。“虎不食小儿”，非不食也，以其痴不惧虎，谬谓勇士而避之也。“虎不食醉人”，非不食也，因其醉势猖獗，目为劲敌而防之也。“虎不行曲路，人遇之者，引至曲路即得脱。”其不行曲路者，非若澹台灭明②之行不由径，以颈直不能回顾也。使知曲路必脱，先于周行食之矣。《虎苑》云：“虎之能搏狗者，牙爪也。使失其牙爪，则反伏于狗矣。”迹是观之，其能降人降物而藉之为粮者，则专恃威猛，威猛之外，一无他能，世所谓“有勇无谋”者，虎是也。予究其所以然之故，则以舍肉之外，不食他物，脂腻填胸，不能生智故也。

然则“肉食者鄙，未能远谋”。其说不既有征乎？吾今虽为肉食作俑，然望天下之人，多食不如少食。无虎之威猛而益其愚，与有虎之威猛而自昏其智，均非养生善后之道也。

注 释

① 肉食者鄙：出自《左传》，指做高官食厚俸的人眼光短浅。

② 澹台灭明：孔子学生，貌丑，但品性端正。史载他“行不由径，非公事不见卿大夫”。

译 文

《左传》一书中说“肉食者鄙”，并不是说他们吃肉就浅陋，而是说他们不善计谋才浅陋。吃肉的人之所以不善谋略，是因为肥腻的肉汁，油脂凝结成为脂肪，堵塞了胸臆，就像堵塞了心智一样，使他的灵性无法通透。这不是我的猜测，而是经过证实的。

许多食杂草的野兽，都狡黠而聪明。老虎会吃人，吃不到人就吃其他野兽，不是肉它不食的。虎又是野兽中最愚蠢的，怎么知道的呢？看看这方面的书就会明白了。书上说“虎不吃小孩子”，不是它不吃，是因为孩子还不懂事不知道怕虎，虎把小孩子当成勇士而躲开他。“虎不吃喝醉的人”，并不是不吃喝醉酒的人，而是因为喝醉的人看上去疯疯癫癫、肆无忌惮，老虎将他看成劲敌所以防备他。虎不走弯路，人要是遇见老虎，引到弯路上就能逃脱。虎不走弯路，不是像澹台灭明不走小路那样，而是因为它的脖子是直的不能够回头。虎要是知道走到弯路上的人会逃脱，肯定就在大路上把他吃掉了。《虎苑》上说："虎之所以能制服狗是靠爪子和牙，如果没有了爪子和牙，反而会被狗制服。"由此来看，老虎之所以能够降伏其他动物并把它们当作食物，全是靠着威猛，除此以外，什么本领也没有。世人所说"有勇无谋"，就是指老虎。我推究虎愚蠢的原因，就是因为除了吃肉，不再吃别的东西，脂肪油腻填塞胸膛不能产生智慧。

但是"肉食者鄙，未能远谋"这个说法，不是已经有了验证了吗？我现在虽然在宣传肉食，但还是希望天下人，多吃不如少吃。没有虎的威猛却加重了愚昧，和有虎的威猛，却让智慧昏沉，都不是养生的方法。

评析

吃肉会不会变愚钝，相信大家有自己的看法，但是肉确实不能吃多，因为人处于生物链的顶端，由于生物富集作用，某些元素或难以分解的化合物会在人体内越聚越多，而这些都是对健康有害的。

猪

原典

食以人传者，"东坡肉"[1]是也。卒急听之，似非豕之肉，而为东坡之肉矣。噫！东坡何罪，而割其肉，以实千古馋人之腹哉？甚矣，名士不可为，而名士游戏之小术，尤不可不慎也。

至数百载而下，糕、布等物，又以眉公[2]得名。取“眉公糕”“眉公布”之名，以较“东坡肉”三字，似觉彼善于此矣。而其最不幸者，则有溷厕中之一物，俗人呼为“眉公马桶”。噫！马桶何物，而可冠以雅人高士之名乎？予非不知肉味，而于豕之一物，不敢浪措一词者，虑为东坡之续也。即溷厕中之一物，予未尝不新其制，但蓄之家，而不敢取以示人，尤不敢笔之于书者，亦虑为眉公之续也。

注释

① 东坡肉：浙江杭州传统名肴。据古书记载，为北宋著名文人苏东坡创制。苏东坡谪居黄州时，作有煮肉歌说：“黄州好猪肉，价钱如粪土，富者不肯吃，贫者不解煮。慢着火，少着水，火候足时它自美。”后来在杭州任知府时又改进为以绍酒代水做成红烧肉慰民工，味极鲜美，后流传到民间，名“东坡肉”。

② 眉公：指明代著名文学家、书画家陈继儒，他号眉公，著有《陈眉公全集》。

译文

食物中因为人而得到广泛流传的，“东坡肉”就是。乍一听，

以为不是猪肉，而是苏东坡的肉。唉！苏东坡有什么罪过，要割肉来填千古馋人的肚皮呢？真是太过分了！不能做名士，而搞一些名士自娱自乐的小游戏，更不能不谨慎。

数百年后，糕饼和布这些东西，又因为陈眉公而得名，叫作“眉公糕”“眉公布”的，比起“东坡肉”来，好像就觉得好听一些。而最不幸的是，厕所里面有一种东西，俗人叫作“眉公马桶”。唉！马桶是什么东西，而冠以雅人高士的名字呢？我不是不懂得品尝猪肉，但是对于猪肉，一句话也不敢说，就是怕成为第二个苏东坡。就是厕所里的那件东西，我也不是没有改进设计，只是藏在家里不敢拿出来给人看，更不敢写进书里，也是担心步陈眉公的后尘。

评析

当今的人听说“东坡肉”这三个字，应当不会有人说这是苏东坡的肉吧？李渔那个时代竟会有这种人，殊为可笑。不过，现在不是还有人不清楚佛手是什么物品吗？

羊

原典

物之折耗最重者，羊肉是也。谚有之曰：“羊几贯，帐难算，生折对半熟对半，百斤止剩念[1]余斤，缩到后来只一段。”大率羊肉百斤，宰而割之，止得五十斤，迨烹而熟之，又止得二十五斤，此一定不易之数也。但生羊易消，人则知之；熟羊易长，人则未之知也。羊肉之为物，最能饱人，初食不饱，食后渐觉其饱，此易长之验也。凡行远路及出门作事，卒急不能得食者，啖此最宜。秦之西鄙，产羊极繁，土人日食止一餐，其能不枵腹[②]者，羊之力也。

《本草》载羊肉，比人参、黄芪。参芪补气，羊肉补形。予谓补人者羊，害人者亦羊。凡食羊肉者，当留腹中余地，以俟其长。倘初食不节而果其腹，饭后必有胀而欲裂之形，伤脾坏腹，皆由于此，葆生者不可不知。

注释

① 念："廿"的大写，二十。

② 枵腹：空腹，饥饿。枵，中心空虚的树根，引申为空虚无物。

译文

食物当中折耗最多的就是羊肉了。有谚语说："羊几贯，账难算，生折对半熟对半，百斤止剩廿余斤，缩到后来只一段。”一般说来，一百斤左右的羊，屠宰之后，只能得到五十斤的肉。煮熟以后，只能剩二十五斤。这是一个不变而且准确的数字。但是生羊肉容易折耗，这一点人们都知道；熟羊肉容易膨胀，人们就不知道了。羊肉这种东西最容易吃饱，一开始吃的时候不觉得饱，吃完后才渐渐觉得饱了，这就是羊肉容易膨胀的验证。凡是走远路或出门办事，仓促间不能正常吃饭的，吃羊肉最好。陕西西部，产羊极多，当地人一天只吃一餐，而不会饿肚子，就是羊肉的功劳了。

《本草》记载羊肉的时候，拿来跟人参、黄芪作比。人参和黄芪能补气，羊肉能补体。我说羊肉能滋补人，也能够害人。凡是吃羊肉的，肚子要留点空余，以备它膨胀，如果吃的时候不节制，吃得很饱，饭后一定会有胀得肚子要裂开的感觉，伤脾坏腹的事都是这样发生的，爱惜身体的人不能不知道这一点。

评析

羊肉虽然很贵，但家家户户都会吃到。吃羊肉时，切记李渔的告诫：羊肉虽好，不可多吃哦。

牛、犬

原典

猪、羊之后，当及牛、犬。以二物有功于世，方劝人戒之之不暇，尚忍为制酷刑乎？略此二物，遂及家禽，是亦以羊易牛[①]之遗意也。

注释

① 以羊易牛：事见《孟子·梁惠王上》。原意为有仁爱之心。

译文

说过猪和羊之后，应该谈到牛和狗了。因为这两种动物对人来说是有功之臣，我劝人们不要杀还来不及，怎么忍心为它们制造酷刑呢？我略过这两种动物不谈，接着谈家禽，这就如同梁惠王以活牲祭祀时用羊来替代牛的心意。

评析

作者仁心，可见一斑。

鹅

原典

鹅鹅之肉无他长，取其肥且甘而已矣。肥始能甘，不肥则同于嚼蜡。鹅以固始为最，讯其土人，则曰："豢之之物，亦同于人。食人之食，斯其肉之肥腻，亦同于人也。"犹之豕肉以金华为最，婺人豢豕，非饭即粥，故其为肉也甜而腻。然则固始之鹅，金华之豕，均非鹅豕之美，食美之也。食能美物，奚俟人言？归而求之，有余师矣。但授家人以法，彼虽饲以美食，终觉饥饱不时，不似固始、金华之有节，故其为肉也，犹有一间之殊。盖终以禽兽畜之，未尝稍同于人耳。“继子得食，肥而不泽。”其斯之谓欤？

有告予食鹅之法者，曰：昔有一人，善制鹅掌。每豢肥鹅将杀，先熬沸油一盂，投以鹅足，鹅痛欲绝，则纵之池中，任其跳跃。已而复禽复纵，炮瀹如初。若是者数四，则其为掌也，丰美甘甜，厚可径寸，是食中异品也。予曰：惨哉斯言！予不愿听之矣。物不幸而为人所畜，食人之食，死人之事。偿之以死亦足矣，奈何未死之先，又加若是之惨刑乎？二掌虽美，入口即消，其受痛楚之时，则有百倍于此者。以生物多时之痛楚，易我片刻之甘甜，忍人不为，况稍具婆心者乎？地狱之设，正为此人，其死后炮烙之刑，必有过于此者。

译文

鹅的肉没有别的优点，只是既肥又甘美而已。因为肉肥才能甘，不肥就味同嚼蜡了。鹅以固始产的最好，询问当地人，说：“用来喂养鹅的东西，跟人吃的一样，给鹅吃人的食物，所以它肉的肥腻也就跟人一样了。”就好像猪肉以金华所产的最好。金华人喂猪，不是饭就是粥，所以金华猪肉既甜又肥腻。如此说来，固始的鹅、金华的猪，都不是猪和鹅本身品种好，而是喂的东西好。食物能使动物长得好，这还需要说吗？回头细细思量，发现其中有些做法值得学习。但是把这方法教给家人，他们虽然也用好的食物来喂养，可喂养的时候饥一顿饱一顿的，不像固始和金华两个地区喂养得那样有规律，所以这样喂养出来的鹅和猪的肉，比起这两个地方的，还是有一定的差距。因为终究人们是把它当畜生养，没有像人那样看待。“继子得食，肥而不泽。”大概说的就是这个道理吧！

有人向我介绍一种吃鹅的方法，说：过去有个善于做鹅掌的人，每次把肥鹅养到要杀的时候，先烧一锅油，把鹅的脚放进去，鹅痛得要死就跳进水塘里，任它跳跃。然后再捉再放，像那样烫了又放它跳到水里，如此四次之后，鹅掌就丰美甘甜，厚达一寸，这是食物里面的异品。我说：这样的话太悲惨了！我不想听这样的话。动物不幸被人蓄养，吃人喂的食物，为人的需要而死，它用死来偿还也就够了，为什么要在死之前，还让它受这样的酷刑？两块鹅掌虽然味美，入口就没了。而鹅当时要遭受比这强烈百倍的痛苦。以活物多时的痛苦，换人类片刻的甘甜，残忍的人都不愿意去做，何况稍微有些善心的人呢？地狱正是为这种人准备的，他死后受炮烙的酷刑，一定会比这还残酷。

评析

这种虐待动物的行为也能做出来，可以说始作俑者，其无后乎。

鱼

原典

鱼藏水底，各自为天，自谓与世无求，可保戈矛之不及矣。乌知网罟[①]之奏功，较弓矢罝罘[②]为更捷。无事竭泽而渔，自有吞舟不漏之法。然鱼与禽兽之生死，同是一命，觉鱼之供人刀俎，似较他物为稍宜。

何也？水族难竭而易繁。胎生卵生之物，少则一母数子，多亦数十子而止矣。鱼之为种也似粟，千斯仓而万斯箱，皆于一腹焉寄之。苟无沙汰之人，则此千斯仓而万斯箱者生生不已，又变而为恒河沙数[3]。至恒河沙数之一变再变，以至千百变，竟无一物可以喻之，不几充塞江河而为陆地，舟楫之往来能无恙乎？故渔人之取鱼虾，与樵人之伐草木，皆取所当取，伐所不得不伐者也。我辈食鱼虾之罪，较食他物为稍轻。兹为约法数章，虽难比乎祥刑[4]，亦稍差于酷吏。

食鱼者首重在鲜，次则及肥，肥而且鲜，鱼之能事毕矣。然二美虽兼，又有所重在一者。如鲟、如鯚、如鲫、如鲤，皆以鲜胜者也，鲜宜清煮作汤；如鳊、如白，如鲥、如鲢，皆以肥胜者也，肥宜厚烹作脍。烹煮之法，全在火候得宜。先期而食者肉生，生则不松；过期而食者肉死，死则无味。迟客之家，他馔或可先设以待，鱼则必须活养，候客至旋烹。鱼之至味在鲜，而鲜之至味又只在初熟离釜之片刻，若先烹以待，是使鱼之至美，发泄于空虚无人之境；待客至而再经火气，犹冷饭之复炊，残酒之再热，有其形而无其质矣。

煮鱼之水忌多，仅足伴鱼而止，水多一口，则鱼淡一分。司厨婢子，所利在汤，常有增而复增，以致鲜味减而又减者，志在厚客，不能不薄待庖人耳。更有制鱼良法，能使鲜肥迸出，不失天真，迟速咸宜，不虞火候者，则莫妙于蒸。置之镟内，入陈酒、酱油各数盏，覆以瓜姜及蕈笋诸鲜物，紧火蒸之极熟。此则随时早暮，供客咸宜，以鲜味尽在鱼中，并无一物能侵，亦无一气可泄，真上着也。

注释

① 网罟：捕鱼工具。罟，捕鱼的网。

② 罝罘：捕兽工具。

③ 恒河沙数：佛经中语，形容数量多到无法计算。

④ 祥刑：指古代之象刑，如给犯法的人头上插草，以示惩罚。

译文

鱼藏在水底，把水作为它的天，自己认为与世无争，可以保证不受到人类的武器伤害。谁知道捕鱼的细网比弓箭更厉害。用不着把水抽干来捕鱼，自然有不让鱼逃脱的方法。虽然鱼和禽兽，同样是一条性命，却觉得鱼被人宰杀，比其他动物更觉得是应该的。

这是什么原因呢？因为水中的生物不容易灭绝，而容易繁殖。胎生、卵生的动物，少的一胎产下几个幼崽，多的也只有几十个罢了。而鱼的繁殖，一次产的卵就像几仓小米一样难以计数，如果没有人像淘沙子那样把它们赶尽杀绝的话，又将繁衍得无穷尽。如同恒河沙数，接着一变再变，千变万化，后来多得都没有语言可以形容了，岂不会要充塞江河来往的船只，那船只还能正常往来吗？所以渔民捕鱼虾，跟樵夫砍伐草木一样，都是取所当取，伐应所伐。

我们吃鱼虾的罪过，比吃其他的东西要稍微轻一点。所以我在这里定几个规矩，虽然比不上善用刑罚的人，也比酷吏要好了。

吃鱼最重要的是讲究新鲜，其次是肥，又肥又鲜，吃鱼的优点就全了。两个优点都具备当然很好，但是每条鱼往往在其中的一个方面突出，比如鲟鱼、鯚鱼、鲫鱼、鲤鱼等，都是突出在鲜，鲜的鱼适合清煮做汤；像鳊鱼、白鱼、鲥鱼、鲢鱼等，都突出在肥，肥的适宜炖着吃。烹煮的方法全在火候合适，火候不到，鱼的肉吃起来是生的，不好嚼；火候太过再吃，肉就会太老，没有味道。请客的时候，其他东西可以预先做好，鱼必须是活的，等客人来了再做。鱼的美味在于鲜，而鲜又在于刚刚煮熟离锅的那一刻，要是先煮好了等着用，鱼的美味就会发散掉了。等客人到了再热，就像炒冷饭、烫冷酒一样，有鱼的样子而味已经失去了。

煮鱼的水不要太多，与鱼齐平就可以了。水多一点，鱼的味就会淡一点。负责做饭的丫鬟，想要得到鱼汤，就把水加了又加，以至于鲜味一再减淡。为了厚待客人，就不能不薄待女佣。还有一种烧鱼的好方法，可以使鱼又鲜又肥，保持天然的味道，而且快慢皆宜，不用担心火候，那就是蒸了。把鱼放在盘子里，放几小杯陈酒和酱油，上面盖上瓜片、姜片、蘑菇、笋等鲜味的食物，猛火蒸到熟透。这个是随时都可以做的，用来款待客人也很好，因为鲜味都保留在鱼里面，别的味道进不去，鱼的味道也不会流失，确实是最好的办法。

评析

我们生活在物质生活极其丰富的时代，糖醋鱼、烤鱼、水煮鱼都已经觉得很常见了，李渔的做法可能已经落后了，但是他生活的那个时代，能吃到鱼都是一种享受了，更何况能把鱼做到这么有滋有味，李渔的烹饪技术当是一流的。

蟹

原典

予于饮食之美，无一物不能言之，且无一物不穷其想象，竭其幽渺而言之；独于蟹螯一物，心能嗜之，口能甘之，无论终身一日皆不能忘之。至其可嗜可甘与不可忘之故，则绝口不能形容之。此一事一物也者，在我则为饮食中之痴情，在彼则为天地间之怪物矣。予嗜此一生。每岁于蟹之未出时，即储钱以待，因家人笑予以蟹为命，即自呼其钱为“买命钱”。自初出之日始，至告竣之日止，未尝虚负一夕，缺陷一时。同人知予癖蟹，召者饷者，皆于此日，予因呼九月、十月为“蟹秋”。虑其易尽而难继，又命家人涤瓮酿酒，以备糟之醉之之用。糟名“蟹糟”，酒名“蟹酿”，瓮名“蟹瓮”。向有一婢，勤于事蟹，即易其名为“蟹奴”，今亡之矣。蟹乎！蟹乎！汝于吾之一生，殆相终始者乎！所不能为汝生色者，未尝于有螃蟹无监州处作郡，出俸钱以供大嚼，仅以悭囊易汝。即使日购百筐，除供客外，与五十口家人分食，然则入予腹者有几何哉？蟹乎！蟹乎！吾终有愧于汝矣。

蟹之为物至美，而其味坏于食之之人。以之为羹者，鲜则鲜矣，而蟹之美质何在？以之为脍者，腻则腻矣，而蟹之真味不存。

更可厌者，断为两截，和以油、盐、豆粉而煎之，使蟹之色、蟹之香与蟹之真味全失。此皆似嫉蟹之多味，忌蟹之美观，而多方蹂躏，使之泄气而变形者也。世间好物，利在孤行。蟹之鲜而肥，甘而腻，白似玉而黄似金，已造色香味三者之至极，更无一物可以上之。和以他味者，犹之以爝火助日，掬水益河，冀其有裨也，不亦难乎？

凡食蟹者，只合全其故体，蒸而熟之，贮以冰盘，列之几上，听客自取自食。剖一筐，食一筐，断一螯，食一螯，则气与味纤毫不漏。出于蟹之躯壳者，即入于人之口腹，饮食之三昧，再有深入于此者哉？凡治他具，皆可人任其劳，我享其逸，独蟹与瓜子、菱角三种，必须自任其劳。旋剥旋食则有味，人剥而我食之，不特味同嚼蜡，且似不成其为蟹与瓜子、菱角，而别是一物者。此与好香必须自焚，好茶必须自斟，僮仆虽多，不能任其力者，同出一理。讲饮食清供之道者，皆不可不知也。

宴上客者，势难全体，不得已而羹之，亦不当和以他物，惟以煮鸡鹅之汁为汤，去其油腻可也。

瓮中取醉蟹，最忌用灯，灯光一照，则满瓮俱沙，此人人知忌者也。有法处之，则可任照不忌。初醉之时，不论昼夜，俱点油灯一盏，照之入瓮，则与灯光相习，不相忌而相能，任凭照取，永无变沙之患矣。此法都门有用之者。

译文

我对于饮食的美，没有一样不能描述的，没有一样谈起来不是穷尽想象搜肠刮肚的；唯独对于螃蟹，心里很喜欢吃，口中吃起来也很好吃，一天也忘不了，甚至终身也忘不了，但对它好吃和不能忘却的原因，可就一点也形容不出来了。螃蟹对我来说是食物中特别痴情的东西，而我嗜蟹如命的行为对它来说则是天地间的一大怪物。我一生都特别喜欢吃蟹，每年螃蟹还没上市时就把钱准备好了，因家人笑我是拿螃蟹当命，就把买螃蟹的钱叫作“买命钱”。从螃蟹刚开始上市时到不再上市为止，我没有一天不吃的。朋友知道我爱吃螃蟹，所以都在这个时候请我去吃。于是我就把九月、十月叫作“蟹秋”。我担心吃完了接不上，就让家人洗了坛子酿酒，以便腌制起来。所用的糟叫作蟹糟，酒叫作蟹酒，而坛子就叫作蟹瓮。以前有个丫鬟，勤于做螃蟹，我就给她改名叫作蟹奴，如今已经不在了。

螃蟹啊！螃蟹啊！你和我这一生，大概要相伴始终吧？不能为你增光的是，我没能在出产螃蟹而又没有长官的地方做官，拿出俸禄来供我大吃，只能用口袋里那点钱来买你。就算一天买上一百筐，除了请客之外，跟五十口的家人分着吃，我吃到肚子里的又能有多少啊！螃蟹啊，我终究是有愧于你！

螃蟹的味道极好，但是这样的好味道往往被人破坏。用螃蟹来做汤的，鲜是很鲜，但螃蟹的美质怎么体现？拿它来炖的话，肥是很肥，而螃蟹真正的味道却失去了。更讨厌的是把蟹剁成两块，加上油、盐、豆粉来煎，使得蟹的颜色、香味和味道都失去了。这些做法似乎是忌妒螃蟹的美味和美观，而想出各种办法来糟蹋它，

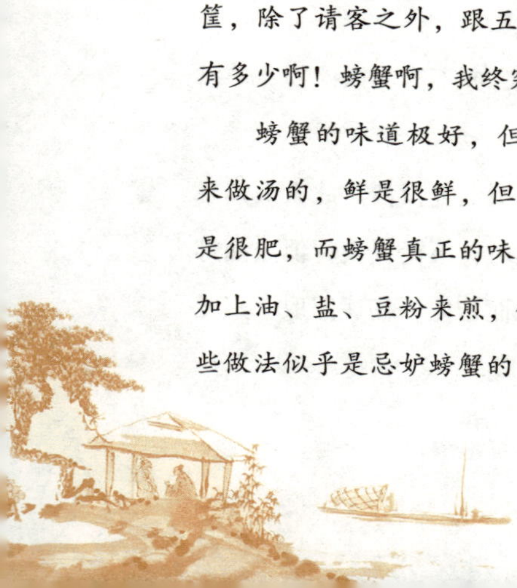

使它变形。世界上的好东西，都适宜单吃。螃蟹又鲜又肥，又香又腻，蟹肉像玉、蟹黄像金，已经是色香味都到顶点了，再没有什么能超得过，和别的东西掺在一起，给螃蟹增加味道，就像用篝火来为阳光增色，捧一掬水想让河流上涨一样，那不是太难了吗？

凡是吃螃蟹的，只能把它的整个身体蒸熟了，用大盘子盛好，摆在桌上，让客人自己取自己吃。剖开一只吃一只，掰下一条腿儿吃一条腿儿，这样它的气和味才不会泄漏掉。螃蟹的肉从壳里出来，就到人的肚子里去，饮食的真谛，还有比这更深刻的吗？凡是做别的事情，都可以让他人代劳，唯独吃螃蟹、瓜子、菱角三种东西必须自己动手，即剥即吃才有味道，等别人剥了才吃，不只是味同嚼蜡，而且也会觉得它们不是螃蟹、瓜子和菱角，而是别的什么了。这跟好香必须自己点，好茶必须自己斟，仆人虽然很多，却不能全靠他们，是一个道理。讲究饮食之道的人，不能不知道这一点。

宴请贵宾时，不好用整只的螃蟹，不得已做成汤，也不应该掺上别的东西，只用煮鸡煮鹅的汤做汤，去掉油腻就可以了。

从坛子里取出醉蟹，最忌讳使用灯，灯光一照，螃蟹就钻到沙子里面去了，就只看到满坛的沙子，不见螃蟹。这是人人都知道且忌讳的。有办法对付，可以任意用灯照而不需忌讳就将蟹取出来。刚开始腌的时候，不论是白天还是晚上，都点上一盏油灯，让灯光照到瓮里面，让螃蟹对灯光习惯了，以后随便拿灯来照，它再不会钻进沙子里，这种办法京城有人用。

评 析

《饮馔部》分为“蔬食”“谷食”和“肉食”三部分，李渔对其见解独特而入情入理，文字妙趣横生，从养生学角度来说，是人们养生之根本。

中国人向来信奉“民以食为天”，在《饮馔部》中有言吃饭时一定得有羹（较浓的汤），李渔说：“饭犹舟也，羹犹水也，舟之在滩非水不下，与饭之在喉非汤不下，其势一也。且养生之法，食贵能消，饭得羹即消，其理易见。故善养生者，吃饭不可无羹；善作家者，吃饭亦不可无羹。”故他主张：“宁可食无馔，不可无饭无汤。有汤下饭，即小菜不设，亦可使哺啜如流。无汤下饭，即美味盈前，亦有食不下咽。”从现代营养学角度来看李渔的主张，并非完全正确。所谓汤的饮用时间十分关键，饭前或饭中喝汤，有利于食物下咽，减少对肠胃的刺激，对我们是有好处的，但如果饭后喝汤的话，反而会冲淡胃液，影响食物吸收和消化，容易让人患上胃病。

《饮馔部·蔬菜第一》就分别有笋、蕈、莼、菜、瓜等14篇。在《菜》这一篇中，李渔一开头就写道：“世人制菜之法，可称百怪千奇，自新鲜以至于腌糟酱腊，无一不曲尽奇能，务求至美，独于起根发轫之事缺焉不讲，予甚惑之。”可以看出，作者很重视蔬菜的健康食用问题。

李渔所写的“饮馔”，是他对中国饮食之道的深层理解。他说：“吾谓饮食之道，脍不如肉，肉不如蔬，亦以其渐近自然也。草衣木食，上古之风，人能疏远肥腻，食蔬蕨而甘之，腹中菜园，不使羊来踏跛……吾辑《饮馔》一卷，后肉食而首蔬菜，一以崇俭，一以复古；至重宰割而惜生命，又其念兹在兹，而不忍或忘者矣。”由此可以看出作者有着健康的饮食标准，他认为养生的根本就在吃出健康，这与我们现今提倡的养生是有异曲同工之处的。

卷六　种植部

木本第一

小序

原典

已载群书者，片言不赘。非补未逮之论，即传自念之方。欲睹陈言，请翻诸集。

草木之种类极杂，而别其大较有三，木本、藤本、草本是也。木本坚而难痿，其岁较长者，根深故也。藤本之为根略浅，故弱而待扶，其岁犹以年纪。草本之根愈浅，故经霜辄坏，为寿止能及岁。

是根也者，万物短长之数也，欲丰其得，先固其根，吾于老农老圃之事，而得养生处世之方焉。人能虑后计长，事事求为木本，则见雨露不喜，而睹霜雪不惊；其为身也，挺然独立，至于斧斤之来，则天数也，岂灵椿古柏之所能避哉？如其植德不力，而务为苟延，则是藤本其身，止可因人成事，人立而我立，人仆而我亦仆矣。至于木槿其生，不为明日计者，彼且不知根为何物，遑计入土之浅深，藏荄之厚薄哉？是即草木之流亚也。噫，世岂乏草木之行，而反木其天年，藤其后裔者哉？此造物偶然之失，非天地处人待物之常也。

译文

已经被其他书中记载过的内容，我一句也不多说。我不是补充前人没说到的事就是写自己想到的东西。如果你想要看前人的言论，那么请去看各种古书集全。

草木的种类复杂多样，但大概可以分成三类：木本、藤本和草本。木本植物坚实而且不易枯萎，寿命比较长的原因，是它的根扎得很深。藤本植物很瘦弱，需要扶持，寿命可以用年来计算，因为它的根稍浅一点。草本植物一经霜打就死了，寿命最长也就一年，因为它的根更浅。

所以说，根是各种植物寿命长短的决定因素，如果想收获更多，就要先稳固它的根本。我从老农在苗圃种植草木的劳动中，悟出了养生和处世的方法。如果凡事人都能在考虑以后，从长计议，事事都像木本一样，就不会因为看见雨露而得意忘形，看见霜雪也就不惊慌失措。作为树木本身，挺拔自生，至于被斧头砍，就是天意了，难道充满灵气的椿树和千年松柏就能躲得了吗？如果一个人不努力培养自己崇高的品德，只是苟且行事，这样的人与藤本植物一样，只能依靠别人来做成事，别人事成了，我也事成了，别人倒了，我也倒了。至于像木槿一样生存的人，从来不考虑明天，他们甚至不知道根为何物，哪里会考虑根入土的深浅，埋藏的厚薄呢？这种人就像次等的草木。唉，难道世上缺乏像草本一样行事，反倒像木本一样享其天年，又像藤本一样可以依附后代的人吗？这是造物主的偶然失误，并不是天地间待人处世的常理。

评析

植物想要寿命长一点，就要把根扎深一点，而人想要处世顺利，也需要深厚自己的根本，这根本就是修养与知识。从自然之事悟出人生之理，本无可厚非，不过，此风一旦盛行，不论作者的年纪多小，却总会说出有“白胡子”的格言来，伤感与说教，正是他们老气横秋的症状。例如，现在的小学生都会写这样的文章：“人生就像……”而他们体验了多少人生的苦辣酸甜？

梅

原典

花之最先者梅，果之最先者樱桃。若以次序定尊卑，则梅当王于花，樱桃王于果，犹瓜之最先者曰王瓜，于义理未尝不合，奈何别置品题，使后来居上。首出者不得为圣人，则辟草昧致文明者，谁之力欤？虽然，以梅冠群芳，料舆情必协；但以樱桃冠群果，吾恐主持公道者，又不免为荔枝号屈矣。姑仍旧贯，以免抵牾。种梅之法，亦备群书，无庸置吻，但言领略之法而已。

花时苦寒，既有妻梅之心，当筹寝处之法。否则衾枕不备，露宿为难，乘兴而来者，无不尽兴而返，即求为驴背浩然，不数得也。观梅之具有二：山游者必带帐房，实三面而虚其前，制同汤网，其中多设炉炭，既可致温，复备暖酒之用。此一法也。园居者设纸屏数扇，覆以平顶，四面设窗，尽可开闭，随花所在，撑而就之。此屏不止观梅，是花皆然，可备终岁之用。立一小匾，名曰“就花居”。花间竖一旗帜，不论何花，概以总名曰“缩地花”。此一法也。若家居种植者，近在身畔，远亦不出眼前，是花能就人，无俟人为蜂蝶矣。

然而爱梅之人，缺陷有二：凡到梅开之时，人之好恶不齐，天之功过亦不等，风送香来，香来而寒亦至，令人开户不得，闭户不得，是可爱者风，而可憎者亦风也。雪助花妍，雪冻而花亦冻，令人去之不可，留之不可，是有功者雪，有过者亦雪也。其有功无过，可爱而不可憎者惟日。既可养花，又堪曝背，是诚天之循吏也。使止有日而无风雪，则无时无日不在花间，布帐纸屏皆可不设，岂非梅花之至幸，而生人之极乐也哉！然而为之天者，则甚难矣。

蜡梅者，梅之别种，殆亦共姓而通谱者欤？然而有此令德，亦乐与联宗。吾又谓别有一花，当为蜡梅之异姓兄弟，玫瑰是也。气味相孚，皆造浓艳之极致，殆不留余地待人者矣。人谓过犹不及，当务适中，然资性所在，一往而深，求为适中，不可得也。

译 文

最早开放的是梅花，最先结果的是樱桃。如果以开花结果的次序定尊卑，梅应当是花王，樱桃应当是果王，就像瓜中最先成熟的叫瓜王一样，这在义理上未尝不合，为什么另有品题，让后来者居上？最先来到世上的人不能作为圣人，那么消除蒙昧，给人类带来文明的人，是谁出的力呢？虽然这样，把梅花称为群花之首，大家应该没有什么异议，但是要把樱桃称为群果之王，我就怕主持公道的人不免会为荔枝叫屈了。暂且依据旧的惯例，以免发生争执。关于种梅的方法有许多书都记载得很详尽了，不需再讲，我只说说欣赏的方法吧。

梅花开的时候正是寒冷的冬季，既然有想把梅当成伴侣相伴的心意，就应当筹划与梅花同床共眠的方法。否则被子、枕头都没有准备，露宿在外就十分痛苦了。乘兴而来的人，没有不扫兴而归的，就算只想做到像孟浩然一样骑在驴背上与山水相依，也没有几个能做到。观赏梅花的用具有两个：去山上赏玩的人，必须带帐篷，将帐篷的三面围起来，前面空着，就像汤网一样。帐篷中要多准备一些炉炭，既可以生火取暖，又可以暖酒。这是一种方法。园内观看的，要准备几扇纸屏风，屏风的上面盖上平顶，四面设窗，可开可闭，花在哪边，就撑开哪边的窗户。这种屏风不仅可以观赏梅花，什么花都行，一年四季都可以用。再在纸屏风上挂一块小匾，上面写着“就花居”。在花中间竖立一杆旗帜，不论是什么花，都用一个总的名字，叫作“缩地花”。这又是一种方法。如果是自己家里种植的花，近者就在身边，远者也是可以一眼看到，这样的话花能就着人，人就不用像蜜蜂、蝴蝶一样围着花转了。

不过喜爱梅花的人，有两个缺点：只要到了梅花开的时候，就像人的喜好和憎恶会不一样，老天爷的功劳与过错也不相等，风把花香送来了，花香来了严寒也来了，让人开门不行，关门也不行，这样，可爱的是风，可恨的也是风；雪使梅花更加娇艳，雪冻花也冻，让人去也不可，留也不可，这样，有功的是雪，有过的也是雪。那有功无过，可爱但不可恨的，只有太阳了，它既可以养花，又能给人温暖，真是上天派来巡视的官吏。如果只有太阳，没有风也没有雪，就能每时每刻都在花的中间，布帐篷纸屏风都不需要了，难道不是梅花最幸福、人生最快乐的事吗！但是作为老天爷，就很为难了。

蜡梅是梅花的一种，大概是因为都叫梅才被列入同一谱系中的吧？然而蜡梅有这样的品德，梅花也乐于和它联宗的。我认为另外有一种花，应当成为蜡梅的异姓兄弟，这就是玫瑰。它们的气味相同，都是浓艳到了极致，又都毫无保留地让人欣赏。有人说过犹不及，应当要适中。但是这浓艳就是它们的天性，花一开就色深味重，如果要求它们适中，是不可能的。

评析

古代人非常喜欢赏花，在花中寄托自己的闲情雅致与人生理想，相比而言，我们现代人每天忙于工作，见到花开，会有多少人低头走过？

海棠

原典

“海棠有色而无香”，此《春秋》责备贤者之法。否则无香者众，胡尽恕之，而独于海棠是咎？然吾又谓海棠不尽无香，香在隐跃之间，又不幸而为色掩。如人生有二技，一技稍粗，则为精者所

隐；一术太长，则六艺皆通，悉为人所不道。王羲之善书，吴道子善画，此二人者，岂仅工书善画者哉？苏长公不善棋酒，岂遂一子不拈，一卮不设者哉？诗文过高，棋酒不足称耳。

吾欲证前人有色无香之说，执海棠之初放者嗅之，另有一种清芬，利于缓咀，而不宜于猛嗅。使尽无香，则蜂蝶过门不入矣，何以郑谷《咏海棠》诗云："朝醉暮吟看不足，羡他蝴蝶宿深枝"？有香无香，当以蝶之去留为证。且香之与臭，敌国也。《花谱》云："海棠无香而畏臭，不宜灌粪。"去此者必即彼，若是，则海棠无香之说，亦可备证于前，而稍白于后矣。噫，"大音希声"，"大羹不和"，奚必如兰如麝，扑鼻薰人，而后谓之有香气乎？

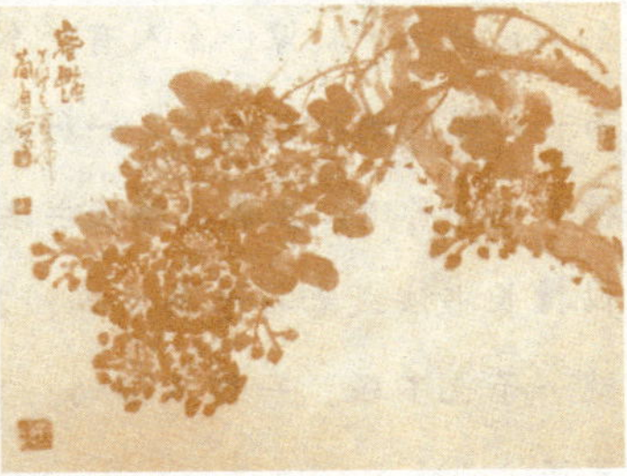

王禹偁《诗话》云："杜子美避地蜀中，未尝有一诗及海棠，以其生母名海棠也。"生母名海棠，予空疏未得其考，然恐子美即善吟，亦不能物物咏到。一诗偶遗，即使后人议及父母。甚矣，才子之难为也！鼎革以前，吾乡杜姓者，其家海棠绝胜，予岁岁纵览，未尝或遗。尝赠以诗云："此花不比别花来，题破东君着意培。不怪少陵无赠句，多情偏向杜家开。"似可为少陵解嘲。

秋海棠一种，较春花更媚。春花肖美人，秋花更肖美人；春花肖美人之已嫁者，秋花肖美人之待年者；春花肖美人之绰约可爱者，秋花肖美人之纤弱可怜者。处子之可怜，少妇之可爱，二者不可得兼，必将娶怜而割爱矣。相传秋海棠初无是花，因女子怀人不至，涕泣洒地，遂生此花，名为"断肠花"。噫，同一泪也，洒之林中，即成斑竹，洒之地上，即生海棠，泪之为物神矣哉！

春海棠颜色极佳，凡有园亭者不可不备，然贫士之家不能必有，当以秋海棠补之。此花便于贫士者有二：移根即是，不须钱买，一也；为地不多，墙间壁上，皆可植之。性复喜阴，秋海棠所取之地，皆群花所弃之地也。

译文

“海棠有色而无香”，这是《春秋》责备贤人的方法。否则，没有香气的花那么多，为什么都能宽恕，只责怪海棠呢？我却认为海棠并不是完全没有香气，它的香气在隐约之间，又不幸被它艳丽的颜色覆盖。就像一个人有两个技巧，一种技艺稍差一点，就会被另一种精湛的技艺遮住。一种技艺擅长了，那么六经都通，也不会被人一一称道。王羲之擅长书法，吴道子擅长画，这两个人，难道仅擅长书法或者善于画画吗？苏东坡不善于下棋、喝酒，难道他就一子也不碰，一杯不摆吗？只是因诗文太高，棋酒不值得称赞罢了。

我想证明前人有颜色无香的说法，就去闻刚刚开放的海棠花，海棠花别有一种清香，最好慢慢闻，而不应该猛嗅。如果当真没有香气，那么蜜蜂和蝴蝶就会过门而不入了，为什么郑谷的《咏海棠》诗中说：“朝醉暮吟看不足，羡他蝴蝶宿深枝”呢？有香无香，当用蝴蝶的去留证明。而且香和臭是对立的。《花谱》说：“海棠没有香气，害怕臭气，不适宜灌溉施肥。”离开此物的一定会去就彼物，如此说来，针对海棠没有香气的说法，从前面的引文得到反面的证据，从后面的引文得到一点清楚的推论了。唉，“大音希声”“大羹不和”，简素淡雅就很好，为什么一定要像兰花、麝香，扑鼻熏人，才说是有香气呢？

王禹偁的《诗话》中说：“杜甫在四川避乱时，没有一首诗提到海棠，因为他的生母名叫海棠。”杜甫的母亲是不是叫海棠，我没有时间去考证。我只是想，即使杜甫很会写诗，也不可能把所有的东西都写尽。只是偶然没有写到海棠，就使后人议论起他的父母来了，当才子真是太难了。还是在明朝时，我的家乡有一户姓杜的人家，他家里种的海棠长得非常好，每年我都要去观赏，从来没有错过。我曾送给他一首诗：“此花不比别花来，题破东君着意培。不怪少陵无赠句，多情偏向杜家开。”这首诗似乎可以为杜甫解嘲。

秋海棠比起春海棠更漂亮。春海棠像美人，秋海棠更像美人；春海棠像已经出嫁的美人，秋海棠像待嫁的美人；春海棠像美人中柔美可爱的，秋海棠像美人中纤弱可怜的。少女的可怜，少妇的可爱，如果两者不能同时得到，一定要选择可怜的少女而割舍可爱少妇了。相传起初没有秋海棠这样的花，因为女子的心上人没有来，眼泪洒在地上，于是生出这种花，名为“断肠花”。唉，同样是泪水啊，洒在林中，就长出斑竹，洒在地上，就生出海棠，眼泪这种东西真是神奇啊！

春海棠颜色很美，有园亭的人家不能不种。然而贫穷的人家，不是非种不可，可以用秋海棠来弥补。秋海棠对于贫穷的人来说有两种便利的地方：一是把根移栽过来就可以了，不需要用钱买；二是占地不多，墙头屋角，都可以种。因为秋海棠喜欢阴凉的地方，它占用的地，都是其他的花不能用的地。

评析

海棠花姿潇洒，花开似锦，自古以来是雅俗共赏的名花，素有“花中神仙”“花贵妃”之称。苏轼曾有诗赞海棠：“东风袅袅泛崇光，香雾空蒙月转廊。只恐夜深花睡去，故烧高烛照红妆。”

玉兰

原典

世无玉树，请以此花当之。花之白者尽多，皆有叶色相乱，此则不叶而花，与梅同致。千干万蕊，尽放一时，殊盛事也。

但绝盛之事，有时变为恨事。众花之开，无不忌雨，而此花尤甚。一树好花，止须一宿微雨，尽皆变色，又觉腐烂可憎，较之无花，更为乏趣。群花开谢以时，谢者既谢，开者犹开，此则一败俱败，半瓣不留。语云：“弄花一年，看花十日。”为玉兰主人者，常有延伫经年，不得一朝盼望者，讵非香国中绝大恨事？故值此花一开，便宜急急玩赏，玩得一日是一日，赏得一时是一时。若初开不玩而俟全开，全开不玩而俟盛开，则恐好事未行，而杀风景者至矣。噫！天何仇于玉兰，而往往三岁之中，定有一二岁与之为难哉！

译文

世上没有玉树，可以用玉兰花充当。白色的花很多，但都与叶子的颜色相混淆，玉兰是在没长叶子的时候就开花，和梅花有相同

的韵致。千万朵玉兰花同一时间开放，尤其壮观。

但是再壮观的事情，有时也会变为令人遗憾的事。花开放时，没有不怕下雨的，而玉兰花尤其严重。满树的好花，只要下一夜小雨，全部都变了颜色，又觉得腐烂可憎，比不开花更为乏味。其他的花从开放到衰谢都有时间顺序，该凋谢的凋谢，该开放的开放，玉兰花却一朵凋谢，都跟着凋谢，半片花瓣也不留。俗话说："弄花一年，看花十天。"玉兰花的主人，常常苦等了一年，却一天也不能实现自己的期盼的，这难道不是香花王国中非常遗憾的事吗？所以当这种花一开，就要马上去玩赏，能玩赏一天是一天，能欣赏一时是一时。如果刚开放的时候不去玩赏，想等到全都开放再去，全都开放的时候还不去，一定要等到盛开的时候，就怕还没有去观花，煞风景的事就来了。唉！老天和玉兰花有什么仇，往往在三年之中，一定有一两年和它作对呢！

评析

玉兰的花期是十天左右，所以俗话说："弄花一年，看花十天。"可以说，玉兰是用一年的时间来酝酿生命的色彩，只等待这一刻的盛开。

紫薇

原典

人谓禽兽有知，草木无知。予曰不然。禽兽草木尽是有知之物，但禽兽之知，稍异于人，草木之知，又稍异于禽兽，渐蠢则渐愚耳。

何以知之？知之于紫薇树之怕痒。知痒则知痛，知痛痒则知荣辱利害，是去禽兽不远，犹禽兽之去人不远也。人谓树之怕痒者，只有紫薇一种，余则不然。予曰：“草木同性，但观此树怕痒，即知无草无木不知痛痒，但紫薇能动，他树不能动耳。”人又问：“既然不动，何以知其识痛痒？”予曰：“就人喻之，怕痒之人，搔之即动；亦有不怕痒之人，听人搔扒而不动者，岂人亦不知痛痒乎？”由是观之，草木之受诛锄，犹禽兽之被宰杀，其苦其痛，俱有不忍言者。人能以待紫薇者待一切草木，待一切草木者待禽兽与人，则斩伐不敢妄施，而有疾痛相关之义矣。

译文

人们说禽兽有知觉，草木没有知觉。我说不是这样。禽兽和草木，都是有知觉的东西，只是禽兽的知觉，比人的差一些，草木的知觉，又比禽兽差一些，因为一个比一个蠢笨，所以一个比一个愚钝。

我根据什么知道的呢？从紫薇树怕痒知道的。知道痒就知道痛，知道痛痒，就懂得荣辱利害，这样就离禽兽不远，就像禽兽离人不远了。人们认为怕痒的树，只有紫薇一种，其他的树就不这样。我说：“草木同性，只要看这棵树怕痒，就知道没有草木不知道痛痒，只是紫薇能动，其他的树不能动。”人们又问：“既然不动，你怎么知道它能感觉到痛痒？”我说：“可以以人打比方，怕痒的人，一搔就动；也有不怕痒的人，任人去搔去挠，都不会动，难道人也不知道痛痒吗？”这样看来，草木被锄除，会像禽兽被宰杀一样，它所受的痛苦，都不能说出来。如果人们能够用对待紫薇的态度对待所有草木，用对待所有草木的态度对待禽兽和人，那么就不会乱杀乱砍，而且能体会到病痛相关的意义了。

评析

能体会到动植物也有知觉，从而对它们的痛痒感同身受，中国古代的知识分子的仁爱之心在这里体现得十分明显。

石榴

原典

芥子园之地不及三亩，而屋居其一，石居其一，乃榴之大者，复有四五株。是点缀吾居，使不落寞者，榴也；盘踞吾地，使不得尽栽他卉者，亦榴也。榴之功罪，不几半乎？然赖主人善用，榴虽多，不为赘也。榴性喜压，就其根之宜石者，从而山之，是榴之根即山之麓也；榴性喜日，就其阴之可庇者，从而屋之，是榴之地即屋之天也；榴之性又复喜高而直上，就其枝柯之可傍，而又借为天际真人者，从而楼之，是榴之花即吾倚栏守户之人也。此芥子园主人区处石榴之法，请以公之树木者。

译文

芥子园的土地不到三亩，而房屋占了一部分，假山占了一部分，还有四五棵大石榴树。给我的住宅做了点缀，使它不至于落寞的，是石榴；盘踞在我的土地上，让我不能尽情栽种其他花卉的，也是石榴。石榴的功过，不是各自占了一半吗？但是依赖主人善于摆弄，石榴树虽然很多，却没有成为累赘。石榴喜欢受重压，我就在靠近树根适合放石头的地方，造了座假山，使石榴树根成为假山山脚。石榴喜欢阳光，我就把小屋盖在它高大的树荫下，这样，石榴树造出的荫，就成为了房屋的天；石榴还喜欢长得又高又直，它的树枝树干可以当栏杆，借助它可以当上“天际真人”了，在旁边盖上楼阁，这样，石榴花就成了我的守门人。这就是我这个芥子园主人处理石榴的方法，现在把它告诉所有种树的人。

评 析

据传说，石榴是由张骞从西域引入的，在中国一直被视为吉祥之果，因为它象征多子多福。其实，石榴汁中含有丰富的抗氧化剂，而这种化学物质会抑制癌症，确实称得上是吉祥物了。

茉莉

原 典

茉莉一花，单为助妆而设，其天生以媚妇人者乎？是花皆晓开，此独暮开。暮开者，使人不得把玩，秘之以待晓妆也。是花蒂上皆无孔，此独有孔。有孔者，非此不能受簪，天生以为立脚之地

也。若是，则妇人之妆，乃天造地设之事耳。植他树皆为男子，种此花独为妇人。既为妇人，则当眷属视之矣。妻梅者，止一林逋，妻茉莉者，当遍天下而是也。

欲艺此花，必求木本。藤本一样着花，但苦经年即死，视其死而莫之救，亦仁人君子所不乐为也。木本最难过冬，予尝历验收藏之法。此花瘆于寒者什一，毙于干者什九，人皆畏冻而滴水不浇，是以枯死。此见噎废食之法，有避呕逆而经时绝粒，其人尚存者乎？稍暖微浇，大寒即止，此不易之法。但收藏必于暖处，篾罩必不可无，浇不用水而用冷茶，如斯而已。予艺此花三十年，皆为燥误，如今识花，以告世人，亦其否极泰来之会也。

译 文

茉莉这种花，是专门用来帮助化妆的，莫非茉莉花天生就是为了取媚女子的吗？所有的花都是早上开，只有它是晚上开。晚上才开花，是为了让人无法拿来把玩，只能藏起来等到早上梳妆时用。所有的花的花蒂上都没有孔，只有茉莉花有孔。有了这个孔，簪子才能穿过去，这个孔天生就是帮助簪子立足的。这样看来，茉莉作为女子的装饰物，是天造地设的事情。种植其他的花都是为了男子，只有种茉莉花是为了女子。既然是为了女子，就应该把它当成自己的眷属来看待了。把梅花当作妻子的只有林逋一个人，把茉莉花当作妻子的，应当遍天下都是了。

想要种这种花，一定要找木本茉莉。藤本茉莉虽然也会开花，可惜只有一年就死了，眼睁睁地看着它死去却没有办法救治，这是仁人君子不愿意做的事。木本茉莉最难过冬，我曾多次试验收藏过冬的方法。茉莉花因为寒冷而枯萎的只有十分之一，由于缺水而枯死的占十分之九，人们都怕冻坏茉莉而不给它浇一滴水，所以才会枯死。这是一种因噎废食的方法，有人会为了避免呕吐就长时间不进一粒米，这样还能活着吗？天气稍暖的时候，稍微浇一点水，太冷的时候就不用浇了，这是不可改变的方法。只是应当把它放在暖和的地方，一定要盖上篾罩，不要用水而要用冷茶浇，这样就可以了。我种了三十年的茉莉花，大多是干死的，现在知道这种方法了，就把它告诉世人，茉莉花也算是否极泰来了。

评析

如果有一处地方，阳光明媚，到处布满鲜花，漫天的花香，身边来来往往的人，脸上也笑靥如花，那是否就是真正的天堂？此时此刻，若用文字来将此天堂描述出来，用眼睛扫过每个角落，你是否会有不同的感受？ 看那华丽的牡丹，柔美的海棠，艳丽的芍药，馨香的玉兰和栀子，巧夺天工的绣球花，清雅的茶花，奔放的玫瑰，傲娇的梅花，嫣红似火的石榴，花期长达百日的紫薇……

细数流年，在那流逝的光阴中，有太多明媚的花事，我们无法用语言来描述哪朵花才是自己的最爱。慢慢地开始觉得那些开在人脸上的花——微笑才是世界上最美的花朵。

原来我一直觉得《闲情偶寄》讲述的就是小资生活，里面有花鸟鱼虫，琴棋书画；有音乐美食，山石海藻。然而在读到《种植部》时，感觉有一个惊天地泣鬼神、前无古人后无来者的极品男人，对这个嗜花如命、为买水仙而典当了家中首饰的极品男人，我真是心生敬佩。他说：“予有四命，各司一时：春以水仙兰花为命，夏以莲为命，秋以海棠为命，冬以蜡梅为命。无此四花，是无命也。一季缺予一花，是夺予一季之命也。”李渔不仅是一位写出了当时许多重要戏曲作品的文士，更是一位懂生活会享受的小资。

李渔在《闲情偶寄》中常以花喻人，在花开花落中揭示社会、人生的哲理。他说花之一日，犹人之百年，木槿朝开暮落，生命如此短暂，人应该知道珍惜，不要虚度光阴。他说牡丹需要绿叶扶持，没有绿叶的衬托，牡丹再好也难以展现其美丽，同理再贤明的人如果没有众人的帮助也难以成就大事。他说赏梅时可爱者风，可憎者亦风，有功者雪，有过者亦雪。风送香来是可爱，风来寒至则可憎，雪助花妍有功，雪冻花伤是过。确实人生在世没有谁能做到十全十美，万物相生相克，才能循环不止。他说草木种类繁多，木本高大繁茂，是因为根扎得深。藤本的根比较浅，柔弱需要扶持。草本经霜就枯萎，只有一年的寿命，因为它的根最浅。可见根是万物生命的决定因素，想收获得多，就要稳固根本。人类生存又何尝不是这样，我们想要获得更多，首先要坚实自己的基础，基础的稳固靠的是知识、德行、情操的支撑。

李渔说，美人如花，花如美人。即使是平常的女子，只要有着花朵的陪衬，就会显示出特别的韵味。花衬人颜，人添花意，交相辉映，如果没有了人的陪衬，一朵花只是一朵花。李渔以花喻人，寓意深刻，令人回味无穷。

卷七　颐养部

行乐第一

贵人行乐之法

原 典

人间至乐之境，惟帝王得以有之；下此则公卿将相，以及群辅百僚，皆可以行乐之人也。然有万几在念，百务萦心，一日之内，除视朝听政、放衙理事、治人事神、反躬修己之外，其为行乐之时有几？曰：不然。乐不在外而在心。

心以为乐，则是境皆乐，心以为苦，则无境不苦。身为帝王，则当以帝王之境为乐境；身为公卿，则当以公卿之境为乐境。凡我分所当行，推诿不去者，即当摈弃一切，悉视为苦，而专以此事为乐。谓我为帝王，日有万几之冗，其心则诚劳矣，然世之艳慕帝王者，求为片刻而不能，我之至劳，人之所谓至逸也。为公卿将相、群辅百僚者，居心亦复如是，则不必于视朝听政、放衙理事、治人事神、反躬修己之外，别寻乐境，即此得为之地，便是行乐之场。一举笔而安天下，一矢口而遂群生，以天下群生之乐为乐，何快如之？若于此外稍得清闲，再享一切应有之福，则人皇可比玉皇，俗吏竟成仙吏，何蓬莱三岛之足羡哉！

此术非他，盖用吾家老子“退一步”法。以不如己者视己，则日见可乐；以胜于己者视己，则时觉可忧。从来人君之善行乐者，莫过于汉之文、景；其不善行乐者，莫过于武帝。以文、景于帝王应行之外，不多一事，故觉其逸；武帝则好大喜功，且薄帝王而慕神仙，是以徒见其劳。人臣之善行乐者，莫过于唐之郭子仪；而不善行乐者，则莫如李广。子仪既拜汾阳王，志愿已足，不复他求，故能极欲穷奢，备享人臣之福；李广则耻不如人，必欲封侯而后已，是以独当单于，卒致失道后期而自刭。故善行乐者，必先知足。二疏[①]云：“知足不辱，知止不殆。”不辱不殆，至乐在其中矣。

注释

① 二疏：这里指西汉的疏广、疏受两叔侄，官至太傅、少傅，年老后辞官闲居，每天以同宾客行乐为事，不为子孙置田产。

译文

只有帝王才能拥有人世间最快乐的境界。帝王以下的公卿将相，以及众多的辅臣官僚，都是可以行乐的人。但有太多的事务缠绕着他们的身心，一天之内，除了上朝听政在衙门里料理各种事务，管理人员侍奉神灵，反思自己之外，哪里有时间来行乐呢？我认为不是这样。

快乐并不体现在人的外表，真正的快乐应该是人内心的快乐。内心认为什么快乐，就是快乐的；内心认为是痛苦的，就是痛苦的。作为一个帝王，就应该把当帝王所处的境遇看作是快乐的，作为公卿就应该把公卿所处的境遇看作是快乐的。凡是自己应该做的事决不推诿出去，就应该把除此事以外的事摒弃掉，把无关的事看作苦事，而把专门完成自己分内的事当作快乐。例如说我是帝王，每天都有很多的事情要处理，自己的内心确实很劳累，然而世上那些羡慕帝王生活的人，他们一会儿帝王也做不了。我认为最劳苦的事，恰恰是众人眼中最安逸的事。同理，作为公卿将相、辅臣百官，如果也想这样，就不用于上朝听政、在衙门里料理各种事务、管理人员侍奉神灵、反思自己以外，另找快乐了。也就是说自己所在的地方就是快乐的地方。一拿起笔就可以让天下太平，一说话就可以让天下人实现快乐的愿望，以天下人的快乐作为自己的快乐，哪种快乐能比得上这种快乐呢？如果享受这种快乐以外还有清闲，再去享受一切应该享受的福气，人间的帝王可以和天上的玉皇大帝相比，世俗的官吏也就成了天上的神仙了，蓬莱三岛的神仙还有什么值得羡慕的呢！

这并不是什么别的方法，原来用的就是老子所说的“退一步”之法。和那些不如自己的人相比，天天都会觉得快乐；同那些超过自己的人相比，则天天都会有忧虑。历来作为君主帝王而善于行乐的，没有超过汉代的文帝和景帝的；其中不善于行乐的，没有超过汉武帝的。文帝和景帝只做他们所应该做的事，除此之外，他们不再多做事，所以他们感觉到了安逸；而汉武帝则是好大喜功，并且鄙视帝王的身份而羡慕神仙，所以我们只看见了他的劳苦。人臣之中最善于行乐的人，没有超过唐代郭子仪的；最不善于行乐的人，没有超过汉代李广的。郭子仪已被封为汾阳王，他的愿望已经得以实现，不再有其他的要求，所以能够穷尽欲望和奢侈，享受作为人臣的快乐；李广却总把自己不如别人看作羞耻，一定要封侯才满足，所以独自抵挡单于的进攻，最终因为行军误期而自杀。所以善于行乐的人，先一定要知足。疏广、疏受说："知道满足就不会受到侮辱，知道停止就不会感觉疲劳。"不受辱不疲劳，自然就会生活在快乐之中。

评 析

李渔所说的就是知足者常乐，人的欲望是无限的，得到了想要的，就又想得到更难得到的，生活在这样的心理下，怎么会快乐呢？就像普希金的名篇《渔夫和金鱼的故事》里的老太婆，如果被自己的欲望所操纵，极力追求本不该属于自己的东西，那最后肯定一无所获。

贫贱行乐之法

原 典

穷人行乐之方，无他秘巧，亦止有"退一步"法。我以为贫，更有贫于我者；我以为贱，更有贱于我者；我以妻子为累，尚有鳏寡孤独之民，求为妻子之累而不能者；我以胼胝为劳，尚有身系狱廷，荒芜田地，求安耕凿之生而不可得者。以此居心，则苦海尽成乐地。如或向前一算，以胜己者相衡，则片刻难安，种种桎梏幽囚之境出矣。一显者旅宿邮亭，时方溽暑，帐内多蚊，驱之不出，因忆家居时堂宽似宇，簟冷如冰，又有群姬握扇而挥，不复知其为夏，何遽困厄至此！因怀至乐，愈觉心烦，遂致终夕不寐。一亭长露宿阶下，为众蚊所嘬，几至露筋，不得已而奔走庭中，俾四体动而弗停，则嘬人者无由厕足；乃形则往来仆仆，口则赞叹嚣嚣，一似苦中有乐者。显者不解，呼而讯之，谓："汝之受困，什佰于我，我以为苦，而汝以为乐，其故维何？"亭长曰："偶忆某年，为仇家所陷，身系狱中。维时亦当暑月，狱卒防予私逸，每夜拘挛手足，使不得动摇，时蚊蚋之繁，倍于今夕，听其自嘬，欲稍稍规避而不能，以视今夕之奔走不息，四体得以自如者，奚啻仙凡人鬼之别乎！以昔较今，是以但见其乐，不知其苦。"显者听之，不觉爽然自失。此即穷人行乐之秘诀也。

不独居心为然，即铸体炼形，亦当如是。譬如夏月苦炎，明知为室庐卑小所致，偏向骄阳之下来往片时，然后步入室中，则觉暑气渐消，不似从前酷烈；若畏其湫隘而投宽处纳凉，及至归来，炎蒸又加十倍矣。冬月苦冷，明知为墙垣单薄所致，故向风雪之中行走一次，然后归庐返舍，则觉寒威顿减，不复凛冽如初；若避此荒凉而向深居就燠，及其再入，战栗又作何状矣。由此类推，则所谓退步者，无地不有，无人不有，想至退步，乐境自生。予为两间第一困人，其能免死于忧，不枯槁于迍邅蹭蹬[①]者，皆用此法。又得管城一物，相伴终身，以扫千军则不足，以除万虑则有余。然非善作退步，即楮墨亦能困人。想虞卿著书，亦用此法，我能公世，彼特秘而未传耳。

由亭长之说推之，则凡行乐者，不必远引他人为退步，即此一身，谁无过来之逆境？大则灾凶祸患，小则疾病忧伤。“执柯伐柯，其则不远。”取而较之，更为亲切。凡人一生，奇祸大难非特不可遗忘，还宜大书特书，高悬座右。其裨益于身者有三：孽由己作，则可知非痛改，视作前车；祸自天来，则可止怨释尤，以弭后患；至于忆苦追烦，引出无穷乐境，则又警心惕目之余事矣。如曰省躬罪己，原属隐情，难使他人共睹，若是则有包含韫藉之法：或止书罹患之年月，而不及其事；或别书隐射之数语，而不露其详；或撰作一联一诗，悬挂起居亲密之处，微寓己意，不使人知，亦淑慎[②]其身之妙法也。此皆湖上笠翁瞒人独做之事，笔机所到，欲讳不能，俗语所谓“不打自招”者，非乎？

注释

① 迍邅蹭蹬：艰险难行。迍邅，难行貌；蹭蹬，险阻难行。

② 淑慎：贤淑婉顺。

译文

穷人行乐的方法，没别的秘诀，仍然只有“退一步”这种方法。我感到自己穷，可还有比我更穷的；我觉得自己低贱，但还有比我更低贱的；我把妻子儿女当作累赘，却还有失去妻儿无依无靠、想要妻子儿女这种累赘却得不到的人；我为自己因劳动使得手脚都是老茧而感到劳苦，但还有被关在监狱，想要安心劳作却办不到的人。如果这样来想，那么苦海就都变成乐土了。如果向前推

算，同胜过自己的人相比，那么一刻也得不到安稳，就会陷入被束缚和使人忧郁的心境了。

有一个富贵的人旅途中住在驿站，当时正值盛夏，帐子里进了很多蚊子，怎么也赶不出去，他就想起在家时，厅堂宽敞，枕席冰凉，又有许多姬妾拿着扇子为他扇风，一点感觉不出是在过夏天，怎么也想不到现在会困苦到这个地步。因为总想着非常快乐的情景，心就更加烦了，整个晚上都睡不着。有一个亭长露宿在台阶下，被许多蚊子叮咬，筋都快被咬出来了，他只好在院子里跑动，让四肢保持不停的运动，使蚊子没办法落在身上。虽然他的身子跑得很辛苦，但口中却不断大声地赞叹，好像是苦中有乐。富贵的人不理解，就把他叫来询问："你受的苦，比我多十倍百倍，我觉得非常痛苦你却觉得快乐，这是为什么？"亭长说："我想起有一年被仇家陷害，被关在了监狱里。当时也是夏天，狱卒怕我逃跑，每天晚上都捆住我的手脚，使我不能动弹。那时蚊子比今晚多一倍，想要躲一下也不可能，只能任凭蚊子叮咬。而今晚不但可以跑个不停，四肢还能自由地驱赶蚊虫。两者相比，真是一个天上，一个地下；一个是人，一个是鬼啊！以往日的来比今天的，所以只觉得快乐，不感到辛苦。"富贵的人听后，恍然大悟。这就是穷人快乐的秘诀。

不仅心里应该这样想，就算锻炼身体，也应该这样啊。比如夏天非常闷热，明知道是房子矮小造成的，如果在骄阳下走上一会儿，再回到屋里，就会感到暑气渐渐消散，热得不像先前那样严重了。假如畏惧房子狭小跑到宽敞的地方来纳凉，等回来以后，炎热的感觉就会加重十倍。冬天很寒冷，明知是因为墙壁单薄造成的，如果故意跑到风雪里待一会儿，再回到房子里，就会感到屋里很暖和，不像刚才那么凛冽寒冷了。假如避开原来房子的寒冷，去深宅大院里取暖，那么回来以后，不知道要冷成什么样子。以此类推，所说的退步法，到处都有，每个人都有，凡事退一步想，快乐的心情就会产生。我是天地间受到困苦最多的人，没有死于忧愁，没在困顿流离中变得憔悴，都是用了这个方法。我还有毛笔这件东西，相伴终身，用它横扫千军是不能的，用它扫除诸多忧虑却绰绰有余。但是如果不善于做退步，就是纸墨也能困住人。想来虞卿写书，也是用的这个方法，我能够公之于世，他却秘而不宣。

由亭长这个例子可以推出获得快乐的秘诀，那就是：行乐的人，不必远引别人的事作为自己的“退步”，就是自己，谁没有经过逆境？大到灾祸凶患，小到疾病忧伤，“执柯伐柯，其则不远”，拿来进行比较，更加亲切。人一生中的奇祸大难，不但不可以遗忘，还应该大书特书，高悬在座位右边来警醒自己。这样做对于人有三点好处：如果罪孽是自己造成的，就可以知错痛改，看作前车之鉴；若是祸从天降，就不必怨恨也不用忧愁，可以消除后患了；至于追忆过去的困苦烦恼，引出无穷的快乐，又是警惕自身以外的事情了。如果说反省自身，归罪自身，这些是隐情，不想让别人看到，这里有掩饰的方法：可以只写遭遇灾祸的时间，不提具体事件；或是另外写几条隐语，不写出详细情况；或写一副对联或一首诗，悬挂在起居常见的地方，暗中寄寓自己的心意，不让人知道，也是“淑慎其身”的好方法。

这是西湖的李笠翁瞒着别人独自进行的事，顺笔写到了，想要遮蔽也就不可能了。这就是俗话说的“不打自招”吧？

评 析

古人云，“穷日子富过”说的就是李渔在上面文章中要阐述的观点——“退一步”法。对于“退一步”法，李渔先生在文中是这样阐述的：“所谓退步者，无地不有，无人不有，想至退步，乐境自生。”也就是说人无论处在什么环境中都要换一个角度思考问题。你看，无论是富贵还是贫穷，只要“退一步”来想自然就会获得快乐。人亦然事亦然。无论做任何事情只要退一步，自然就会轻松愉快。正所谓“退一步海阔天空，让三分心平气和”是也。

家庭行乐之法

原 典

世间第一乐地，无过家庭。“父母俱存，兄弟无故，一乐也。”是[①]圣贤行乐之方，不过如此。而后世人情之好尚，往往与圣贤相左。圣贤所乐者，彼则苦之；圣贤所苦者，彼反视为至乐而沉溺其中。如弃现在之天亲而拜他人为父，撇同胞之手足而与陌路结盟，避女色而就娈童，舍家鸡而寻野鹜，是皆情理之至悖，而举世习而安之。其故无他，总由一念之恶旧喜新，厌常趋异所致。若是，则生而所有之形骸，亦觉陈腐可厌，胡不并易而新之，使今日魂附一体，明日又附一体，觉愈变愈新之可爱乎？其不能变而新之者，以生定故也。然欲变而新之，亦自有法。时易冠裳，迭更帏座，而照之以镜，则似换一规模矣。即以此法而施之父母兄弟、骨肉妻孥，以结交滥费之资，而鲜其衣饰，美其供奉，则居移气，养移体，一岁而数变其形，岂不犹之谓他人父，谓他人母，而与同学少年互称兄弟，各家美丽共缔姻盟者哉？

有好游狭斜者，荡尽家资而不顾，其妻迫于饥寒而求去。临去之日，别换新衣而佐以美饰，居然绝世佳人。其夫抱而泣曰："吾走尽章台，未尝遇此娇丽。由是观之，匪人之美，衣饰美之也。倘能复留，当为勤俭克家，而置汝金屋。"妻善其言而止。后改荡从善，卒如所云。又有人子不孝而为亲所逐者，鞠[2]于他人，越数年而复返，定省承欢，大异畴昔。其父讯之，则曰："非予不爱其亲，习久而生厌也。兹复厌所习见，而以久不睹者为可亲矣。"众人笑之，而有识者怜之。何也？习久而厌其亲者，天下皆然，而不能自明其故。此人知之，又能直言无讳，盖可以为善之人也。此等罕譬曲喻，皆为劝导愚蒙。谁无至性，谁乏良知，而俟予为木铎？但观孺子离家，即生哭泣，岂无至乐之境十倍其家者哉？性在此而不在彼也。人能以孩提之乐境为乐境，则去圣人不远矣。

注 释

① 是：即使。

② 鞠：抚养，养育。

译文

人世间最快乐的地方，没有超过家中的。家里“父母健在，兄弟姐妹没有亡故，这是一件大乐事”。即使是圣贤的快乐之道，也不过如此啊!但是，后世人们的情感取向和看法，常常和圣贤的不同，圣贤认为快乐的事，他们则认为是痛苦的；圣贤认为痛苦的事，他们不仅看作是非常快乐的事，而且还会沉溺其中。放弃自己仍然健在的亲生父母却拜别人为父；不顾同胞兄弟的手足之情，却与陌路的人结拜；不亲近女色却去亲近娈童，放弃家鸡而找寻野鸭。虽然这些都是违背情理的事，但世间的人们却已经习以为常了。这里面没有其他的原因，都是因为喜新厌旧、厌恶普通而追求新异的念头所致呀。假如是这样，那生来就有的躯体，也应该感到陈腐可厌了，又怎么不扔掉换个新的呢？这样，魂魄就可以今天附在一个身体上，明天又附在一个身体上，不就会感到越变越新、更加可爱吗？躯体不能改变和更新，是因为它生来就已经定型了。如果想要改变或更新它，也会有办法的。比如，不时更换衣帽，经常变换帷幔、家具的位置，然后用镜子一照，就会感到是换了一副模样了。假如用这个方法对待父母兄弟，骨肉妻妾，用结交狐朋狗友而浪费掉的钱财，给亲人们买新衣服和漂亮的首饰，就能“居移气，养移体”，一年就能够变换多次躯体，这难道不比喊别人的父亲为父亲，喊别人的母亲为母亲，与年少的同学称兄道弟，和不同人家美丽的女子缔结婚姻好吗？

有一个喜欢在花街柳巷游荡的人，即使花光了万贯家财也不顾惜，他的妻子迫于饥寒交迫的生活想要离去。临走前，他妻子换上新衣服，戴上新首饰，居然变成了一个绝世佳人。（看着美似天仙的妻子，）丈夫抱着妻子大哭着说：“我逛遍了青楼妓院，从没见过像你这样娇柔美丽的女子。由此可见，不是青楼里的女子长得好看，而是衣饰的装扮使她们美丽呀。如果你不走重新留下，我一定勤俭兴家，让你生活在金屋里。”妻子看他说得这么情真意切，就不走了。此后，那个人果真改变了淫荡的习惯走上了正途，最后真的像他说的一样（让他的妻子过上了幸福的生活）。

还有一个不孝的儿子被父母赶走后，被别人收养。几年后他又回到自己家，早晨向父母问安，晚上给父母请安，讨取父母的欢心，跟过去大不一样。他父亲问他原因，他说：“不是我不爱自己的父母，只是相处久了就会厌烦。现在我又厌烦了常见面的养父母，所以就和长时间不见面的你们亲近了。”大家都嘲笑他，但有见识的人却非常同情他。这是为什么呢？因为如果和亲近的人相处久了也会厌烦，天下的人都明白这个道理，但却不明白其中的原因。这个人不仅明白这个道理，又能够直言不讳地说出原因，所以他是个可以改恶从善的人啊！

这些少见婉转的比喻，全是为了劝导那些愚蠢蒙昧的人。谁没有天性，谁缺少良知，还要等我像敲响木铎那样警醒人们吗？你看，小孩子离开自己家就会大哭，难道是没有比他家更快乐的地方吗？（他之所以要哭，）是因为小孩子的天性决定了孩子的快乐在家里而不在外头。如果人们能把小孩子的快乐当作快乐，那么就离圣人不远了啊。

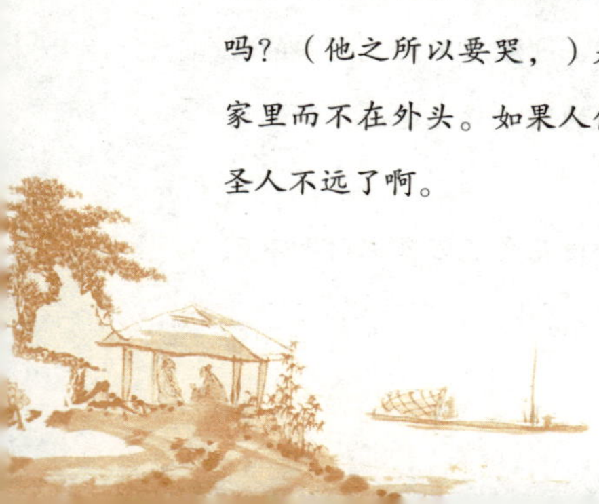

评析

李渔的这则小文体现了作者的为乐之法之“标异立新”。

李渔自称性不喜雷同，“好为矫异”。然而追新求异，当是其无时不在追求生活乐趣的体现。

怎么才能做到标新立异呢？从这篇小文中我们可以总结出三点来，即挪移而新、活变而新、离合而新。

挪移而新，是从位置上讲变异。“欲变而新之，亦自有法。时易冠裳，迭更帏座，而照之以镜，则似换一规模矣……”

活变而新，李渔认为同一事物“以结交滥费之资，而鲜其衣饰，美其供奉，一岁而数变其形”，“则居移气，养移体”，就可以做到标新立异。

离合而新，是指自己同一物在一起久了或平时常有，就会由新变旧了。但一朝又现眼前，便觉眼前一亮，便觉其较前更加可爱。此盖历久弥新之道。为此李渔讲过一个例子，说是一人厌烦家人而乐与远人相处，遂离家数年而复返，人问其故，他说：“非予不爱其亲，习久而生厌也。兹复厌所习见，而以久不睹者为可爱矣。”

其实，人没有不喜新而厌旧的。如果我们能够从李渔的常新之道、取新之法里面得到一些启示，那么生活中肯定会有更多的乐趣。

行

原典

贵人之出，必乘车马。逸则逸矣，然于造物赋形之义，略欠周全。有足而不用，与无足等耳，反不若安步当车之人，五官四体皆能适用。此贫士骄人语。乘车策马，曳履搴裳[①]，一般同是行人，止有动静之别。使乘车策马之人，能以步趋为乐，或经山水之胜，或逢花柳之妍[②]，或遇戴笠之贫交，或见负薪之高士，欣然止驭，徒步为欢，有时安车而代步，有时安步以当车，其能用足也，又胜贫士一筹矣。

至于贫士骄人，不在有足能行，而在缓急出门之可恃。事属可缓，则以安步当车；如其急也，则以疾行当马。有人[③]亦出，无人亦出；结伴可行，无伴亦可行。不似富贵者假足于人，人或不来，则我不能即出，此则有足若无，大悖谬于造物赋形之义耳。兴言及此，行殊可乐！

注释

① 曳履搴裳：穿鞋提衣。

② 花柳之妍：漂亮女子。

③ 有人：有仆人。

译文

贵人出行，一定要乘车骑马，乘车骑马虽然很悠闲，可是从造物主造就人的本意来看，就显得有些不周全了。有脚而不用，和没有脚一样，还不如安步当车的人呢，五官四肢都可以起到作用。这是穷人一种自满的说法。乘车骑马和穿鞋提衣走路的人，都是出行的人，只是动静的差别罢了。假使乘车骑马的人能把步行当作快乐，或经过山水美丽的地方，或遇到漂亮女子，或者遇到戴着斗笠

贫穷的朋友，或者遇到背着柴的隐士，就可以高兴地下马来，把步行当作快乐，有时以车代步，有时以步当车，这样使用自己的脚，比穷人就高一筹了。

至于贫寒之士骄傲自满，不在有脚能走，而在于缓急出门都可以应付。事情如果缓慢，就可以用步当车；事情如果紧急，就像骑马一样快走。有没有仆人都能出行，结不结伴都可以走。不像富贵的人要借着别人的脚，仆人要是不来，就不能马上出行，这就是有了脚跟没有脚一样，违背造物主的本意了。我是一时兴起讲到这里，徒步行走真的是件快乐的事情呀。

评 析

古代的人出门不愿意步行，而我们现代人也一样，出门也必须要乘车，并不一定是路途非常远，也不是人们想要享受高速的刺激。试想在一个交通拥挤的都市，哪里有速度可言？我们经常见到排了一公里的汽车在等一个红灯，而行人早已逍遥穿行而过，在车里苦等的人一定会艳羡步行的人吧？

饮

原 典

宴集之事，其可贵者有五：饮量无论宽窄，贵在能好；饮伴无论多寡，贵在善谈；饮具无论丰啬[①]，贵在可继；饮政无论宽猛，贵在可行；饮候无论短长，贵在能止。备此五贵，始可与言饮酒之乐；不则曲糵[2]宾朋，皆凿性斧身之具也。

予生平有五好，又有五不好，事则相反，乃其势又可并行而不悖。五好、五不好维何？不好酒而好客；不好食而好谈；不好长夜之欢，而好与明月相随而不忍别；不好为苛刻之令，而好受罚者欲辩无辞；不好使酒骂坐之人，而好其于酒后尽露肝膈。坐[3]此五好、五不好，是以饮量不胜蕉叶[4]，而日与酒人为徒。近日又增一种癖好、癖恶：癖好音乐，每听必至忘归；而又癖恶座客多言，与竹肉之音相乱。

饮酒之乐，备于五贵、五好之中，此皆为宴集宾朋而设。若夫家庭小饮与燕闲独酌，其为乐也，全在天机逗露之中，形迹消忘之内。有饮宴之实事，无酬酢之虚文。睹儿女笑啼，认作斑斓之舞；听妻孥劝诫，若闻《金缕》之歌。苟能作如是观，则虽谓朝朝岁旦、夜夜元宵可也，又何必座客常满，樽酒不空，日藉豪举以为乐哉？

注释

① 丰啬：丰富与贫乏。

② 曲糵：代指酒。

③ 坐：因为。

④ 蕉叶：芭蕉叶。

译文

宴会上的事有五种可贵的地方：不论酒量大小，贵在能喝好；一起喝酒的人不论多与少，贵在善于交流；饮酒用具不在多与少，贵在能不间断；酒令不论宽松与严格，贵在能行得通；喝酒的时间不在长与短，贵在能停下来。具备了这五种可贵的地方，才可以说饮酒的乐趣；不然的话酒和朋友都成了伤害身体的器具了。

我平生有五种喜好，也有五种不喜好，两者虽然相反，但两者又可以并行不悖。五好、五不好指的是什么呢？不好酒却好客；不好吃却好谈；不好长夜喝酒，却好赏玩月色不忍离去；不好设置苛刻的酒令，却好让受罚的人没得反驳；不好借酒使性的人，却好在酒后吐露真情的人。因为有五好、五不好，所以酒量不大，却整天与喝酒的人在一起。最近又增加了一种癖好、一种癖恶：癖好就是爱听音乐，经常听到忘记回家；而癖恶是讨厌听曲席上客人多话，扰乱乐曲美好的声音。

饮酒的快乐，在五贵、五好里已经说得很全了，这都是针对宴请朋友而讲的。如果是家庭小酌或是闲居独饮的快乐，都在天机显露和纵情忘形之中。有饮宴的实事，而没有应酬的虚假客套。看到儿女们笑和哭，就当作斑斓绚丽的舞蹈，听妻子劝诫，像听到金属乐器和丝竹的音乐。如果能这样看待，就说天天都是新年，夜夜都是元宵节也可以。又何必座上客常满，杯中酒不空，每日借着豪放的行为取乐呢？

评析

我们现代有很多人在异乡打拼，而与家人、朋友相聚的时间很少，所以聚会少不了喝酒，因为喝的不只是酒，更是一种情谊。可是如果有开车的朋友，一定要告诉他，为了自己与他人的生命安全，不可酒后驾车啊！

谈

原典

读书，最乐之事，而懒人常以为苦；清闲，最乐之事，而有人病其寂寞。就乐去苦，避寂寞而享安闲，莫若与高士[①]盘桓[②]，文人讲论。何也？“与君一夕话，胜读十年书。”既受一夕之乐，又省十年之苦，便宜不亦多乎？“因过竹院逢僧话，又得浮生半日闲。”既得半日之闲，又免多时之寂，快乐可胜道乎？善养生者，不可不交有道之士；而有道之士，多有不善谈者。有道而善谈者，人生希觏[③]，是当时就日招，以备开聋启聩之用者也。即云我能挥麈，无假于人，亦须借朋侪起发，岂能若西域之钟虡，不叩自鸣者哉？

注释

① 高士：隐士。

② 盘桓：交往。

③ 希觏：罕见。

译文

读书是最快乐的事，而懒惰的人常常觉得它很苦；清闲也是最快乐的事，而有人嫌弃它寂寞。靠近快乐远离痛苦，逃避寂寞享受安闲，不如与隐士文人进行交往谈论，这是为什么呢？“与君一夕话，胜读十年书。”既能享受一个晚上的快乐，又省去十年的痛苦，这不是很划算的吗？“因过竹院逢僧话，又得浮生半日闲。”既得到半日的清闲，又省去了长时间的寂寞，这种快乐怎么说得完呢？善于养生的人一定要结交有道德修养的人。有道德修养的人，大都不擅长谈论。有道德而又擅长谈论的人很罕见，对于有道德的人我们应该经常去接近他们，来启发自己的智慧。即使我自己也能讲玄妙的道理，不需要借助于别人，也必须通过朋友的激发，难道能像西域的自鸣钟一样，不敲就自己响起来吗？

评析

同高雅的人交流是一种享受，会受其人格美的熏陶；而同八卦的人交谈是一种锻炼，因为不一定每个人的话都对自己有用，但是可以锻炼自己听取有益的信息、筛除无益的建议。正所谓智慧高的人从生活中汲取营养，使自己的灵魂越来越纯真；智慧低的人从现实中摄取种种毒素，使自己的面貌越来越丑陋。

沐浴

原典

盛暑之月，求乐事于黑甜[①]之外，其惟沐浴乎？潮垢[②]非此不除，浊污非此不净，炎蒸暑毒之气亦非此不解。此事非独宜于盛夏，自严冬避冷，不宜频浴外，凡遇春温秋爽，皆可借此为乐。而养生之家则往往忌之，谓其损耗元神也。吾谓沐浴既能损身，则雨露亦当损物，岂人与草木有二性[3]乎？然沐浴损身之说，亦非无据而云然。予尝试之。试于初下浴盆时，以未经浇灌之身，忽遇澎湃奔腾之势，以热投冷，以湿犯燥，几类水攻。此一激也，实足以冲散元神，耗除精气。

而我有法以处之：虑其太激，则势在尚缓；避其太热，则利于用温。解衣磅礴之秋，先调水性，使之略带温和，由腹及胸，由胸及背，惟其温而缓也，则有水似乎无水，已浴同于未浴。俟与水性相习[4]之后，始以热者投之，频浴频投，频投频搅，使水乳交融而不觉，渐入佳境而莫知，然后纵横其势，反侧其身，逆灌顺浇，必至痛快其身而后已。此盆中取乐之法也。至于富室大家，扩盆为屋，注水于池者，冷则加薪，热则去火，自有以逸待劳之法，想无俟贫人置喙也。

注 释

① 黑甜：酣睡。

② 潮垢：汗垢。

③ 二性：佛经中经常出现的术语，表示所指内容有两种解释。

④ 相习：适应。

译 文

盛夏的时间里，除了酣睡以外的快乐的事情，只有沐浴了吗？汗垢不使用这种办法不能除去，污垢不使用这种办法不能清除，炎热酷毒的暑气不使用这种办法不能消除。沐浴不只适宜于盛夏，除了严寒的冬天为了躲避寒冷，不应该经常洗澡以外，凡是春天秋天都可以通过洗澡来获得快乐。养生的人常常忌讳这件事，他们认为这件事会损害人的元气。我认为如果洗澡能损害人的身体，那么雨露也应该会损害万物，难道人与草木有什么不同吗？然而洗澡损害身体的这种说法也不是没有根据就说的。我曾试过。我尝试在刚下浴盆的时候，身体还没淋湿，突然进入一大盆滚热的水中，向热水中投放冷身体，让水侵犯干燥的身体。身体就像面对水攻一样，这样一个刺激，的确可以冲散元神，耗损精气。

而我有个解决的办法，如果考虑水温冲击过大，就一点一点进入；避免水温太高，就用温水。在脱衣服以前，要先调理好水温，让水稍微温和，从腹到胸，从胸到背，只有用温和的水慢慢地洗，有水的感觉也像没有水，已在沐浴就像还没有沐浴。等到身体适应之后，开始加热水，多次加入，边加边搅，让温水和热水交融人却感觉不到，渐入佳境还不知道。然后横竖变换身体的姿势，或横或竖，顺浇或逆浇，一定到身体很痛快为止。这是浴盆中取乐的方法。至于富有的大户人家，可以把浴盆弄成浴室，往池子里注水，冷了就加柴火，热了就熄掉火，自然有以逸待劳的方法，想来不需要穷人来指导。

评 析

“洗澡伤元气”应该是懒人的一个借口，而这句话看来古代就有相似的说法了。古代人都很懒吗？不是，古代的平常人家一般没有条件在冬天烧一盆热水用来洗澡，他们只能用凉水洗澡，而这样确实不利于健康。

听琴观棋

原典

弈棋尽可消闲，似难借以行乐；弹琴实堪养性，未易执此求欢。以琴必正襟危坐而弹，棋必整槊横戈以待。百骸尽放之时，何必再期整肃？万念俱忘之际，岂宜复较输赢？常有贵禄荣名付之一掷，而与人围棋赌胜，不肯以一着相饶者，是与让千乘之国，而争箪食豆羹者何异哉？故喜弹不若喜听，善弈不如善观。

人胜而我为之喜，人败而我不必为之忧，则是常居胜地也；人弹和缓之音而我为之吉，人弹噍杀之音而我不必为之凶，则是长为吉人也。或观听之余，不无技痒，何妨偶一为之，但不寝食其中而莫之或出，则为善弹善弈者耳。

译文

下棋可以消磨时光，却好像难以用来行乐；弹琴确实是用来修身养性的，不可能用来寻求欢乐。因为弹琴时必须正襟危坐，而下棋时必须像行军打仗一样严阵以待。当人们身心放松尽情享乐时怎么会像弹琴时那般严肃端正？万念俱灰的时候怎么有心思在乎输赢呢？常有人功名利禄都可以放弃，但是跟人下棋时，求胜心切，不肯让对方一着棋。这和让出拥有千辆兵车的大国，却要争夺一碗豆羹有什么区别呢？

所以说喜好弹琴不如喜好听琴更能享受乐趣，喜欢下棋不如喜欢观棋更能享受乐趣啊。看到胜利了我会为之高兴，看到失败我也不必为之烦恼，所以观棋的人才是常胜者啊。旋律舒缓我听了会感到心旷神怡，旋律肃杀我也不必为之心情焦躁，那么我就是常乐的人啊。也许听长了看久了我也会手痒心动，跃跃欲试，那也不妨偶尔为之啊，不过千万不要为一试身手而身心沉溺其中，那就不能得到应有的乐趣了，这才是最会下棋、最会弹琴的人啊。

评析

李渔认为，人人都可以行乐，无论你是帝王贵胄或是贫民乞丐。他在《颐养部》中具体分析了贵人、富人、贫贱行乐的方法，也分析了家庭、道途行乐之法。其实远不止这些，关于行乐可以说是贯穿此书的始终。追根溯源，可以得出结论——“乐由心生”。

何为“乐由心生”呢？李渔认为“乐不在外而在心”，“心以为乐则是境皆乐；心以为苦则无境不苦”，也就是说生活是苦还是乐，完全由心来决定。人之所以感到苦，是因为“万几在念，百务萦心”。

只要拥有健康向上的生活态度，快乐总会在你身边的。曾国藩曾写过一副对联：“养活一团春意思，撑起两根穷骨头。”意思就是说，不管是顺境还是逆境，人的信念都要像春天一样朝气蓬勃，保持旺盛的生机，不管身处何种境况，脊梁骨必须要撑得起，不能弯曲了。为了事业，不能一味地委曲求全，要挺起腰杆，在困厄中求出路，在苦斗中求挺直。

李渔将乐看作是人生之本体，追求生活的艺术，并期以闲情逸致，使为乐之趣与闲适生活不相分离，相得益彰。现实生活中的我们不管从事何种工作，身处何种社会地位，不管是在工作中，还是在闲暇时，如果都能寻到乐趣之所在，就能活得开心、快乐。

止忧第二

小序

原 典

忧可忘乎？不可忘乎？曰：可忘者非忧，忧实不可忘也。然则忧之未忘，其何能乐？曰：忧不可忘而可止，止即所以忘之也。如人忧贫而劝之使忘，彼非不欲忘也，啼饥号寒[①]者迫于内，课赋索逋[②]者攻于外，忧能忘乎？欲使贫者忘忧，必先使饥者忘啼，寒者忘号，征且索者忘其逋赋而后可，此必不得之数也。若是，则“忘忧”二字徒虚语耳。犹慰下第者以来科必发，慰老而无嗣者以日后必生，迨其不发不生，亦止听之而已，能归咎慰我者而责之使偿乎？

语云：“临渊羡鱼，不如退而结网。”慰人忧贫者，必当授以生财之法；慰人下第者，必先予以必售之方；慰人老而无嗣者，当令蓄姬买妾，止妒息争，以为多男从出之地。若是，则为有裨之言，不负一番劝谕。止忧之法，亦若是也。忧之途径虽繁，总不出可备、难防之二种，姑为汗竹，以代树萱[3]。

注释

① 啼饥号寒：因为饥饿寒冷而哭叫。

② 课赋索逋：征税讨债。

③ 树萱：种植萱草，此指消忧。

译文

忧愁可不可能忘记呢？我说，可以忘记的就不是忧愁了，忧愁其实是不能忘记的。既然这样，那没有忘记忧愁，又怎么能快乐呢？我说忧愁不可能忘记却可以停止，停止就是用来忘记的方法。像有人忧愁贫穷，劝他忘记忧愁，他不是不想忘记啊，但啼饥号寒的孩子在屋里，催税讨债的人在屋外，怎么能忘记忧愁呢？想让穷人忘记忧愁，一定先让饥饿的人忘记啼哭，寒冷的人忘记号叫，征税讨债的人忘记索取才行，这一定是做不到的。这样"忘忧"两个字只有虚名罢了。就像安慰落榜的人下次科考一定会中，安慰到老还没有子嗣的人将来一定会生孩子一样，等到他没中榜、没生孩子时，也只能听之任之了，怎么能责怪安慰的人并让他赔偿呢？

古人说："临渊羡鱼，不如退而结网。"安慰忧虑贫穷的人，一定要教授他生财的方法；安慰考试落榜的人，一定要先教他中举的方法；安慰老了还没有后代的人，应该让他蓄养姬妾，禁止争风吃醋，为生养子女做准备。这样，就是有益的话，也不枉费一番安慰之意。停止忧愁的方法，也就是这样了。忧愁的形式虽然有很多，总不超过可以防备和难以防备这两种，我姑且做些记录，来为人们解忧愁。

评 析

何以解忧？这是一个千古话题，而李渔在此告诉我们一个方法：以防忧而止忧。因为忧愁是人看不到希望所生，而让一个人看到希望，那他就会充满信心，有信心的人何来忧愁呢？

止眼前可备之忧

原 典

拂意之境，无人不有，但问其易处不易处，可防不可防。如易处而可防，则于未至之先，筹一计以待之。此计一得，即委其事于度外，不必再筹，再筹则惑我者至矣。贼攻于外而民扰于中，其可防乎？俟其既至，则以前画之策，取而予之，切勿自动声色。声色动于外，则气馁于中。此以静待动之法，易知亦易行也。

译文

谁都会有不顺心的事，要看它是否能够处理，是否可以预防。如果能够处理而且可以预防，那就在发生前，先准备一个应对的对策。这个对策想好，就把忧愁的事放在一边，不必再考虑，再考虑就会产生疑惑了。就像一个国家，匪徒在城外攻打，人民在城中扰乱，这能够抵御匪徒的进攻吗？等事情发生，就用先前筹划的对策对付，千万不可以自己露出声色，声色流露出来，心里就会气馁。这是以静待动的方法，容易明白也容易运用。

评析

其实，许多愁事到来之前都有预兆，我们可以早做准备，就不用担心事到眼前而没有办法了。

止身外不测之忧

原典

不测之忧，其未发也，必先有兆。现乎蓍龟[1]，动乎四体者，犹未必果验。其必验之兆，不在凶信之频来，而反在吉祥之事之太过。乐极悲生，否伏于泰，此一定不移之数也。命薄之人，有奇福，便有奇祸；即厚德载福之人，极祥之内，亦必酿出小灾。盖天道好还[2]，不敢尽私其人，微示公道于一线耳。达者[3]处此，无不思患预防，谓此非善境，乃造化必忌之数，而鬼神必瞰[4]之秋也。萧墙之变，其在是乎？

止忧之法有五：一曰谦以省过，二曰勤以砺身，三曰俭以储费，四曰恕以息争，五曰宽以弥谤。率此而行，则忧之大者可小，小者可无；非循环之数，可以窃逃而幸免也。只因造物予夺之权，不肯为人所测识，料其如此，彼反未必如此，亦造物者颠倒英雄之惯技耳。

注释

① 著龟：古时指代占卜。

② 天道好还：旧指天可主持公道，善恶终有报应。

③ 达者：聪明的人。

④ 瞯：窥视。

译文

意外的忧患，它在没有发生的时候，一定会有征兆。从占卜中表现出来，在身体上表现出来的征兆，也不一定应验。那一定应验的征兆，不在于频繁出现不好的消息，反而是吉祥的事情太多。乐极生悲，不幸蕴藏在幸运之中，这是有定数的。薄命的人有了奇异的福气，就会有奇异的祸患；即使是德厚有福的人，在极大的吉祥之下，也会出现小灾。因为上天会主持公道，不会完全偏袒某一个人，也会在他身上稍微降点灾祸来显示公平。聪明的人如果处在这种情况下，都会考虑到祸患而进行预防，认为这不是好的情况，是上天一定会忌妒的情况，鬼神一定会窥视的事情。来自内部的灾祸，大概就是从这里引起的吧？

防止忧患的方法有五种：一是虚心反省自己的过失，二是勤奋磨炼自己，三是节俭以增加积蓄，四是要宽恕别人平息争斗，五是宽厚待人消除诽谤。照着这样做，那大的忧患可以变小，小的忧患可以变无，这不是天道循环的定数，是可以规避幸免的。只是造物主生杀予夺的权力，不肯让人识破。预料这样，它反而未必如此，这就是造物主戏弄英雄惯用的伎俩。

评 析

忧愁是人的生活中必不可少的，李渔先生的防忧五法确实值得在生活、工作中一试。“虚心反省自己的过失，勤奋磨炼自己，节俭以增加积蓄，宽恕别人平息争斗，宽厚待人消除诽谤”这五种方法都是有助于我们减少忧愁的。无论何人，如能做到，生活一定会快乐无比，远离忧愁。

调饮啜第三

小序

原典

《食物本草》一书，养生家必需之物。然翻阅一过，即当置之。若留匕箸之旁，日备考核，宜食之物则食之，否则相戒勿用，吾恐所好非所食，所食非所好，曾皙睹羊枣而不得咽，曹刿鄙肉食而偏与谋，则饮食之事亦太苦矣。尝有性不宜食而口偏嗜之，因惑《本草》之言，遂以疑虑致疾者。弓蛇之为祟，岂仅在形似之间哉？食色，性也。欲藉饮食养生，则以不离乎性者近是。

译文

《食物本草》一书，是养生家必备的东西，但是人们翻阅一遍，就该放到一边，要是放在饭桌上，每天进行查对，适宜吃的东西才吃，不适宜吃就互相告诫不要吃，我就怕人们所喜欢的吃不上，所吃的不是喜欢的，就像曾皙看到羊枣而不能吃，曹刿鄙弃肉食却偏偏让他和吃肉的贵族谋划大事，那么饮食这件事就太苦了。有人身体不适宜吃某种东西心里却偏偏喜欢，又担心《本草》上的话，结果却因为疑虑而生病了。杯弓蛇影会给人带来灾祸，难道就是因为两者外形相似吗？食和色，是人的本性。想要借饮食养生，就不应该违背人的本性。

评 析

饮食时要参考食谱，这与做事前先看皇历何异？假如已食之物与书上推荐的食物相克，岂不日夜提心吊胆，那养生的书对人有益还是无益呢？

爱食者多食

原 典

生平爱食之物，即可养身，不必再查《本草》。春秋之时，并无《本草》，孔子性嗜姜，即不撤姜食；性嗜酱，即不得其酱不食，皆随性之所好，非有考据而然。孔子于姜、酱二物，每食不离，未闻以多致疾。可见性好之物，多食不为祟也。但亦有调剂君臣之法，不可不知。“肉虽多，不使胜食气。”此即调剂君臣[①]之法。肉与食较，则食为君而肉为臣；姜、酱与肉较，则又肉为君而姜、酱为臣矣。虽有好不好之分，然君臣之位不可乱也。他物类是。

注释

① 君臣：主次。

译文

天生喜欢吃的食物，就可以养身，不必再查《本草纲目》。春秋的时候，并没有《本草纲目》，孔子生性特别喜欢吃姜，离不开没有姜的食物；生性喜欢酱，没有喜欢的酱就不吃饭，都是随着性情的喜好，不是经过考据才这么做的。对于姜、酱两种东西，孔子每次吃饭都离不开，没听说因为这而得病。可见生性喜欢的东西，多吃不会有害。但是也要有调配主次的方法，不能不知道。“肉虽然吃得多，但不能让它超过主食。”这就是调配主次的方法。肉跟主食相比，那么主食就是主要的，肉是次要的；姜、酱和肉相比，那么肉又是主要的，姜、酱则是次要的了。虽然有喜好不喜好的分别，但是主次的位置，不能扰乱。其他食物大概也是一样。

评析

虽然说爱吃什么就可以多吃，但现在的小孩子很多时候吃东西不加节制，这是需要家长注意的。

怕食者少食

原典

凡食一物而凝滞[1]胸膛，不能克化者，即是病根，急宜消导。世间只有瞑眩之药，岂有瞑眩[2]之食乎？喜食之物，必无是患，强半皆所恶也。故性恶之物即当少食，不食更宜。

注释

① 凝滞：停留。

② 瞑眩：糊涂眩晕。

译文

凡是吃了一种东西停留在胸中不能消化的，就是病根，应该马上疏导消化它。世间只有让人糊涂眩晕的药，难道还有让人糊涂眩晕的食物吗？喜欢吃的食物，一定不会出现这样的祸患，多半是因为吃到厌恶的食物才会感到糊涂眩晕。所以生性厌恶的东西，一定要少吃，不吃更好。

评析

很多食物虽然有利于健康，但是每个人的机体不一样，对食物的反应也不尽相同，例如过敏，所以李渔这里说的符合养生的标准。

太饥勿饱

原典

欲调饮食，先匀饥饱。大约饥至七分而得食，斯为酌中[1]之度，先时则早，过时则迟。然七分之饥，亦当予以七分之饱，如田畴[2]之

水，务与禾苗相称，所需几何，则灌注几何，太多反能伤稼，此平时养生之火候也。有时迫于繁冗，饥过七分而不得食，遂至九分十分者，是谓太饥。其为食也，宁失之少，勿犯于多。多则饥饱相搏而脾气受伤，数月之调和，不敌一朝之紊乱矣。

注释

① 酌中：适中。

② 田畴：田里。

译文

想要调节饮食，先调节肠胃的饥饱感。大约饥饿到七分就应该吃东西，这是适当的标准，在七分饥饿感以前吃东西太早，在七分饥饿感以后吃东西又太迟。然而七分饿，也应该吃到七分饱。像田里的水，一定要跟禾苗的需要相称，需要多少，就灌注多少，灌注太多的水反而会伤害到庄稼。这是平时养生食量的标准。有时因为繁忙的工作，饿过了七分还不能吃饭，以至饿到了九分、十分的情况，就是太饿了。这时吃东西，宁可吃少一些，也不能吃得太多，太多就会使饥饱相交，使脾胃之气受伤，几个月的调节也抵不过这一日的紊乱。

评析

徐悲鸿在巴黎学画期间，因为经常饿着肚子作画，而最终染上胃病。他的求学精神可以学习，但是饿肚子作画的做法不值得提倡，身体是革命的本钱嘛。

太饱勿饥

原典

饥饱之度，不得过于七分，是已。然又岂无饕餮[1]太甚，其腹果然[2]之时？是则失之太饱。其调饥之法，亦复如前，宁丰勿啬。若谓逾时不久，积食难消，以养鹰之法处之，故使饥肠欲绝，则似大熟之后，忽遇奇荒。贫民之饥可耐也，富民之饥不可耐也，疾病之生，多由于此。从来善养生者，必不以身为戏。

注释

① 饕餮：吃得多。

② 果然：饱足的样子。

译文

饥饱的尺度，不得超过七分，这是对的。然而难道没有吃得太多，将肚子撑得饱饱的时候吗？这样就是吃得太饱了。调节的方法也跟前面的一样，宁可吃得多一点，不能吃得太少。要是觉得过的时间不长，积累的食物不能消化，就用养老鹰的方法治疗，故意让自己饿到饥肠辘辘，就像一次大丰收后突然遇到严重的荒年。穷人可以忍受饥饿，富人就不能忍受饥饿了，疾病的产生，大多是因为这个原因。从来擅长养生的人，一定不会拿自己的身体当儿戏。

评析

吃得太饱和饿得太过同样都不值得提倡，中国男人的平均寿命明显低于女人，原因就在于此，男人平时要到处应酬，不加节制地喝酒、吸烟，身体在年轻时就埋下了隐患。

怒时哀时勿食

原典

喜怒哀乐之始发，均非进食之时。然在喜乐犹可，在哀怒则必不可。怒时食物易下而难消，哀时食物难消亦难下，俱宜暂过一时，候其势之稍杀。饮食无论迟早，总以入肠消化之时为度。早食而不消，不若迟食而即消。不消即为患，消则可免一餐之忧矣。

译文

喜怒哀乐要发生的时候，都不是进食的时候，然而喜乐的时候还好一些，在悲伤和愤怒的时候就一定不要进食。发怒时吃的食物，容易咽下却很难消化它；悲伤时吃的食物，难消化也难下咽。有这两种情况时都应该暂时等一段时间，等到悲伤或愤怒的情绪稍微平静些。饮食不论早晚，总是以肠道消化的时间为尺度。早吃了却不消化，不如迟些时候吃而很快消化。不消化是个隐患，消化了就可以免除这一顿饭的担忧了。

评析

悲伤和愤怒的时候去吃饭，有可能会噎住，而最重要的是消化道功能紊乱，从此埋下病根，《西游记》中的朱紫国国王就是得的此病。

倦时闷时勿食

原典

倦时勿食，防瞌睡也。瞌睡则食停于中，而不得下。烦闷时勿食，避恶心也。恶心则非特不下，而呕逆随之。食一物，务得一物之用。得其用则受益，不得其用，岂止不受益而已哉！

译文

疲倦时不要吃东西，这是为了防止瞌睡。睡着了食物就会停在胃里而下不去。烦闷时不要吃食物，这是为了避免恶心。恶心时不但不能咽下而且还会呕吐。吃一种东西，务必要发挥它的作用。发挥作用人才会受益，发挥不了作用，岂止是不受益呢！

评析

凡是心情不好的时候，都不应该吃东西，李渔所说极其恰当。

却病第四

病未至而防之

原典

病未至而防之者，病虽未作，而有可病之机与必病之势，先以药物投之，使其欲发不得，犹敌欲攻我，而我兵先之，预发制人者也。如偶以衣薄而致寒，略为食多而伤饱①，寒起畏风之渐，饱生悔食之心，此即病之机与势也。急饮散风之物而使之汗，随投化积之剂而速之消。在病之自视如人事，机才动而势未成，原在可行可止之界，人或止之，则竟止矣。较之戈矛已发而兵行在途者，其势不大相径庭哉？

注释

① 伤饱：病证名。

译文

病没有来就进行预先防备，是说疾病虽然还没发作，但是已有生病的可能和产生疾病的趋势，就先用药物来预防它，不让它发作，就像敌人想要攻打我，而我的队伍却先行动起来，比他先动手一样。比如偶尔因为衣服单薄了而让身体着了凉，因为稍微多吃了点而伤了自己的脾胃，受了风寒慢慢就会变成害怕风的疾病，吃得太饱以后就会不想吃东西，这是产生疾病的可能性和趋势。马上喝散风的药让身体出汗，吃化除积食的药物让食物快点消化。对疾病就像对待人和对待事情一样，才刚开始有了可能性还没有形成较大的趋势，还在可以继续发展也可以很快停止的边界时，人们加以制止，那样疾病才会最终消除。这和敌人的攻击已经发动，而我方的军队已经行进在路上相比，那情况不是差不多吗？

评析

治病不如防病，在平时就注意保养身体，比得病以后再治所受的病痛如何呢？

病将至而止之

原典

病将至而止之者，病形将见而未见，病态欲支而难支，与久疾乍愈之人同一意况。此时所患者切忌猜疑。猜疑者，问其是病与否也。一作两歧之念，则治之不力，转盼而疾成矣。即使非疾，我以是疾处之，寝食戒严，务作深沟高垒之计；刀圭毕备，时为出奇制胜之谋。以全副精神，料理奸谋未遂之贼，使不得揭竿而起者，岂难行不得之数哉？

译 文

在疾病将要发生的时候阻止它，是说疾病的症状将要出现还没出现，但是有生病的可能和一定要生病的态势，跟久病初愈的人是同一种情况。这时要注意的是不要猜疑。所谓猜疑，就是怀疑自己是不是真的生病了。一旦有这种拿捏不定的想法，治疗起来就不会顺利，疾病很快就会真的发生了。即使不是病，我也把它当成病来对待。吃饭睡觉都加以防范，一定要做充分的准备，将药物准备齐全，及时筹划出奇制胜的谋略，用全副的精神，对付还没有得逞的奸贼，让它不能举兵作乱，这是很难做到的事情吗？

评 析

得了小病，是应该引起重视，在没有发展成大病时及早治愈，不过也不能惊慌失措，误信庸医，切记切记。

病已至而退之

原 典

病已至而退之，其法维何？曰：止在一字之静。敌已至矣，恐怖何益？

“剪灭此而后朝食”，谁不欲为？无如不可猝得。宽则或可渐除，急则疾上又生疾矣。此际主持之力，不在卢医扁鹊，而全在病人。何也？召疾使来者，我也，非医也。我由寒得，则当使之并力去寒；我自欲来，则当使之一心治欲。最不解者，病人延医，不肯自述病源，而只使医人按脉。药性易识，脉理难精，善用药者时有，能悉脉理而所言必中者，今世能有几人哉？徒使按脉定方，是以性命试医，而观其中用否也。所谓主持之力不在卢医扁鹊，而全在病人者，病人之心专一，则医人之心亦专一，病者二三其词，则医人什佰其径，径愈宽则药愈杂，药愈杂则病愈繁矣。

昔许胤宗谓人曰：“古之上医，病与脉值，惟用一物攻之。今人不谙脉理，以情度病，多其药物以幸有功，譬之猎人，不知兔之所在，广络原野以冀其获，术亦昧矣。”此言多药无功，而未及其害。以予论之，药味多者不能愈疾，而反能害之。如一方十药，治风者有之，治食者有之，治痨伤虚损者亦有之。此合则彼离，彼顺则此逆，合者顺者即使相投，而离者逆者又复于中为祟矣。利害相攻，利卒不能胜害，况其多离少合，有逆无顺者哉？故延医服药，危道也。不自为政，而听命于人，又危道中之危道也。慎而又慎，其庶几乎！

译文

疾病已经发生了要除去它，用什么方法呢？只在一个“静”字。敌人已经到了，恐惧有什么用？将敌人消灭后再吃早饭，谁不想这样？只是不能立刻做到，放缓也许可以慢慢消除，一着急就可能病上加病。这时起决定作用的，不是名医高手，而是在病人自

己。为什么呢？招来疾病的，是病人自己，不是医生。自己因为受寒生病，就应该全力把寒气去掉；自己因为纵欲得病，就应该一心控制欲望。最不能理解的是，病人请医生来，不肯自己讲生病的原因，只让医生把脉，药的性能容易识别，想要精通脉理就不容易。善于用药的医生常有，能精通脉理、一说就中的，当今世上能有几个人？只让医生靠把脉开药，是在用自己的性命检验医生，看他中不中用。所谓起决定作用的不是名医而是病人自己，是因为病人用心专一，医生也会用心专一；病人含糊其辞，说不清楚，医生考虑的治疗方法就会很繁杂，开的药也会很杂，药越杂，病也就越重。

过去许胤宗医生对人说："古代高明的医生，可以从脉理看出病情，只用一种药物治疗。现在的人不精通脉理，是用自己的心思根据病患的表情来猜测病情，多用药物希望侥幸成功，就像猎人不知道兔子在哪里，在原野上到处搜寻，希望能够找到，这样的方法太笨拙了。"这只是说多用药物不一定有用，却没有讲出多用药的害处。依我来看，药的种类多，不但不能治病反而对身体有害。比如一个药方有十种药，治风寒的也有，治积食的也有，治劳伤虚损的也有。这味药跟病症相符，那味药就跟病症不符了；这味药顺应了病症，那味的药就跟病症抵触，即使符合、顺应病症的药起了作用，可是跟病症不相合的药又在制造新的问题了。利害相冲突，而有利终究胜不过有弊，何况一服药中治疗疾病的药少，同疾病有冲突的药多的情况呢？所以请医服药，是件危险的事。有事不自己拿主意，听信他人，是危险中的危险。谨慎再加谨慎，也许才可以吧！

评 析

“三折肱为良医”，意思是几次断臂后，就能懂得医治断臂的方法。平时生病后，细心总结治病的药物与方法，那么病再来的时候还可怕吗?

疗病第五

小序

原 典

“病不服药，如得中医。”此八字金丹，救出世间几许危命！进此说于初得病时，未有不怪其迂者，必俟刀圭药石无所不投，人力既穷，而沉疴如故，不得已而从事斯语，是可谓天人交迫，而使就“中医”者也。乃不攻不疗，反致霍然，始信八字金丹，信乎非谬。

以予论之，天地之间只有贪生怕死之人，并无起死回生之药。“药医不死病，佛度有缘人。”旨哉斯言！不得以谚语目之矣。然病之不能废医，犹旱之不能废祷。明知雨泽在天，匪求能致，然岂有晏然坐视，听禾苗稼穑之焦枯者乎？自尽其心而已矣。予善病一生，老而勿药。百草尽经尝试，几作神农后身，然于大黄解结[①]之外，未见有呼应极灵，若此物之随试随验者也。

生平著书立言，无一不由杜撰，其于疗病之法亦然。每患一症，辄自考其致此之由，得其所由，然后治之以方，疗之以药。所谓方者，非方书所载之方，乃触景生情，就事论事之方也；所谓药者，非《本草》必载之药，乃随心所喜，信手拈来之药也。明知无本之言不可训世[②]，然不妨姑妄言[③]之，以备世人之妄听。凡阅是编者，理有可信则存之，事有可疑则阙[④]之，不以文害辞，不以辞害志，是所望于读笠翁之书者。

药笼应有之物，备载方书；凡天地间一切所有，如草木金石，昆虫鱼鸟，以及人身之便溺，牛马之溲渤，无一或遗，是可谓两者至备之书，百代不刊之典。今试以《本草》一书高悬国门，谓有能增一疗病之物，及正一药性之讹者，予以千金。吾知轩岐复出、卢扁再生，亦惟有屏息而退，莫能觊觎者矣。然使不幸而遇笠翁，则千金必为所攫。何也？药不执方，医无定格。同一病也，同一药也，尽有治彼不效，治此忽效者；彼是则此非，彼非则此是，必居一于此矣。又有病是此病，药非此药，万无可用之理，或被庸医误投，或为臧获谬取，食之不死，反以回生者。迹是而观，则《本草》所载诸药性，不几大谬不然乎？

更有奇于此者，常见有人病入膏肓，危在旦夕，药饵攻之不效，刀圭试之不灵，忽于无心中瞥遇一事，猛见一物，其物并非药饵，其事绝异刀圭，或为喜乐而病消，或为惊慌而疾退。“救得命活，即是良医；医得病痊，便称良药。”由是观之，则此一物与此一事者，即为《本草》所遗，岂得谓之全备乎？虽然，彼所载者，物性之常；我所言者，事理之变。彼之所师者人，人言如是，彼言亦如是，求其不谬则幸矣；我之所师者心，心觉其然，口亦信其然，依傍于世何为乎？究竟予言似创，实非创也，原本于方书之一言："医者，意也。"以意为医，十验八九，但非其人不行。吾愿以拆字射覆者改卜为医，庶几此法可行，而不为一定不移之方书所误耳。

注释

① 解结：大便秘结。

② 训世：教诲世人。

③ 妄言：胡乱说。

④ 阙：空缺。

译文

"病不服药，如得中医。"这八个字就像那金丹一样，挽救了生活中多少病危的生命。在病人刚得病的时候提出这种说法，人们没有不嫌它迂腐的，一定要等到药物和针灸方法没有不使用过的，人再也没有办法了，可是病情还是依旧如以前一样沉重，不得已才按照这句话去做。可以说这是天和人一起逼迫到走投无路的时候，才会使用"中医"的方法。到了不用治疗疾病，病反而一下子痊愈了的时候，才相信这八字像金丹一样确实没错。

我认为，世界上只有贪生怕死的人，没有起死回生的药材。"药医不死病，佛度有缘人。"这句话说得太对了，不能只把它当成谚语看待。但生病了不能不医治，就像干旱时不能不祈祷一样。明知下雨是上天的事，不是祈求能让它来的，但谁又会坐视不理，听任禾苗庄稼变得焦枯呢？就是尽自己的心力而已。我这一生总有病，老了就不再吃药了。尝遍了各种草药，差不多都能做神农第二了，但除了大黄能够解除大便秘结之外，再没见到别的药有它这么灵验，一试就有效果。

我平生著书立说，没有一个不是靠自己的创造，在治病的方法上也是这样。每当我得一种病，就会自己推究得这种病的根源，找到得病的原因，再开方用药进行治疗。我所说的药方，并不是医书上记载的药方，而是触景生情，就事论事的药方；所说的药，也不是《本草纲目》上记载的药，而是随心意喜欢的药，信手拈来的药。我明知道没有根据的话，不能用来教诲世人，但不妨胡乱说一说，让人们随便听听。凡是读这本书的人，觉得道理可信的就存下来，觉得怀疑的就把它放一放。希望读我的书的人，不要因为文采伤害了内容，不要因为内容而损害了主题，这就是我对读者的希望。

药箱里应该有的东西，药书上都记载了，大凡天地间所有的东西，比如草木金石、昆虫鱼鸟，甚至人和牛马的便尿，没有一样遗漏的。这样的书可以说是最完备的书，也是千年不能改动的经典。如果把《本草》这本书挂在京城的大门上，说谁能增加一样可以治病的药，或改正一种药物的错误的，就给他千金。我想就是黄帝和岐伯重生，扁鹊转世，也只有悄悄退在一旁，不敢觊觎得到这个奖。但如果不幸遇见了我，那这千金一定会被我得到。为什么？因为用药不能拘泥于药方，治病没有固定不变的方法。即使是同一种病，同一种药，也会治那个人的病不灵，治这个人的病一下子就灵。用这种方法治疗那个人是对的，治疗这个人却是错的，或是用于治疗那个人是错的，用于治疗这个人却是对的，一定是这两种情况中的一种。还有这样的情况，得的是这种病，用的药不是治这种病的，本来完全没有用这种药的道理，但或是庸医用错，或是让仆人误取，病人吃了以后没有死，反而治好了病。从这里来看，《本草》里记载的各种药性，不是也有很多大错特错吗?

还有比这更离奇的，经常见到有病的人已病入膏肓，危在旦夕，用药治疗也没有效果了，开刀、针灸都不灵了，忽然无意中遇到一件事，或猛然看见一件东西，这东西不是做药用的东西，那事情不是来治病的刀圭，可是却因为病人的欢喜或是惊慌，病就减轻了很多。能救人命的，就是良医。能把病治好的，就是良药。由此来看，病人看到的这些能救人性命的事情和东西，就是《本草》遗漏的，那么《本草》能称得上是齐备的书吗? 虽然是这样，书上记载的是药物的一般性能，我所说的却是事理的变化。书上的依据是人，别人怎么说他就怎么记载，只要没有差错，那就是侥幸。我所依靠的是心，心里怎么想，嘴上就怎么说，为什么要附和世人的说法呢? 不过说到底，我的话听起来像是一种创见，实际上不是首创，是根据医书上的一句话“医者，意也”发展来的。按照自己的心意行医，十有八九能有效，但不是每个人都能做到的。我希望那些拆字算卦的人，改行当医生，这种方法或许行得通，病人也不会被固定不变的医书贻误。

评 析

得了小病可以不吃药，因为病原体可以刺激机体产生抗体，而下次再得病时，机体会迅速识别病原体，产生相应的抗体。有的病吃什么药都不管用，而停药后不久自然会好，这是由于机体对药物产生依赖性，而有的药物对抗体有抑制作用，停药后就会产生大量抗体，所以病也就好了。李渔所说是有一定的科学道理的。

本性酷好之药

原典

一曰本性酷好之物，可以当药。凡人一生，必有偏嗜偏好之一物，如文王之嗜菖蒲菹，曾皙之嗜羊枣，刘伶之嗜酒，卢仝之嗜茶，权长孺之嗜瓜，皆癖嗜也。癖之所在，性命与通，剧病得此，皆称良药。医士不明此理，必按《本草》而稽查药性，稍与症左，即鸩毒视之，此异疾之不能遽瘳也。

予尝以身试之。庚午之岁，疫疠盛行，一门之内，无不呻吟，而惟予独甚。时当夏五，应荐杨梅，而予之嗜此，较前人之癖菖蒲、羊枣诸物，殆有甚焉，每食必过一斗。因讯妻孥曰："此果曾入市否？"妻孥知其既有而未敢遽进，使人密讯于医。医者曰："其性极热，适与症反。无论多食，即一二枚亦可丧命。"家人识其不可，而恐予固索，遂诡词以应，谓此时未得，越数日或可致之。讵料予宅邻街，卖花售果之声时时达于户内，忽有大声疾呼而过予门者，知其为杨家果也。予始穷诘家人，彼以医士之言对。予曰："碌碌巫咸，彼乌知此？急为购之！"及其既得，才一沁齿而满胸之郁结俱开，咽入腹中，则五脏皆和，四体尽适，不知前病为何物矣。家人睹此，知医言不验，亦听其食而不禁，病遂以此得痊。

由是观之，无病不可自医，无物不可当药。但须以渐尝试，由少而多，视其可进而进之，始不以身为孤注。又有因嗜此物，食之过多因而成疾者，又当别论。不得尽执以酒解酲之说，遂其势而益之。然食之既厌而成疾者，一见此物，即避之如仇。不相忌而相能，即为对症之药可知已。

译 文

第一种是本性特别喜好的东西，可以当药。所有人的一生，一定有一种偏嗜偏爱的东西，比如周文王偏爱菖蒲酱，曾皙偏爱羊枣，刘伶喜好酒，卢仝爱好喝茶，权长孺爱好吃瓜，都是一种嗜好。癖嗜的东西，跟他性命相通，如果重病时有了它，都可以称为良药。医生不明白这个道理，一定要按《本草》一书检查药性，跟病情稍有些不和，就把它当作毒药来对待，事实上这是特殊的病不可能很快治好的原因。

我本人曾经亲身试过。庚午那年，瘟疫盛行，家家户户都有得了病的，而我病得最重。当时正是五月份，是杨梅上市的时间，我对杨梅的喜爱比前人对菖蒲酱和羊枣都厉害，每次吃都要超过一斗。于是问妻子儿女们："杨梅上市了没有？"他们知道市场上已经有了，却不敢马上给我，派人偷偷地问医生。医生说："杨梅性很热，正好跟病症相反，不要说吃多，即使是吃一两颗也会丧命。"家人知道了这东西不能吃，但怕我坚持一定要吃，就骗我说现在还没有，过几天就能买到。谁知我的家临街，外面卖花卖果的叫卖声都会传到屋子里。突然有人大声叫卖着从我家门前经过，我知道这是卖杨梅的。我于是责问家人，他们才把医生的话告诉我。我说：“平庸的医生，哪能知道这个道理？快去为我买来！”等买到之后，牙齿刚咬下去，满胸的郁结都化开了，咽到肚子里，五脏都舒坦了，身体非常舒畅已经不知道刚才的病是怎么回事了。家人看到这样的情景，知道医生的话不灵，也就任凭我吃不再禁止了，我的病就这样好了。

从这里看，没有一种病不可以自己医治，没有一样东西不能当成药。只是需要逐渐尝试，由少到多，确定可以使用再使用，这才不至于拿身体做赌注。也有人因为嗜好某种东西，吃得太多导致生病的，这就又另当别论。不能抓住以酒解酒的论调，就趁机会多喝。因为吃多了而生病的人，一见到那种东西，就像避仇人一样避开它。由此可知，如果不需避忌而能喜欢，那种东西就是对症的药了。

评析

老人常说，得了病吃到自己喜欢吃的东西，心情舒畅，病就会好。这有一定的道理，因为心情影响机体的内分泌系统，心情变好，分泌加速，抗体也会增多，而平时喜欢吃的东西中有机体需要的化学物质，所以病就会好。

其人急需之药

原典

二曰其人急需之物，可以当药。人无贵贱穷通，皆有激切所需之物。如穷人所需者财，富人所需者官，贵人所需者升擢，老人所需者寿，皆卒急欲致之物也。惟其需之甚急，故一投辄喜，喜即病痊。

如人病入膏肓，匪医可救，则当疗之以此。力能致者致之，力不能致，不妨给之以术。家贫不能致财者，或向富人称贷，伪称亲友馈遗，安置床头，予以可喜，此救贫病之第一着也。未得官者，或急为纳粟，或谬称荐举；已得官者，或真谋铨补，或假报量移。至于老人欲得之遐年，则出在星相巫医之口，予千予百，何足吝哉！是皆“即以其人之道，反治其人之身”者也。虽然，疗诸病易，疗贫病难。世人忧贫而致疾，疾而不可救药者，几与恒河沙比数。焉能假太仓之粟，贷郭况之金，是人皆予以可喜，而使之霍然尽愈哉？

译文

第二种是一个人迫切需要的东西可以当作药。人不论贵贱穷困还是腾达，都有急切需要的东西，比如穷人需要的是钱，富人需要的是官职，贵人需要的是升迁，老人需要的是长寿，都是紧急想要得到的东西。因为需要得很迫切，所以一旦满足了心愿，他就会很高兴，一高兴病就会痊愈。

如果有人已经病入膏肓，不是医生所能救的，就应该用这种方法治疗。有能力办到就努力去办，如果办不到，可以想办法骗他。因为家里贫穷没有钱，或可以向富人借，假称是亲戚朋友送的，把钱放在病人的床头，让他有可以欢喜的事情，这是救穷病最好的方法。还没得到官位的人，或赶紧捐粮为他买个官，或假称有人荐举他。已经得到官位的人，或者真的找个补缺升官的机会，或者骗他已经被升职。至于老人想要获得长寿，可以让星相巫医说他命中长寿，给他上百上千的寿命，又有什么可吝惜的呢？这都是“即以其人之道，反治其人之身”的做法。说虽这么说，治别的病都容易，治穷病却很难。世人因为担忧贫穷而得病，得了病而又不能医治的人，就跟恒河的沙一样数不胜数，怎么能从国库的粮仓借米，或者借郭况家的钱，这样人们都得到可喜的馈赠，而使他们的穷病一下子全好了呢？

评 析

这里所说的得病的人应该是愁闷郁结导致生病的，病根在惆怅的事物上，对症下药，当然药到病除。

一心钟爱之药

原 典

三曰一心钟爱之人，可以当药。人心私爱，必有所钟。常有君不得之于臣，父不得之于子，而极疏极远极不足爱之人，反为精神所注，性命以之者，即是钟情之物也。或是娇妻美妾，或为狎客娈童，或系至亲密友，思之弗得与得而弗亲，皆可以致疾。即使致疾之由，非关于此，一到疾痛无聊之际，势必念及私爱之人。忽使相亲，如鱼得水，未有不耳清目明，精神陡健，若病魔之辞去者。

此数类之中，惟色为甚，少年之疾，强半犯此。父母不知，谬听医士之言，以色为戒，不知色能害人，言其常也，情堪愈疾，处其变也。人为情死，而不以情药之，岂人为饥死，而仍戒令勿食，以成首阳之志乎？凡有少年子女，情窦已开，未经婚嫁而至疾，疾而不能遽瘳者，惟此一物可以药之。即使病躯羸弱，难使相亲，但令往来其前，使知业为我有，亦可慰情思之大半。犹之得药弗食，但嗅其味，亦可内通腠理，外壮筋骨，同一例也。至若闺门以外之人，致之不难，处之更易。使近卧榻，相昵相亲，非招人与共，乃赎药使尝也。仁人孝子之养亲，严父慈母之爱子，俱不可不预蓄是方，以防其疾。

译文

第三种是一心钟爱的人可以当成药。人一定有自己暗暗钟爱的人。常有这样的情况：君主不能得到臣下的钟爱，父母不能得到子女的钟爱，但人们对于那些极其疏远不值得爱的人，精神反而投入更多，甚至赔上性命也要去爱，这就是所谓的钟情人物。可能是娇妻美妾，可能是至亲密友，心中思念却不能得到，或是得到了却不能与他亲近，都会导致生病。即使致病的原因跟这些没有关系，到了病痛没有依靠的时候，一定会想到心中钟爱的人，这时忽然让他们亲近，就会如鱼得水，病人一定会耳聪目明，精神陡然振奋，就像病魔撤去了一样。

上述这几种情况中，只有美色最厉害，年轻人的病，多数是因为它。父母不知道其中的道理，错误地遵照医生的话，要他戒掉美色。不知道美色能害人是一般的情形，爱情能治病，是适应变化的特殊方法。人可以为情死，却不用爱情来治疗疾病，难道对于快饿死的人，还告诫他不能吃东西，想让他像伯夷一样饿死吗？凡是年轻的男女，情窦已开，还没有婚嫁而生病了，生了病又不能一下子治好，只有爱情这种东西能够治好他们。即使病体虚弱，难以让他们亲近，但是只要让对方在病人面前活动往来，让病人知道这个人已经属于自己，也能使病人的感情得到极大的安慰。这跟有药不吃，只闻到味道，就可以疏通血脉，强壮筋骨，是一个道理。至于女子闺房以外的人，想要让他来不难，想要让他们相处更容易，让人靠近病床，跟病人相亲相近，这不是叫人来陪病人，而是买药来让病人吃！仁人孝子奉养双亲，严父慈母疼爱子女，都不能不事先准备这个药方，预防他们生这种病。

评 析

这里说的应该是相思病了，可是假如想见到的人却无法见到，又该怎么治病呢？看来只有忘情水了。

一生未见之药

原典

四曰一生未见之物，可以当药。欲得未得之物，是人皆有，如文士之于异书，武人之于宝剑，醉翁之于名酒，佳人之于美饰，是皆一往情深，不辞困顿，而欲与相俱者也。多方觅得而使之一见，又复艰难其势而后出之，此驾驭病人之术也。然必既得而后留难之，许而不能卒与，是益其疾矣。

所谓异书者，不必微言秘籍，搜藏破壁而后得之。凡属新编，未经目睹者，即是异书，如陈琳之檄，枚乘之文，皆前人已试之药也。须知奇文通神，鬼魅遇之，无有不辟者。而予所谓文人，亦不必定指才士，凡系识字之人，即可以书当药。传奇野史，最怯病魔，倩人读之，与诵咒辟邪无异也。他可类推，勿拘一辙。富人以珍宝为异物，贫家以罗绮为异物，猎山之民见海错而称奇，穴处之家入巢居而赞异。物无美恶，希觏为珍；妇少妍媸，乍亲必美。昔未睹而今始睹，一钱所购，足抵千金。如必俟希世之珍，是索此辈于枯鱼之肆矣。

译文

第四种是一生从来没有见过的东西，可以当成药。人人都有想要而没有得到的东西，像文人对于奇书，武士对于宝剑，酒徒对于名酒，美人对于漂亮首饰，都会一往情深，不辞辛苦地想要得到。用尽方法才找到这些东西，让病人先看一眼，但要做出很艰难的样子再拿出来，这是驾驭病人的方法。但一定要在得到以后表示很难留住它，如果答应了又不能最终属于他，会加重病人的病。

所谓的奇书，不一定是从破墙壁中翻出来的秘籍，只要是病人没见过的新出的书，就是奇书，像陈琳的檄文，枚乘的文章，这些都是前人试过的药。要知道奇文可以通神，鬼怪见了，没有不躲避的。我所说的文人，不一定是才子，凡是识字的人，都可以拿书当药。传奇野史，最能祛除邪祟，请人来朗读，跟诵咒辟邪没有区别。其他的可以类推，不必拘泥一种形式。富人把珍宝当作奇物，穷人家把绸缎当作奇物，打猎的人把海鲜当作奇物，住窑洞的人认为进入房子奇妙。事物无论好坏，少见的就是珍奇。女人不论美丑，初见的一定觉得美。以前没见过今天才见到的，即使是花一文钱买来的，也可以抵得过花一千两银子买的。如果一定要等找到稀世珍宝，找到的时候病人也就没救了。

评析

李渔说“听其我为，莫加禁止，是调理病人之一法”。以此看来，如今得了绝症被告知回家该吃就吃、该乐就乐，干点自己喜欢之事的病人，多半理解为让自己消极等死，却不知这也是治疗疾病的方法。因为这里面也有生路，只有想得开的人才能体会得到。

吃饭是平常的事，但在李渔看来却是一件很重要的事，他告诉我们一些饮食的好习惯。这对今天倡导养生的我们来说真的是值得玩味，可以践行的。

治疗疾病更是生活必不可少的，对于此，李渔的观点是“贵在能够忘记自己得了病。将疾病挂在心上，人就会被疾病控制，生死也只能听从它了”。大凡人的一生必定有自己偏嗜偏爱的某种食物或物品，周文王爱吃菖蒲酱，孔子的弟子曾皙爱吃羊枣，晋代刘伶爱饮酒……这些都是出了名的嗜好成癖者。癖好之所在，往往与性命相关。得了病后，极其希望得到自己喜爱的食物，而重病之人能够得到自己所嗜好的物品，就可称得上是得到良药了。

总之，李渔对医药之道颇熟，他在《颐养部》中写的不仅仅是医药之方，而是以人文的视角来体察生活、体察生命，得出的处世之道是“时”“度”，生存之道是“和”。